HAG-SEED
MARGARET ATWOOD

語りなおしシェイクスピア
1
テンペスト

獄中シェイクスピア劇団

マーガレット・アトウッド

鴻巣友季子 訳

集英社

挿画　グレース・リー
装丁　細野綾子

目次

主な登場人物

フェリックス・フィリップス　元マカシュウェグ・フェスティバル劇場芸術監督。ミスタ・デュークの名で、フレッチャー矯正所の演劇コースの指導にあたる

ミランダ・フィリップス　フェリックスの娘

アントニー・プライス（トニー）　フェリックスからマカシュウェグ・フェスティバル劇場芸術監督の座を奪ったのち、民族遺産大臣に

ロニー・ゴードン　マカシュウェグ・フェスティバル劇場の理事会議長

サル・オナリー　法務大臣

フレデリック・オナリー　サルの息子。演出家志望

セバート・スタンリー　復員軍人大臣

エステル　グェルフ大学の教授。フレッチャー矯正所のプログラムの外部監督

マディソン　フレッチャー矯正所の警備員

ディラン　フレッチャー矯正所の警備員

〈フレッチャー矯正所劇団のメンバーたち〉

8ハンズ　天才ハッカー
レッグズ　押し込み強盗、暴行の罪で服役
ワンダーボーイ　信用詐欺師
クランパス・ザ・メノナイト　メノナイトの麻薬組織の一員
フィル・ザ・ピル　医者。薬の処方による故殺で服役
ベント・ペンシル　曲がったことの好きな会計士
スネーク・アイ　ポンジスキームと不動産のペテン師
レッドコヨーテ　酒の密輸、ドラッグの密売で服役
ティミEz　掏摸の達人
シヴ・ザ・メックス　地元ギャングの用心棒
Pポッド　ドラッグ、強請り、強盗、ギャングがらみで服役

アン＝マリー・グリーンランド　元体操のジュニア選手。ダンサー、女優、振付師

獄中シェイクスピア劇団

リチャード・ブラッドショー（一九四四〜二〇〇七）
グウェンドリン・マキューアン（一九四一〜一九八七）
魔術師たちに捧ぐ。

※1『ベーコン随想集』渡辺義雄訳（岩波書店 一九八三年）より
※2『シェリー詩集』上田和夫訳（新潮社 一九八〇年）より

復讐を目ざす人は、普通ならすっかり治る自分の傷を生傷《なまきず》のままにしておく、
ということは確かである

フランシス・ベーコン「復讐について」[※1]

芝居の世界には気の良い人たちもいるが、毛が逆立つようなとんでもないの
もいるものだ

チャールズ・ディケンズ

「人生」と「苦悩」の海には
花ひらく　いまひとつ別の小島があるにちがいない。
あの深い淵のうえを
他の霊たちが　舞い飛び交っているにちがいない。

パーシー・ビッシュ・シェリー「エウガネイの丘にて」[※2]

プロローグ

上映会

二〇一三年三月一三日（水）

客席の照明は落とされ、観客は静かに待っている。

大型のディスプレイ用スクリーン――黒い背景に黄色のくたびれたレタリングがあらわれる。

テンペスト

原作――**ウィリアム・シェイクスピア**

出演――**フレッチャー矯正所劇団**

スクリーン――手刷りの字幕をカメラに掲げる語り手。紫のベルベットの短いマントをはおっている。もう片方の手には、鵞《が》ペン。

字幕　突然の嵐

語り手　これからご覧に入れますは、荒れ狂う海の嵐。

風は咆哮《ホーコー》、水夫は叫喚《キョーカン》。

乗客はマジやばくなってきたんで、水夫たちを罵倒《バトー》。

悲鳴があがって、もろ悪夢ってやつだ。

ところが、ここで見るものは見た目どおりとは限らない。

なんてね。

（にやりと笑う）

そいじゃ、芝居のはじまり、はじまり。


語り手、鷲ペンで合図をする。場面切り替え――〈トルネード・チャンネル〉から借りてきたスクリーンショット。漏斗雲に稲妻が光り、雷鳴がとどろく。大海原の資料映像《ストックショット》。雨のストックショット。唸りをあげる風の音。

カメラ、ズームイン。風呂用のおもちゃのヨットが波に翻弄されている。海は青いビニール製のシャワーカーテン、その上に魚が点々と置かれている。カーテンを下から裏方が揺らして波を起こす。

水夫長のクロースアップ。黒いニット帽をかぶっている。舞台袖から水をぶっかけられ、ずぶ濡れになる。

水夫長　おまえら、もっとてきぱき働け。でないと、難破だぞ！
がんばれ、がんばれ！
蹴っぱれ、蹴っぱれ！　抜かるな、抜かるな！
とにかくやれよ、
とりかかれよ、
帆をととのえ、
暴風とたたかえ、
鯨と泳ぎたくなけりゃ！

声（オフ）　一同、王とともに沈むのだ！
水夫長　あっちに行け！　遊んでる暇はねえ！
（水夫長、バケツ一杯の水を顔にかけられる）
声（オフ）　聴けと言ったら、聴け！
おれらは貴族さまだって忘れたのか？
水夫長　蹴っぱれ、蹴っぱれ。大海の知ったこっちゃねえ。

風は唸り、雨はたたきつけ、
なのに、ぽかんと眺めているだけってか！

声（オフ）　酔っ払いめ！

水夫長　痴《し》れ者め！

声（オフ）　破滅だ！

声（オフ）　沈没だ！

大気の精エアリエルのクロースアップ。青い水泳帽をかぶり、虹色のスキーゴーグルをかけ、彼の顔の下半分には青いメイキャップ。てんとう虫とミツバチと蝶々の柄のついた半透明のビニール製レインコートを着ている。左肩の後ろに妙な影がある。声をたてずに笑い、青いゴム手袋をはめた右手で上を指す。稲妻がひらめき、雷鳴がとどろく。

声（オフ）　お祈りをしよう！

水夫長　なんだって？

声（オフ）　みんな沈む！　沈んじまいますよう！
王さまにも二度とお会いできないんじゃ？
船端から飛びおり、岸まで泳げー！

エアリエルはうれしそうに顔をのけぞらせて笑っている。青いゴム手袋をはめた左右の手に、それぞれ高性能の懐中電灯を点滅モードにして持っている。

スクリーンが真っ暗になる。

観客1の声　どうしたんだ？
観客2の声　電源が落ちたのか？
観客3の声　ブリザードのせいだろう。どこかで送電が切れたとか。

完全な暗闇。部屋の外から、人々がざわつく物音。叫び声。発砲の音。

観客1の声　なにごとだ？
部屋の外からの声　囚人たちを拘禁しろ、拘禁！〔囚人の身の安全を確保するために行う〕
観客2の声　ここの担当官はだれだ？

さらに三発の銃声。

部屋の中の声　動くな！　おとなしくしろ！　頭を伏せるんだ！　いまいる場所から動くな。

第一部

暗き過去の淵

〔シェイクスピア『テンペスト』第一幕第二場、プロスペローの科白より〕

1 ✦ シーショア

二〇一三年一月七日（月）

フェリックスは歯をみがく。それが済むと、もうひとつの歯、すなわち入れ歯もみがき、口にはめこむ。ピンクの接着剤をつけているのに、ぴったりフィットしない。たぶん、口の方が縮んできているのだろう。彼は苦笑する。まやかしの微笑み。笑ったふり。いんちきなものだが、区別なんかつくものか。

むかしなら、かかりつけの歯科医に電話して予約をとり、診察室では、合皮製のラグジュアリーな椅子をあてがわれ、マウスウォッシュのミントの香りをさせた心配顔の医師があらわれ、熟練の腕でぴかぴかの器具をふるっただろう。**ああ、なるほど。問題はわかりました。ご心配なく、すっかり調整がつきますから。**車を定期点検に出すみたいな言い方。さらに、ありがたいことに、歯科医はイヤホンに快い音楽を流し、軽い鎮静剤を飲ませてくれたかもしれない。

しかしいまの彼には、専門医にかかって入れ歯を調整する金銭的余裕はない。歯科医療にまで充分なお金はまわらず、信用ならない歯にいたぶられている。惜しいじゃないか。来たる人生のフィナーレに、あとは入れ歯のメルトダウンでもあれば、ばっちりなんだが。**もはや余興はお終《しゆま》いだ。**

わが歯畏友《はいゆう》たちは、みな精霊《しえいれい》。薄《うしゅ》い大気に融けていく〔『テンペスト』第四幕第一場、プロスペローの科白のもじり〕ふがふが……なんてことでも起きれば、この身の恥辱も極まるのだが。そう考えたとたん、恥ずかしくて肺まで赤くなった。いや、科白《せりふ》は一語一句完璧で、声のピッチも正確、抑揚まで繊細に調整されていなければ、魔法は解けてしまう。客席の人々はもぞもぞしはじめ、咳払いをし、幕間で帰ってしまうだろう。死ぬほどつらい。

「マー、メー、ミー、モー、ムー〔発声練習〕」キッチンシンクの上にかけた、歯磨き粉のしみが点々とついた鏡にむかって言う。眉をへの字にさげ、顎をぐっとつきだす。そうやって、にっと笑う。追いつめられたチンパンジーみたいな笑い。怒りと、威嚇と、意気阻喪がないまぜになっている。

なんと落ちぶれ、なんとしょぼくれ、なんとしみったれてしまったことか。掘立小屋に暮らし、日陰者にあまんじて世に袖にされながら、どうにか糊口をしのいでいるおれ。それに引き換え、あの売込み上手ではったり屋のクソガキ、トニーは、左団扇でお偉いさん方とつきあい、シャンパンをがぶ飲みし、キャビアをむさぼり、雲雀《ひばり》の舌〔古代ローマの高級料理〕に舌つづみを打ち、乳飲み豚を食らい、ガラパーティに出席し、取り巻きや腰巾着や太鼓持ちにちやほやされて……。

かつては、フェリックスの太鼓持ちだった連中だ。

そう思うと、胸がうずく。怒りがふつふつ湧く。復讐心がたぎる。もし、あのとき……。

いや、もうたくさんだ。**背筋を伸ばせ**。フェリックスは鏡に映ったさえない自分に言う。腹も引っこめろ。お腹が出てきているのは確かめなくてもわかる。ヘルニアバンドでも着けたほうがいいかな。

気にするな！　腹を引っこめとけ、縮腹《しゅくはら》だ！〔強風の際、風を受ける面積を小さくするために帆を縮める縮帆（しゅくはん）reef in the sail にかけた洒落〕　やるべき仕事があり、図るべき謀《はか》りごとがあり、はめるべきペテン師がいて、誑《たぶらか》すべき悪党がいるんだから！**ティップ・オブ・ザ・タン、トップ・オブ・ザ・ティース。テスティング・ザ・テンペスチュアス・ティーポット。シー・セルズ・シーシェルズ・バイ・ザ・シーショア**〔早口言葉の発声練習。訳すなら、舌先、歯先。茶瓶の茶番。彼女が海岸で貝殻買った。ティーポットの中のテンペスト（空騒ぎ）と似た語が入っている〕。

そら、ぜんぜん噛まない、完璧だ。

おれはまだまだいける。どんな困難が待ち受けようと、へこたれん。まずはつかみが肝心だ。魔法のように腹を割ってもらおう（べつに割腹は見たくないが）。やつらを、すごい、すごいとおだてるんだ。いつも役者にやっているように。**魔法をかけろ！**

そうして、その魔法を、あの根性曲がりの食えないトニーにぶちこんでやれ。

〔第三幕第三場、プロスペローの科白より〕

2 ✦ 偉大なる魔法

あの根性曲がりの食えないトニー野郎。もとはと言えば、自分がわるい。およそ自分の失策と言えるだろう。フェリックスはこの十二年間、しきりと自分を責めてきた。トニーに権限を与えすぎたし、監督があまかったし、あの肩パッドの入ったピンストライプの小洒落たスーツを着たあいつをちゃんと見張っておけなかったせいだ。脳みそが半分でもあって耳が二つそろっている人間ならだれでも気がつく兆しに、気づかなかった。それどころじゃない。あんな腹黒くて、野心めらめらで、面従腹背のおべっか使いを信用してしまったのだから。やつの演技にすっかりだまされた。フェリックス、こんな雑用はぼくが代わりにやりますよ。任せてください。ぼくが代理で行ってきます。馬鹿なことをしたものだ。

言い訳をひとつするなら、あのときの自分は悲しみで正気ではなかった。一粒種の娘を亡くしたばかりだった。それも、悲惨な死に方で。自分があああしてさえいれば、あれさえしていなければ、あれに気づいていれば……と。

いまでも辛くて耐えられない。いや、考えるのはよせ。フェリックスはシャツのボタンを留めながら自分に言い聞かせる。頭から追いだせ。映画のひと幕のように思え。

あの考えてはいけない出来事が起きなかったとしても、おおかた闇討ちにあっていたろう。舞台の実務的な面は、トニーに任せるのが習いになっていた。なんといっても、トニー常々いわく、「フェリックスは劇場の芸術監督」なのだし、名実ともに頂点をきわめた演出家である――少なくとも劇評家たちはそう評しつづけた――のだから、もっと高みを目指すことに心を砕くべきだと思っていた。

実際、高みを目指すことに心を砕いた。贅を凝らした、このうえなく美しく、尊く、革新的で、崇高な劇場体験を創造するために。どこまでもハードルを高くし、一回一回の公演から観客が一生忘れられない体験を生みだすために。観客たちがいっせいに息を飲み、いっせいにため息をつき、幕切れの後は酔いしれたようにちょっとよろめきながら劇場をあとにする、そんな舞台を創りだすために。彼が芸術監督を務める〈マカシュウェグ・フェスティバル〔オンタリオ州にあるストラトフォード・フェスティバルがモデルと思われる〕〉が、その他のちんけな演劇祭の評価基準となるように。

　しみったれた志はひとつもなかった。

　それらを達成するために、フェリックスは甘言を弄し、最高に有能なバックアップチームを組んだ。最良の人材をやとい、最良の人材に息吹きをあたえた。少なくとも、自分に手に入る限り最良の。照明や音響などの技術スタッフも、海千山千をみずから選りすぐった。大道具や衣裳デザイナーも当代随一の人材を自分でヘッドハントした。口説き落とせる最高の人々を。だれもかれもが一流か、可能ならそれ以上でなくては。

　そのためには、金が必要だった。

　そうした資金集めをトニーが担当していたのだ。〝つまらない実務〟として。芝居の大志がなによりも大切であり、金は志を形にするための手段にすぎない。自分もトニーもそう理解していた。フェリックスは雲の上の魔術師であり、トニーは地に足のついた雑用係、兼資金調達人。それぞれの資質を考えると、適切な作業分担だと、あの当時は思えたのだ。トニーの言い方によれば、おたがい得意なことをすべきだ、と。

　なんたるマヌケか。フェリックスは自分に腹を立てる。おれはなにもわかっていなかった。「名実ともに頂点を極め」などと言うが、頂点とはつねに不穏なものだ。それを極めたら、あとは転がり落ちるしかないのだから。

　トニーはじつに熱心に、フェリックスが忌み嫌う儀礼活動から彼を解放してくれた。カクテルパーティへの出席、スポンサーやパトロンの懐柔、理事会との懇談会、政府からのさまざまなレベルの助成金のスムースな引きだし、効き目たっぷりの報告書の作成……。そうすれば――トニーいわく――フェリックスは本来の重要な仕事に専心できるじゃないですか。たとえば、独自の視点で台本を練りこみ、エッジの利いた照明プランの考案、腕利きの美術スタッフに作らせたまばゆい紙吹雪をどんぴしゃのタイミングで降らせる段取りなどなど。

そして、もちろん演出の仕事にも。フェリックスは一シーズンに必ず一つか二つは、みずから演出を手がける公演を打っていた。惹かれる役であれば、ときには自分が主役を張ることさえあった。ジュリアス・シーザーや、マクベス、リア王、タイタス・アンドロニカス……。フェリックスとしては、どの役柄も大成功だった！　どの公演も！

批評家たちもつねに絶賛した。もっとも、演劇マニアやパトロンたちはときどき不満を漏らしていた。『タイタス・アンドロニカス』は原作に忠実に演出したまでだと言うが、ほぼ全裸でおびただしい血を流すラヴィニアは真に迫りすぎていておぞましい、という苦情もあった。『ペリクリーズ』では、どうしてペリクリーズが船で異国を旅するのではなく、宇宙船やら地球外生物たちが出てくる必要があるのか？　という疑問も出た。あるいは、月の女神アルテミスの頭部をカマキリにしたのはなぜか？　とか。これについては、「よくよく考えてみれば、ぴったりじゃありませんか」とフェリックスは理事会に対して弁明したのだが。それから、『冬物語』では、ハーマイオニーを吸血鬼として生き返らせた。これには、ブーイングが起きた。フェリックスはほくそ笑んだ。効果満点だったな！　こんなこと、おれの他にやれるやつがいるか？　ブーイングあるところにこそ、命脈あり！

こんな型破りな演出も、あんな突拍子もない想像性も、そしてあんな大成功も、かつてのフェリックスの才能の産物だった。喝采とあふれんばかりの歓呼のなせる業だった。状況は移り変わり、やがてトニーがクーデターを起こす。だんだん、だんだん、暗鬱な空気がたれこめ、あるとき突然。

吠えよ、吠えよ、吠えよ……〔『リア王』第五幕第三場、絶命した娘のコーデリアを抱いてリア王が口にする科白〕。

だが、フェリックスは咆哮できなかった。

最初にいなくなったのは、妻のナディアだった。結婚して一年経つか経たないかのころだ。フェリックスにとっては、だいぶ遅い、思いがけない結婚だった。そんな恋愛ができるとは自分でも思っていなかった。だんだんナディアの良さがわかってきて、彼女という人間を本当の意味で知りはじめた矢先、産後の奔馬性のブドウ球菌感染症であっけなく逝ってしまったのだ。現代医学の力をもってしても、こういう不幸は起きる。いまもナディアの姿を思い起こし、もう一度、鮮やかに眼《まな》裏《うら》に甦らせようとするが、長年の間に彼女はそっと離れていき、その像は昔のポラロイド写真のように色あせていく。いまでは、輪郭ていどしか思い浮かばない。悲しみに充ちた輪郭。

フェリックスは新生児の娘ミランダとふたりきりで遺された。そう、ミランダ以外の名前は考えられようか？　母を亡くし、娘を溺愛する中年の父のもとに遺された女の赤子だ〔『テンペスト』の主人公の娘ミランダと同じ境遇のため〕。あの子がいたから、自分は底なしの淵に沈まずにいられたのだ。なるたけ気をしっかりもち、ときにはへこたれながらも、なんとか持ちこたえた。もちろん、手伝いは何人かやとった。女手が必要だった。なにしろ、子どもの世話の手順など具体的になにも知らなかったし、仕事のため、ミランダにつきっきりになることもできなかった。しかし少しでも時間が空けば、娘といっしょに過ごした。そんな時間は多くないとしても。

ひと目見たときから、娘にはぞっこんだった。そばに行っては、可愛さに目を瞠《みは》った。指も、つま先も、目も、なんと完璧な！　眼福とはこのことだ！　話せるようになると、劇場に連れていきもした。あの子はじつに賢かった。椅子にお座りして、まわりをとっくり眺め、そのへんの二歳児なら飽きてもぞもぞするだろうに、そんなことも一切なかった。先々のこんな計画もたてていた。もう少し大きくなったら、巡業にも連れていき、世界を見せてやろう。いろいろなことを教えてやろう。ところが、三歳になったとき……。

高熱が出た。髄膜炎だった。シッターの女性たちは仕事先のフェリックスに連絡をとろうとしたが、何人《なんぴと》も邪魔するべからずと厳に命じたリハーサルの最中でつかまらず、どう対処したらいいかわからなかった。その日、帰宅してみると、シッターたちは半狂乱で泣いており、ただちに車で病院へ運んだが、もう遅かった。手遅れだった。

医者たちはできるかぎりの手を尽くしてくれ、そのたびにお決まりの説明と申し開きがひとしきりあった。しかし、なにをしても効き目はなく、ミランダは息をひきとった。医者たちは「お別れです」という言い方をした。娘は別れてどこへ行ったんだ？　この宇宙からあっさり消えて無くなれるはずがないじゃないか。そんなことは断固受け入れられなかった。

ラヴィニア、ジュリエット、コーデリア、パーディタ、マリーナ。シェイクスピア劇で失われた娘たち。だが、なかには生き返る者もいる。なら、うちのミランダだって？

あんな悲しみにどう向きあえばいいのか？　巨大な暗雲が地平線上に突如湧きたったようなものだった。いや、ブリザードか。いや、違う。言葉になんかできないようなものだ。真正面から向きあうことなどできなかった。悲しみをなにかに転化するか、少なくとも囲ってしまう必要があった。

痛ましいほど小さな棺を納めて葬儀が終わると、フェリックスはすぐさま『テンペスト』の舞台に飛びこんだ。逃避行動だった。それは当時から自分でもわかっていたが、ある種の転生ともなるはずだった。

ミランダは死なないあの娘となるのだ。プロスペローの娘として。おんぼろ舟で暗い海を漂流するあいだも、守護天使として、追放された父を励ましてくれたミランダ。死なずに、美しい娘に成長したミランダ。この世で得ようとしても得られなかったものを、自分の芝居をとおして垣間見ることができるかもしれない。目の端に、ちらりとでも。フェリックスはそう考えた。

これから息を吹きこみ再生するミランダにふさわしい舞台を創ろう。役者兼演出家として、これまでの自分の仕事を超えるような。あらゆる限界に挑み、現実をぎりぎりとねじりにねじってやろう。あの遠い日の奮迅には、捨て身の情熱があったが、最上の芸術とはその核心において捨て身のものじゃないか？　それはつねに死神への挑戦ではないか？　谷底の崖っぷちに追いつめられてなお中指を立てる反骨精神ではないか？

もう決めてあったが、大気の精エアリエルは女装趣味の男優に演じさせ、スティルツ〔サーカス等で使う竹馬のようなもの〕をはかせるつもりだ。それがここぞという場面で、巨大なホタルに変身する。島の怪物キャリバンは卑しいホームレス――黒人か先住民を配役したらどうだろう――にして下半身不随という設定で、ばかでかいスケートボードに乗っかり、手で漕ぐようにして舞台を動きまわる。執事のステファノーと道化もののトリンキュローはどうする？　このふたりの造形はまだできていなかったが、山高帽と股袋はとりいれよう。あと、ジャグリングも入れたいな。トリンキュローには魔法の島の海辺で拾ったイカかなにかを使ってジャグリングをさせてはどうか。

ミランダはとびきりの役柄にしよう。野性的で――これは理屈にも合っている。なにしろ、舟が難破した後、十二年間も島じゅうを裸足で駆けまわっていたはずだ。だって、靴が手に入る店などないのだから。足の裏はブーツの靴底みたいになっているに違いない。

オーディションでは、若いだけの女優も綺麗なだけの女優も落とし、過酷な人選ののち、子どものころ体操選手として北米選手権で銀メダルまで獲得した後、カナダ国立演劇学校に合格したという新人をキャストした。強健で、しなやかで、まさに花開かんとしている掘り出し物だった。名前は、アン＝マリー・グリーンランドという。じつに意欲的で、じつにエネルギッシュ。まだ十六、七歳だというのに。演劇のトレーニングはほとんど受けたことがないというが、この子なら、うまく扱えば望みどおりの演技を引きだせるに違いない。その演技はあまりにみずみずしく、演技にすら見えないだろう。それは、もう現実だ。わがミランダはこの子を通じて息を吹き返す。

愛情深いプロスペローは、みずからが演じよう。娘を目に入れても痛くない可愛がりようで、過保護とも言えるが、ひとえに娘の幸福を最優先しているためだ。それに、賢明でもある。フェリックス自身より賢い。とはいえ、そんな賢明なプロスペローさえ、おろかにも側近たちを信用して、おのれの魔術に磨きをかけることばかりにかまけてしまうのだ。

魔術師プロスペローの衣裳は動物の毛皮で作らせよう——いや、本物の毛皮ではなく、リアルな偽物でもなく、中身を抜いてほどいたぬいぐるみを縫いあわせるのだ。リス、ウサギ、ライオン、トラのような生き物、クマも数匹。これらの動物たちは、プロスペローのもつ超常的でありながら生まれながらの力の諸相を想起させるだろう。すでに、作り物の木の葉と、スプレーで色づけした黄金の花々と、けばけばしい色に染めた羽根の製作を発注済みで、これらを動物の毛皮のあちこちに縫いつけ、プロスペローのマントに気の利いた趣向と意味深さを加えるつもりだった。ここに、アンティークショップで見つけたある物を小道具として使う。エドワード朝風のエレガントなステッキだ。持ち手のところに、シルバーフォックスの頭を象《かたど》った飾りがついており、目に嵌《はま》っているのはおそらく翡翠だろう。魔術師の持ち物としては、長さが控えめだが、過剰な表現と抑えた表現を取りあわせるのは、フェリックスの好みだった。こういう老人らしい小道具が、ここぞという場面でアイロニーを発揮するだろう。芝居の最後、プロスペローのエピローグには、日没の演出を考えていた。輝く紙吹雪が上から雪のように舞いおちてくる。

この『テンペスト』は会心の出来になるぞ。自分のなかでも最高傑作になる。いまにして思えば、病的なまでにこの舞台に固執していた。タージマハルに喩《たと》えてもいいだろう。最愛の人の面影だけを祀《まつ》った壮麗な霊廟。豪華な宝石で飾った棺には、遺灰しか入っていない。いや、そんなことはない。自分の創りだす魔法のシャボン玉のなかで、わがミランダは息を吹き返すのだ。フェリックスはそう信じていた。

だから、この舞台の企画がつぶれたときの痛手はなおさら苛烈だったのだ。

3 ✦ 王位簒奪者《さんだつしゃ》

さて、いよいよ稽古に入ろうというとき、トニーが本性を露《あら》わにした。十二年後のいまでも、あの対決のやりとりは一語一句、思いだせる。

火曜の午後の定例ミーティングで、会話はごくふつうに始まった。このミーティングでは、フェリックスがトニーに頼みたい用事のリストを提示し、トニーはフェリックスの確認や署名の必要な問題について報告するのが常だった。とはいえ、本当に重要な事柄については、敏腕のトニーがすでに対処済みであり、後者の用件はふだんはさして多くなかった。

「じゃ、手短に済まそう」フェリックスはいつもと同じように切りだした。トニーの赤いネクタイに、ウサギとカメの柄が交互にあしらわれているのを目にして、げんなりする。きっとうけると思っているんだろう。トニーは値の張る小物使いをする傾向があり、しかもだんだん気障《きざ》ったらしくなっていた。「こっちの今日のリストはこれだ。一番、照明係は取り替えなきゃだめだ。おれが欲しいのはああいう感じじゃないんだよ。それから、魔術師の衣裳だが、探してもらいたい物が——」

「それが、ちょっと悪いニュースがあるんです、フェリックス」トニーは言った。またぱりっとした新調のスーツを着ていやがる。いつもは理事会で着るようなやつだ。フェリックスは理事会はパスするようになっていた。議長のロニー・ゴードンはきちんとした男だが、脱力するほど退屈だし、あとのメンバーはハンコを押すだけのでくのぼうの集まりだった。しかしトニーが上手くまとめてくれるので、よけいなことを考えずに済んでいた。

「そうか、どうした？」フェリックスは訊いた。「悪いニュース」といっても、おおかたは憤慨したパトロンがつまらない苦情の手紙をよこしたという程度だ。リア王は服をぜんぶ脱ぐ必要があったのでしょうか？　とか、最前列に陣取った演劇マニアがスプラッターシーンで不本意にも芝居に巻きこまれ、クリーニング代の請求書を送りつけてきたとか。マクベスの血まみれの頭部がすごい勢いでステージ上に吹っ飛んだとか、『リア王』で抉《えぐ》りだされたグロスター伯の目玉が鉗子《かんし》からつるっと滑りおち、おぞましいゼリー状のものが花柄の絹地に飛んで、シミ抜きしても落ちないじゃないの、とか。

こうした些細な苦情に対処するのがトニーの役割であり、やつはあしらいが上手かった――適切な量の謝罪におべっかをおりまぜるのだ――が、フェリックスが面倒な客と楽屋口などで鉢合わせしないよう、前もって耳打ちしておくのも忘れなかった。トニーいわく、フェリックスのことだから、批判なんかされたら、きわどい表現を山盛り使って過剰にやり返すでしょ、と。自分はつねにその場に適した言葉遣いをしているまでだ、とフェリックスが反論すると、トニーは、そうでしょうとも、だけどね、パトロンの目から見るとＮＧなんですよ、と言い返してきた。それに、新聞沙汰にもなりかねない、と。

「遺憾ながら……」と、あのときトニーはそう切りだしてから黙りこんだ。妙な表情を浮かべていた。それは微笑みではなかった。笑いを押し殺して口をへの字に曲げていた。フェリックスはうなじの毛が逆立った。「遺憾ながら」と、トニーはすかした声でとうとうこう告げたのだ。「劇場の理事会は投票により、あなたとの契約を打ち切る決定をしました。芸術監督としての契約を」

こんどはフェリックスが黙りこむ番だった。「なんだって？　冗談だろ、おい？」まず口をついて出たのはそんな言葉だった。そんなことができるはずないと思っていた。おれなしでは、フェスティバルそのものが焼け落ちるじゃないか！　寄付者たちは逃げだし、役者たちは辞め、近隣の高級レストランもギフトショップも宿泊施設も店をたたみ、マカシュウェグの町がそっくり忘れられてしまうぞ。このおれが夏ごとに演劇祭でさえない町をみごとに盛りあげ、有名にしてやったのに。なにしろ、列車の操車場の他に売り物もない土地だ。操車場なんか芝居のテーマになるか。操車場なんかでプログラムが組めるかっての。

「いや、それが」と、トニーは答えた。「冗談ではないようです」と言って、また間をおいた。フェリックスはトニーをじっと見ているうちに、知らない人間のような気がしてきた。「なんというか、あなたの演出にキレがなくなっていると感じているようで」またここで間をおいて、「精神的ショックのせいだと説明したんですが……娘さんの……最近つらい出来事があったから。でも、じきに切り抜けると思うと請け合ったんですが」と言った。卑劣なブローをしたたかに食らい、フェリックスは息を飲んだ。よくもそんなことを口実に使えたものだ。「ぼくもできる限りのことはしたんですよ」トニーは付け加えた。

　嘘だ。それは双方わかっていた。議長のロニー・ゴードンがこんな反乱を企てられるはずがないし、残りの面子《メンツ》はクズばかりだ。あらかじめこっちで選定してある。選んだのはトニーだが。選ばれたなかには女性も二人。どちらもトニーの推薦だった。

「キレがなくなってるだと？」フェリックスは言った。「クソほどキレキレのおれが？」これまでにこのおれよりキレる演出家がいたか？

「リアリティの表現についてなんですが……」トニーは言った。「あなたが精神的問題を抱えているんじゃないかと、理事たちは言うんです。反論しましたよ。フェリックスの理念からしたら妥当な表現だと。でも、理事たちには理解できないそうです。動物の毛皮のマントはやりすぎだと。彼らはスケッチを見たんです。動物保護運動家がハチの群れみたいにわんわんたかってくると言うんです」

「ばかばかしい」フェリックスは言った。「本物ですらないんだぞ、子どものおもちゃだろうが！」

「おわかりと思いますが」トニーは子ども相手に辛抱強く話すような口調だった。「問題はそこじゃない。動物の毛皮に見えるという点です。また、マントの件以外にも異議が出ています。あの下半身不随のキャリバンですが、これはもうアウトだと。悪趣味の域を超えていると。身障者をばかにしていると思われる。椅子を蹴って出ていく人たちもいるだろう。車椅子に乗ってかもしれないが。うちのお客さんには実際けっこうな数の……うちは三十以下《アンダーサーティ》を相手にする劇場じゃありませんから」

「それは、おったまげた！」フェリックスは言った。「ポリティカル・コレクトネスとやらの暴走だな！　シェイクスピアの原作に書いてあるんだぞ、こいつは畸形《きけい》だって！　むしろキャリバンこそ、いまの時代に響くキャラクターだ。みんな喝采する。おれはひとえに――」

「ええ、わかりますけど、問題はですね」トニーは言った。「あるていど客席が埋まらないと、助成金の要件を満たせないってことです。このところ、劇評も……その、賛否両論というか。とくに先シーズンは」

「賛否両論だと？　先シーズンの劇評は大いに沸いたじゃないか！」

「いや、不評のやつは隠してあるんですよ」トニーは言った。「じつは多々あります。あなたが目にするといけないから、このブリーフケースに入れて持ち歩いてるんです」

「なんだって、そんなことをしたんだ？」フェリックスは言った。「隠しておいただと？　いたずらっ子みたいに扱うな」

「不評を見るとカリカリするじゃないですか」トニーは言った。「それで、スタッフに当たり散らす。士気が下がるんです」

「おれがいつカリカリした！」フェリックスは声を高くしたが、トニーはとりあわなかった。

「こちらが契約打ち切りの通知書です」やつは言って、上着の内ポケットから封筒をとりだした。「理事会は長年の功労に対する感謝をこめて、退職金を決めました。もっと出すよう、ぼくもかけあったんですがね」その笑いには紛うことなき嘲りが感じられた。

その封筒を手にしたとたん、フェリックスはびりびりに引き裂いてやりたい衝動に駆られたが、体が思うように動かなかった。演出家人生のなかで、激しくやりあうことはあっても、契約を打ち切られた経験はなかった。なのに、拒絶され、放りだされ、お払い箱にされたのだ！　全身が痺《しび》れたようで現実味がない。「だが、準備中の『テンペスト』はこのまま進めるのだろう？」もはや、すがるような口調になっていた。「少なくともあれだけは？」

わが最高傑作、至宝というべき舞台が、ぶっつぶされ、踏みにじられ、消し去られることだけは……。

「残念ながら、それはないかと」トニーは言った。「きれいに打ち切りにしたほうがいいと、わたしたち、いえ、理事たちは考えていまして。公演は中止です。あなたの私物はオフィスから出して、駐車場の車の横に置いておきました。それはそうと、セキュリティパスも返していただけますか。支度ができたらでけっこうです」

「この件は民族遺産大臣にもっていくからな」フェリックスはか細い声で言った。好転する見込みがないのはわかっていた。サル・オナリー大臣は学校の同窓生だが、在学中はライバル同士だったから。鉛筆を盗った盗られたの衝突があり、フェリックスが勝利する形になったので、サルは間違いなくいまも根にもっているだろう。これまでも、テレビのインタビューで幾度か、フェリックスの股めがけてこんな意見を投げてきた。「マカシュウェグ・フェスティバルは、もっとノエル・カワードのコメディや、アンドリュー・ロイド・ウェバーなどのミュージカルを上演すべきですな」。フェリックスとしても、べつにミュージカルに含むところがあるわけではない。初めての舞台は学生劇の『ガイズ&ドールズ』だったぐらいで。とはいえ、ミュージカルばかりというのは……。

サルはこうも言った。『サウンド・オブ・ミュージック』や『キャッツ』や『クレイジー・フォー・ユー』なんかいいでしょう。タップダンスも見られる。一般大衆にも理解できることをやってほしいものです、と。なにを言うか、一般大衆だって、このフェリックスのアプローチを完璧に理解できるのさ！　チェーンソーの出てくる『マクベス』のどこが難解なんだ？　時局にも合ってる。ダイレクトで明快だ。

「実際のところ、民族遺産大臣も全面的に同意なさっています」トニーは言った。「当然ながら、サル、いえ、オナリー大臣にも、最終投票で決定する前に諮《はか》り、自分たちのやり方で間違いがないか確認を得ています。このたびはお気の毒です、フェリックス」トニーは心にもないことを言った。

「ショックなのはわかります。劇場の一同にとっても大変な事態だ」

「もう代わりは目星をつけているんだろう」フェリックスは極力声を抑えて理性的な声を出そうとした。〝**サル**〟**と呼んだな。すでにファーストネームで呼ぶ仲か。**なるほど、実情はそういうことか。ここで逆上するな。ぼろぼろになった威厳をとりもどせ。

「じつは、そうなんです」トニーは言った。「サル……いえ、理事会から、そのう、ぼくに後を引き継いでほしいと頼まれまして。もちろん、一時的な就任です。しかるべき器の候補が見つかるまでの」

なにが一時的だ、クソガキが。もはや火を見るより明らかだ。機密裏の切り崩し。金蛇《きんじや》のごとき虚言。狂人沙汰の裏切り。それを指嗾《しそう》し、実行したのは、ほかならぬトニーだったのだ。終始一貫して。機をうかがい、おれがいちばん弱っているときを狙って、攻撃に出てきた。

「この根性曲がりの食えない野郎め」シェイクスピアばりの罵倒をすると、少しはすっきりした。概して見れば、ちっぽけな満足感ではあるが。

4 ✦ 衣裳

そこで、警備部の男がふたり、部屋に入ってきた。ドアの外にへばりついて聞き耳を立て、「キュー」の合図を待っていたに違いない。大方、フェリックスの怒鳴り声が合図だったんだろう。行動を完全に読まれていたのが悔しい。

トニーは事前にリハーサルもやらせていたに違いない。そういう有能さがなければ、クズのような人間だ。ふたりはフェリックスの左右に立ち（ひとりは黒い肌、もうひとりは褐色の肌）、筋肉隆々の腕を組んで、断固たる表情を浮かべていた。新しくやとわれた人員だろう。見たことのない顔だった。もっと肝心なのは、むこうもフェリックスを知らないし、ゆえに忠誠心など抱きようもないこと。こんなところもトニーは抜かりない。

「こんなことは必要ない」フェリックスは言ったが、もうこの期に至ると、トニーは返事をする気もないようだった。彼が小さく肩をすくめ、ひとつうなずくと――権力者の肩すくめ、権力者のうなずきだ――フェリックスは丁重かつ決然たる態度のふたり組に両脇をはさまれ、鉄壁のごとき手を肘のあたりに添えられながら、駐車場へとエスコートされた。

車の横には、段ボール箱が幾つか積まれていた。愛車は赤のマスタング・コンバーチブル。中年期の反逆心から中古で衝動買いしたものだ。あのころは、まだこんな遊び心があった。ミランダが生まれ、ミランダが去っていく前のことだ。当時からいくらか錆《さび》はあったが、さらに錆が出ていた。これはもう下取りに出し、べつの、もっと落ち着いた車を買おうと、しばらく前から考えていたのに。そんな計画もおじゃんだ。退職金の封筒はまだ開けていないが、どうせ微々たる額に決まっている。新しめの中古を買うなんて贅沢さえできないはずだ。

雨がしょぼしょぼ降りだしていた。警備員らに手を貸されながら、段ボール箱を錆びゆくマスタングに積みこんでいった。ふたりは無言、フェリックスも無言。なにを言えというんだ？

段ボール箱も濡れてしまっていた。なにが入っているんだ？　書類とか記念品とか、そんなものか？　このときのフェリックスにはクソどうでもいいことだった。これ見よがしに派手なパフォーマンスをやってやるか。何もかも駐車場におっぽり出して、火でもつけてやれ。とはいえ、どうやって？　ガソリンとか、なにか揮発性のものが要るが、そんなものは用意していないし、トニーの立場を爆発的に有利にしてどうする？（消防署に通報され、警察が駆けつけ、フェリックスは手錠をかけられ、わめいたり叫んだりしながら連行され、放火と治安紊乱《ぶんらん》の罪に問われるだろう。精神科医が呼ばれ、その診療費はトニーが払い、診断がくだされる。「よろしいですか？」トニーは理事会で報告するだろう。「妄想症だそうです。つまりは精神疾患。いい時期に解雇しておけて幸いでした。劇場でぶち切れられたら堪《たま》りませんから」）。

濡れた段ボール箱を残らずフェリックスの車に積みおえると、駐車場のむこうから、ころころと太った人影がひとつ転がりでてきた。フェスティバル劇場理事会議長のロニー・ゴードンだ。すだれ状に髪の毛が薄くなった頭に傘をさし、ビニール袋ひとつと、ステッキみたいなものと、スカンクらしきものと、そのうえ白猫の頭部をいっぱいに抱えている。

裏切り者のクソじじいめ。フェリックスは一瞥《いちべつ》もくれてやらなかった。

ずりずり、よたよた、ちゃぷちゃぷと、水たまりにはまりながら、肥えたロニーはやってくる。セイウチのように。

「監督交代の件は誠に申し訳なかった、フェリックス」車の後ろまでやってくると、やつは言った。

「まさしくブタに真珠」フェリックスは言った。

「わたしはあなたを推したんだよ」ロニーはいかにも無念そうな声を出した。「でも、票決で負けた」

「ウマに蹴られて死ね」フェリックスは毒づいた。ステッキはシルバーフォックスの頭のついたやつだった。白猫の頭に見えたのは、魔術師プロスペローの付けヒゲ。スカンクはよく見ると、プロスペローの衣裳だ。じっとり濡れて、毛皮が薄汚れていた。毛皮に付けたプラスチックのたくさんの目が見つめてくる。たくさんの尻尾がだらんと垂れている。曇った日のもとにさらされると、ばかげた代物だ。しかし、枝葉を縫いこみ、金色のスプレーでアクセントをつけ、スパンコールをあしらい、すっかり仕上げた形で舞台にのせれば、さぞ見栄えがしただろうに。

「そう思われては、こちらも悲しいよ」ロニーは言った。「ご入用かと思って、持ってきた」と、マント、ヒゲ、ステッキを押しつけてこようとしたが、フェリックスは両脇を締めたまま、ただ睨みかえした。気まずい沈黙があった。ロニーはまじめに傷ついたらしい。おセンチなアホじじいだ。悲劇のラストで泣くようなやつなのだ。「頼むよ、あなたの長年にわたる功労の記念の品だと思って」ロニーは言って、また品々をさしだしてきた。黒人の警備員がそれを受けとり、段ボール箱の上に押しこんだ。

「わざわざこんなことしなくても」と、フェリックスは言った。

「それから、これも」と、ロニーはビニール袋をさしだしてきた。「あなたの台本だ。『テンペスト』の。いろいろ書き込みがある。僭越ながら中を拝見したよ……どんなにすばらしい舞台になっていただろう」ロニーは声を震わせてさらにつづけた。「いつかこの台本が役に立つ時がくるかもしれない」

「なに寝とぼけたことを」フェリックスは言った。「あんたとあの糞ころがしのトニーが結託して、おれのキャリアをつぶしたくせに、よく言うよ。おれのことなんか、つまみ出して撃ち殺したろか、ってなもんだったろうが」これはさすがに大袈裟だったが、わが身の凋落《ちょうらく》を鼻先につきつけてやれて、少しはすっきりした。トニーと違って、弱々しいハートとすぐにも折れそうな気骨をもち、それゆえすぐめそめそ泣くやつの鼻先に。

「フェリックス、何もかもが好転する日がきっと来るよ」ロニーは言った。「それだけの創造性と才能があるんだから……あなたを欲しがるところは、そう、他にも山ほどある……きっと心機一転で再スタートを……」

「他のところだって?」フェリックスは言った。「おったまげだな、もう五十だぞ、おれは。心機一転で再スタートするには賞味期限切れだよ、そうだろ?」

ロニーはぐうの音も出なかった。「いや、それはその……次の理事会で、あなたへの感謝を表明する案を可決するつもりだ。その、像を建てるという案も出ているんだよ。ほら、胸像をね、それとも噴水か。もちろん、あなたの名前を刻んで……」

創造性。才能。この業界で最も乱用されている二つの言葉じゃないか。と、フェリックスは苦々しく思った。そして、世界で最も役立たずなもののワーストスリー。坊さんの一物、尼さんのおっぱい、心のこもった感謝の票決。「なにが胸像だ」フェリックスは言ってから語気をやわらげた。「ありがとう、ロニー。真心が伝わってきたよ」そう言って片手を出すと、ロニーはその手をとって握手をした。

あのとき、やけに赤らんだ頰をころがり落ちたのは涙の粒だったろうか? じいさんの口元はわなないていたろうか? ロニーよ、裏で糸をひいているトニーには注意するんだな。フェリックスはそう思った。そんなに気が咎《とが》めてめそめそしているようじゃ危ない。トニーには良心の呵責《かしやく》なんてものはないんだ。だれであれ異を唱えるやつはぶっつぶし、逡巡するやつは罰し、強心臓のやり手だけを周りにあつめて、でくのぼうは放りだすだろう。

「どこかに推薦状が必要ならいつでも……」と、ロニーはまた言った。「喜んで書くし……あるいはもちろん……少し休憩をとれば……あなたは働きすぎていたから……あの、あのご不幸があってから、本当にお悔やみを……あんなことはとても……耐えきれるものでは……」

そう、ロニーは葬儀にも来てくれた。妻と娘の葬儀のどちらにも。ナディアが先だった。ミランダが亡くなったときの取り乱しようといったら。小さな墓にピンクのコウシンバラの小さなブーケを投げいれる仕草がやけに芝居がかっていると、あのときフェリックスは思ったものの、その哀悼の意をありがたく受けとった。花を投げいれると、ロニーはいきなり泣きくずれ、テーブルクロスほど大きなハンカチを口にあてて咳きあげた。

あの葬儀にはトニーも参列していた。狡猾なネズミ野郎は黒のネクタイを締め、沈痛な面持ちをしていたが、あのときからクーデターの仕上げにかかっていたに違いない。

「感謝するよ」フェリックスは言って、ロニーのごたくを遮った。「なんとかするから、気にしないでくれ」それから警備員ふたりにも、「助かったよ。ありがとう」と声をかけた。

「どうぞ安全運転で、フィリップスさん」警備員のひとりが言った。

「お気をつけて」もうひとりも言って、「自分から、職務を遂行しただけなんで」と、謝罪めいたことを口にした。クビになるつらさを身に染みて知っているんだろう。

そうしてフェリックスは頼りない車に乗りこんで、駐車場をあとにし、残りの人生へと突入していったのだった。

5 ✦ かくもみじめな岩牢

〔第一幕第二場、プロスペローの科白より〕

残りの人生。かつては、それが途方もなく長く感じられたものだ。ところが、光陰矢の如し。そのうちのどれだけを無駄にしてしまったことか。もうじき幕を閉じるだろうに。

フェスティバル劇場の駐車場をあとにしたフェリックスは自分で運転している感覚がなかった。なんだか強風にあおられて飛ばされていくような心持ち。その時分には小ぬか雨もやんで、陽が射してきていたうえ、ヒーターまでつけていたのに、寒くて仕方なかった。ショック状態というやつか？　いや、震えてもいなかった。落ち着いたものだった。

劇場にはペナントがはためき、イルカが水を吹きだす噴水や屋外のパティオがあり、周辺は花々に彩られて景観がよく、観客たちが華やいでアイスクリームを舐める。そんな風景はすぐに目の前から消えた。マカシュウェグの目抜き通りには、まず値段ばかり高いレストランが並び、古代詩人とか、ブタとか、ルネッサンス期の女王とか、カエルとか、こびと《ノーム》とか、オンドリとかの頭部を飾ったパブがつづき、それからケルトの毛織物のアウトレット、イヌイットの彫物屋、イギリスの陶器店などがあって、つぎにヴィクトリア朝風の端整な黄色い煉瓦の家々が軒をつらね、「ベッド&ブレックファスト」の看板を掲げる家もある。そうした町並みが途切れると、こんどはドラッグストアと、靴の修理屋と、タイ式ネイルサロン。そこからいくつか信号を過ぎ、郊外のちんけなモールに並ぶカーペットのアウトレット倉庫や、あやしげなメキシコの食い物屋や、ハンバーガーの楽園もあとにして、フェリックスは漂いゆく。

ここはどこだ？　見覚えがない。まわりに広がるのは、ゆるゆると起伏する畑ばかり。やわらかな緑色は春の麦、濃い緑は大豆の畑だろう。島のように点在する木立から、ふんわりと、あるいは、きらきらと緑葉が伸びだし、その木々に囲まれて、築百年は経っていそうな農家が建ち並んでいる。煤《すす》けた木の納屋はいまも現役のようすだし、地平線のところどころにサイロが建っている。道路は砂利道に変わり、ろくに整備されていない。

　フェリックスは車の速度をおとし、周囲を見まわしてみた。どこかにねぐらはないものか。知り合いのひとりもいない、ひっそりとした隠れ家。痛手から立ちなおるための隠遁所——負った傷の深さがじわじわと実感されてきた。

　一日か二日後、遅くても三日後には、トニーが嘘八百のストーリーを新聞に吹きこむだろう。きっと、フェリックスはほかの可能性を追求するため芸術監督の任を辞したと書かれるが、そんな話はだれも信じないだろう。マカシュウェグの町に留まっていたら、悪辣な記者たちが居どころを嗅ぎつけて、巨匠の失墜に舌なめずりをするだろう。じゃんじゃん電話をよこし、脇の甘いフェリックスのことだから飲み屋に来るに違いないと待ち伏せをし、町の酒場で追いつめてくる。激しやすい男という世評をわきまえ、「ひと言お願いできませんか？」などと言って、怒鳴り声のひとつも引きだそうとする。とはいえ、怒鳴ったところで、息の無駄遣い。そんなことをしてなんになる？

　陽が傾いていた。斜めに射す陽は色づいてきた。もうどれぐらいここにいるんだろう？　ここがどこであるにせよ。フェリックスはそのまま車を走らせた。

　その道から少し行くと、廃道とおぼしき狭い車道のつきあたりに、妙な建物があった。低い丘の斜面を掘って建てられたようで、正面の壁面以外は土に埋もれていた〔『テンペスト』の岩牢にそっくり〕。窓がひとつだけあり、ドアが半開きになっていた。その壁面から金属製の煙突筒がまず水平につきだし、それから肘を曲げるように上に向かっており、先っぽにはブリキのキャップが嵌められている。洗濯物の干し紐がわたされ、端切れのような布巾をいまもがっちり留めている洗濯ばさみがひとつ。よもやこんな所にフェリックスが流れつくとは、だれも思わないような場所だ。

覗いてみるぐらいかまわないだろう。フェリックスは覗いてみることにした。

車を路傍に駐め、その廃道らしき道を歩いていく。ズボンの裾に湿った雑草がこすれる。小屋の半開きのドアをさらに開けてみるとギイッときしんだが、蝶番《ちょうつがい》にオイルの一滴もさしてやれば直るだろう。天井は低く、丸太を使った梁は、かつてはちゃんと白漆喰が塗られていたのだろうが、いまではクモの巣が張り放題だった。室内は、土と木材にちょっと燃えかすの混じった臭いがしたが、さほど不快ではない。燃えかすの臭いの元は、鉄製のストーブだった。火口《ほくち》がふたつあり、錆びてはいるが使えそうな小さなオーヴンもついていた。部屋は二室。メインの居室と、寝室だったとおぼしき部屋がもうひとつ。明かり採りがひとつあり――窓ガラスはわりあい新しそう――横手にもドアがあり、掛け金がかかっていた。フェリックスは掛け金をはずして、ドアを開けてみた。草の生い茂る小道があらわれ、その先に屋外トイレがある。ありがたや。便所穴を掘るほど身を落とさずにすみそうだ。だれかが先にやってくれていた。

家具といえば、寝室にある重厚な古めかしい木製の衣装だんすと、フォーマイカ張りの安いキッチンテーブルぐらいだ。赤の面に銀色の渦巻模様で、椅子は一脚もなし。床は幅広の天然板だが、少なくとも泥まみれではない。キッチンシンクまであり、手押し式の水くみポンプも付いていた。

電灯がひとつあり、スイッチを入れてみると奇跡的に点灯した。意外と最近まで人が住んでいたに違いない。まあ、一八三〇年よりは後に。

赤貧といったありさまだが、所有者を見つけて契約を交わし、ちょっと手を加えれば、いけるんじゃないか。

この掘立小屋での隠棲を選べば、自然と陰にこもり、いばらの道をゆく苦行者を演じることになろう。われの受難ぶりを見よ。というわけか。ある種の芝居だな。観客のいない自分だけの舞台。こんな独りよがりの自己憐憫でひきこもるのは子どもじみている。おとなの態度とは言えない。

とはいえ、ほかにどうしようがある？　悪名高いフェリックスに余所《よそ》で仕事が見つかるとは思えない。少なくとも、これまでと同等の地位、自分が求めるような職はないだろう。だいたい、助成金の宝箱を握っているあのサル・オナリーが、フェリックスの重職への就任をさり気なく阻止してくるはずだ。トニーだって、ライバルは歓迎しない。フェリックスが余所で有利なポストに就いて、マカシュウェグを凌駕する演劇祭など主催されては困るだろう。トニーとサルはどう見てもすでに手を組んでおり、結託してこっちの頭を押さえつけにかかってくるはずだ。だったら、悪あがきをしても、やつらがほくそ笑むだけじゃないか？

フェリックスは来た道を車でマカシュウェグの町までもどり、今シーズンの間だけ又借りしていた、煉瓦造りの小体なコテージの前に車を駐めた……。それにしても、あの日から、あり得ないような長い時間が流れた……家族を失ってから、わが家もなく暮らす道を選んできた。人の家を賃借りし、いまも家具らしい家具はわずかしかない。ベッド、デスク、ランプ、かつてナディアとガレージセールで見つけてきた木製の椅子が二脚。だれかの使い古しの品々。かつての整然たる日常生活からあぶれ出た物たち。

もちろん、ミランダの写真もある。いつも身近なところに置き、暗い谷底に沈んでいきそうになると、眺められるようにしている。ミランダがもうすぐ三歳になるころに、自らカメラを向けた写真だった。初めてブランコに乗ったミランダ。頭をのけぞらせている。はしゃいで笑っているのだ。空を切っていくあの子は、小さな手でブランコのロープをぎゅっとつかんでいた。朝の陽射しで髪の毛に光の輪ができていた。写真の額は銀色に塗られて、銀色の窓枠のように見える。この魔法の窓のむこうで、あの子はいまも生きている。

だが、ガラスのむこう側に閉じこめられる身となってしまった。あの『テンペスト』の企画がつぶれると同時に、新たなミランダ――フェリックスが生みだそうと、甦らせようとしていたミランダ――は水死してしまった。

トニーは傍若無人にも、フェリックスが『テンペスト』のスタッフや技術サポート班や役者たちに会って別れを告げ、『テンペスト』の舞台を実現できなくて残念だと伝えることさえ許さなかった。まるで罪人のように追いだされたのだ。トニーと子分たちはフェリックスを恐れていたんだろうか？　一斉蜂起や反乱への反乱が起きることを？　フェリックスにまだそんな力があると、本気で思っていたんだろうか？

フェリックスは引っ越し会社に電話をし、どれぐらいすぐに来られるか尋ねた。緊急事態なんだよ、と言って。一切合切まとめて、なるべく早急に倉庫に預ける必要がある。特急料金を払うよ。借家のオーナーに小切手を書き、契約期限までの家賃を精算した。つぎに銀行へ出向き、トニーが寄越したクソったれな手切れ金を預け、支配人に、まもなく住所が変わることを知らせ、その件については書面で連絡すると伝えた。

幸いなことに貯金なら少しはあった。当面、全世界から姿を消して自由に過ごせるだろう。


さて、つぎなる仕事はあの丘の斜面の住み家の所有者を探しだすことだ。例の砂利道まで車でひきかえし、最寄りの農家にあたってみた。ドア口に出てきたのは、女だった。中年の、中くらいの見た目の、中背の女で、まさに中間色というべき髪をひっつめてポニーテールに結っていた。ジーンズに、スウェットシャツ。背後のリノリウムの床には、子どものプラスチックの玩具がころがっていた。フェリックスはちょっと心が揺れた。

女は腕組みをし、ドア口に立ちはだかっていた。「さっきもおたくの車を見かけたけど。あっちのボロ家のあたりで」

「そうなんですよ」フェリックスは自分的には最高に愛想のいい声音で答えた。「興味がわきまして。どなたが所有しているかご存じですか?」

「なんで?」女は言った。「うちは関係ないよ。あの家の税金払ってるのはうちじゃない。あんな古家、一文の価値もないよ。このへんの開拓者かなんかが金のない時分に住んでた残骸じゃないの。

とっくに焼却されてるはずの代物だねって、バートにも話したんだけど」

ああ、なるほど。なら、契約成立だな。フェリックスはそう思い、「しばらく体調を崩してましてね」と、切りだした。あながち嘘ではない。「静かなところで休息が必要なんです。ここの空気は体に良さそうだ」

「空気だって」女は鼻で笑った。「空気ならこのあたりにはいくらでもあるよ。それがお望みなら。わたしの記憶が正しければ、無料だしね。ご自由におとりください」

「あの小さいコテージに住んでみたいなあ」フェリックスは無邪気に微笑んでみせた。変わり者という印象をあたえたいが、あまり変人に見えても困る。おかしなやつだが、変質者ではない、と。

「家賃ならもちろん払いますよ、現金で」と、さらに付け足した。

と言ったとたん、事態は一変した。フェリックスは家に招じ入れられ、キッチンテーブルの椅子を勧められ、ふたりはさっそく契約にとりかかった。お金が入用なのだと、女はあけすけに話した。だんなのバートはアルファアルファの栽培をしているが、その実入りでは足らず、プロパンガスのタンク交換のドライバーをやったり、冬は車道の雪かきの仕事をしたりして、なんとか凌いでいるという。だんなは留守がちで、家のことは彼女に丸投げしているとか。「丸投げ」のなかには、フェリックスのような変わり者の対応も含まれるのだろう。

あの小屋にはときどき人々が居つくのだという。最近では「ヒッピーがふたり」住んでいたそうで、「男のほうは絵描き、女のほうはなんだか絵描きたちのところに転がりこんでくるような輩《やから》」だという。一年ほど前のこと。その前には、彼女の金のない叔父、その前には、バートの叔母が住んでいたが、頭のネジが幾つかゆるんだ困り者だったので、放りだされた。それより昔のことは、わたしもわからない。生まれる前のことだから、とのこと。幽霊が出ると言う連中もいるけど、おたくはそんな噂、気にしなくていいよ、と、さも馬鹿にしたように言う。もの知らずの連中が言うことだよ、出るわけないじゃない（と口では言っても、実は信じているようす）。

以下のような取り決めになった。フェリックスは小屋を寝泊まりに使う。改善したい箇所があれば手を加えてよい。冬はバートが前の道の雪かきをするから、フェリックスは出入りの際に、雪に埋もれて歩かなくてすむ。家賃の支払いは現金、各月の一日に封筒に入れてモード（というのが、かみさんの名前）に手渡す。だれかに何か訊かれたら、家賃の話はなし。フェリックスは彼女の叔父で、あの小屋にタダで住んでいると話すこと。ストーブの薪《まき》は、彼女とバートが補充しにいく。あるいは、十代の息子がトラクターに薪を積んで運ぶ。そのぶんの経費もあらかじめ家賃に織り込み済み。もしよければ、洗濯も別料金でやってあげるよ。モードはそう言った。

フェリックスは礼を述べ、ようすを見てから決めると答えた。こちらからの条件としては、わたしに関して他言は無用。世を忍んでいるので、とフェリックスはそう言った。ちょっと個人的な事情があるのだが、犯罪に関わるようなことではない。

すると、女は胡乱《うろん》な目つきで見てきた。どうせ清廉潔白とは思っていないのだろうが、かと言って気にするふうでもなかった。「その点は信用して」女はそう言い、フェリックスはなぜか信じることにした。

ドア口で、女と握手を交わした。男並みに握力が強い。「名前は？　つまりその、もしもの時はなんと呼べばいい？」

フェリックスは逡巡し、「あんたの知ったことか」と、いまにも口をついて出そうになったが、「デュークと呼んでくれ」と言った。〔第一幕第二場、プロスペローの科白より〕

6 ✦ 時の淵底

わりあいすぐにわかったことだが、姿を消すのはたやすかったし、消えたところで世間は大して騒ぎもしなかった。フェリックスの不在でマカシュウェグ・フェスティバルという布地に空いた穴は、すぐにきっちりと塞がれたのだから。ほかならぬトニーによって。いつものようにショー〔芝居と見せかけという意味を掛けている〕は止まることなくつづいた。

フェリックスはどこへ消えたのか？ 謎といえば謎だったが、皆がこぞって解くのに夢中になるようなミステリーではなかった。町の会話が思い浮かぶ――「やっぱ、メンタルやられたんじゃない？」「橋から飛び降り自殺したとか？」。幼い娘を痛ましい病で亡くしたときの嘆きようや、その直後から、正直、トチ狂った『テンペスト』にとり憑かれていたありさまを見れば、そう訝《いぶか》るのも無理ないだろう。とはいえ、そう長いこと訝っている必要もなかった。フェリックスの失踪で出来た空白には、もっと差し迫ったべつな心配事が押し寄せてきて、ゴシップのさざ波など瞬く間に引いていったのだ。みんな、人の心配などしているより、おのれのキャリアを積み、役の科白を覚え、スキルに磨きをかけなくてはならない。

いかれたおっさんに乾杯！　などと、飲み屋で言いあっているのが目に浮かぶ。〈ヒキガエルと笛〉だの〈王さまの首〉だの〈小鬼《インプ》とピグナット〉だのといった、役者とフェスティバル劇場の雑用係が舞台のはねた後に乾杯しているような店で。どっかにいる巨匠さま、フェリックス・フィリップスに乾杯！　などと言って。

フェリックスはウィルモットという隣の隣の町の支店に、銀行口座を移した。この町の郵便局に私書箱も借りた。死んだわけじゃないし、確定申告の際に私書箱が必要になることもあるだろう。納税義務を怠れば、光の速さで追跡されるはずだ。地上を歩きまわり、この先も息をして、食べて、出して生きていくためには、最低限、これぐらいの犠牲は払わなくちゃな。フェリックスは苦い気持ちでそう考えた。

もうひとつ、ペンネームだと言って、F・デュークの名義で銀行口座を開設した。ええ、作家なんです。と、説明して。黒歴史をもたない分身をもつのは、気分がよかった。フェリックス・フィリップスは座礁したが、F・デュークにはまだチャンスがあるかもしれない。どんなチャンスかいまはまだわからないにせよ。

本名を生かしてあるのは、納税目的だ。明快な理由ではないか。とはいえ、モードとバート夫妻には〝デューク〟を名乗っていた。いつもしかめ面の幼い娘クリスタル（デュークを子取り鬼かなにかだと思っているらしい）と、無愛想なティーンエイジャーの息子ウォルターにも。ウォルターは仕事で西のアルバータに移るまでの何年か、秋になると、本当に薪をトラクターに積んで、つましい小屋まで運んでくれた。

フェリックスはいっとき、モードを青い目の鬼婆シコラクスに、ウォルターをその息子で薪担ぎ兼皿洗いの半人キャリバンに配役し、自分だけの『テンペスト』を頭のなかで構想していたが、長くはつづかなかった。どちらもはまり役ではなかった。さらに、だんなのバートは悪魔っぽくないし、幼いクリスタルはずんぐりむっくりで、とてもニンフのようなミランダを想起させなかった。

そもそも、この所帯には大気の精エアリエルの入る余地はなかった。とはいえ、フェリックスは工具使いの得意なバートに金を払い、彼らの農家からもう一本電線を引いてもらうことができた。どう見ても違法の電線がすでに一本あったのだが。これで、寒い日は暖房を点けられ、飲み物用の小型冷蔵庫、二口の電気コンロも使えるようになった。もっとも、三ついっぺんに使うと停電してしまったが。電気ケトルも買った。電気の使用量はモードがざっと見積もり、適宜上乗せした料金を請求してきた。この家族に『テンペスト』の役を振るとしたら、もっとケチな精霊の役だな。たいした出番もないやつ。フェリックスは冗談まじりに考えた。

毎月一日に、家賃の入った封筒をモードの荒れた手にわたしてくる以外、大家一家（と呼べるのかわからないが）とは没交渉だった。モード一家は自分たちのことにしか興味はなく、フェリックスも同様だった。

とはいえ、フェリックスにとって「自分のこと」とはなにか？

演劇界のニュースは遮断し、演劇の記事を読んだり、演劇のことを考えたりするのも避けようとした。つらすぎる。ところが、その試みは挫《くじ》けてばかりだった。気がつくと、あれこれ地方紙を買い、近隣の町の地元紙まで買い集めて、劇評に目を通しては、怒り心頭に発してびりびりに破いて焚きつけにしてしまう。

悲嘆と沈思に暮れたこの隠遁初期、フェリックスはなるべくボロ家の修繕に専念するようにした。そうした作業にはセラピー的な効果があった。家の中をかたづけ、クモの巣をはらい、倉庫からいくつか家具を出してきて据えつけた。少し油と呼び水をさし、ゴムのパッキンを新品に取り替えると、手押しポンプは動くようになった。屋外トイレに関して難しいことはなかった。ちゃんと機能していたし、いまのところ臭いもない。屋外トイレの消臭にぴったりと謳われた茶色の粒々をひと袋購入し、定期的に少しずつ撒いていた。寝室のフロアにはラグを敷いた。ナイトテーブルも置いた。はしゃいで笑うミランダの写真がまばゆく鎮座しているのは、このテーブルの上だ。

こうして家の雑事にかまけようと悲痛な努力をしても、ぐっすりとは眠れず、しょっちゅう目を覚ました。

ウィルモットの金物屋で工具をいくつか買ってきた。ハンマーと草刈り鎌も。これで小屋の前にはびこる雑草を刈りとった。窓もきれいに拭き、てきとうに天窓まで拭いた。庭をちょっと耕して、トマトかなにか野菜を植えることも考えた。いや、しかし、それはやりすぎだろう。畑はあきらめたが、暇をつくらないようにした。それが仕事みたいなものだ。忙しさを維持すること。

とはいえ、まだ足りなかった。

図書館に行って、本を借りだしてきた。こういう機会を使って、若いころ読破できなかった古典の数々をぜったい読むべきだ。『カラマーゾフの兄弟』、『アンナ・カレーニナ』、『罪と罰』……ところが、読めなかった。それらの本には、生身の人間の暮らしと悲劇がひしめいているではないか。気がつくと、こんどは児童書を手にしていた。最後には、めでたしめでたしとなるお話だ。『赤毛のアン』、『ピーターパン』、おとぎ話なら『白雪姫』、『眠り姫』。ガラスの棺や四柱のあるベッドに死んだものとして横たえられた少女たちが、恋人に触れられると、魔法のように生き返る。これぞ、おれの求めているものだ。運命の逆転。

「お孫さんがいらっしゃるんですね」やさしげな図書館員はそう話しかけてきた。「読み聞かせてあげるんですか?」フェリックスはうなずいて微笑んだ。ここで事実を打ち明けても仕方がない。

ところが、しばらくすると、児童書をぜんぶ読みつくしてしまった。ガレージセールで見つけてきた縞柄のデッキチェアを木陰におき、そこに座って、やばいぐらい長時間、宙を見つめて過ごした。これをやりすぎると、厳密にいえばそこに存在しないものがいろいろ見えるようになるが、フェリックスは危機感をもたなかった。雲がいろいろな形に見え、葉群《はむら》のなかに顔が見えるようになった。すると、少し寂しさが和らいだ。

そのうち、静寂が気にさわるようになった。正確に言うと、静寂ではなく、鳥のさえずりや、コオロギの声、木立を吹き抜ける風の音だ。あるいは、屋外トイレにたかってくるハエの対位法のごとき羽音。メロディアスで、心癒されるような。ときおり、フェリックスは鳴りやまない音楽みたいな音から逃れようと、ますます危なっかしくなってきた愛車に乗りこみ、ウィルモットの町まで出て、人間のふつうの声を聞くためだけに、金物屋で買い物をすることもあった。〔『テンペスト』三幕二場の森のパロディ〕何年かのうちには、接着剤やブラインドフックやピクチャーハンガーがごっそり溜まり、ばらネジが小さな山をなした。足もとがおぼつかなくなってないか？　地元に住みついた無害な変人とみなされているだろうか？　噂話のタネになっているか、いや、だれの目にも留まらないかも？　まあ、どうでもいいが。

　だったら、どうでもよくないこととはなんだ？　かつて演劇界を揺るがす大立者になろうと熱をあげたように、いま熱く求めるものとはなんだ？　いまのおれが目指すものはなんだ？　これがあるうちは死ねないというものは？　仕事はなくなった。命をかけて愛したふたりも失った。このまま朽ちていく危険さえある。あらゆる活力を失くして。無気力状態に陥って。少なくとも、酒屋とバーには近寄るな。

　フェリックスは、例の高齢期を前に目的を見失う中年男のひとりになりかけていた。ロマンティシズムだの野心だのの罠にはまるほど若くはなく、ただ、ただ、この世をさまよう。旅に出てみることもできた。お金の余裕なら多少はある。とはいえ、そんな旅というやつは、少なくとも食指が動くような旅は、そうそうあるもんじゃない。行きたいところがどこにあるというんだ？　独り身の女をひっかけて、いっとき楽しんだところで、双方みじめな気持ちになるだけだ。新たな家庭を築くというのは問題外。失われた、消え去ったあの場所をうめてくれる者などいるはずがない。ブリッジクラブにでも入るか。カメラクラブとか、水彩画クラブとか……。とはいえ、ブリッジなんか大嫌いだし、もはや写真なんて撮りたくないし、人生の救いとなるほど絵が描けるわけでもない。しかし、この人生を救いたいかというと？　救おうとしなければ、どうなる？　首を吊るか。銃で頭をぶっ飛ばすか。ヒューロン湖に入水《じゅすい》するか。ここからそう遠くないしな。どうせ、考えを弄《もてあそ》ぶだけで、本気じゃないんだろ？　だったら、どうする？

なにか人生の芯となるもの、目的が必要だ。デッキチェアに座りながら散々考えていたのは、このことだった。その末、自分に残された道は二つだと結論した――自分の心をいまも満足せしめる二つのプロジェクト。少し経つと、もっとはっきりした計画が見えてきた。

一つ、あの『テンペスト』をとりもどす必要がある。どうにかして、どこかで、興行をうつのだ。理由は演劇界のしがらみとは関係なかった。名声やキャリアとはいっさい関わりがない。ごくごくシンプルに、わがミランダをガラスの棺から解き放ち、息吹きをあたえてやらねば、という思いだ。しかしどうやって？　役者はどこで見つける？　役者は木に生えてこないのだ。この掘立小屋のまわりには、腐るほど木があるというのに。

二つ、復讐をしてやれ。フェリックスは復讐に燃えた。夢にまで見た。トニーとサルには痛い思いをしてもらう。こうしておれが落ちぶれたのもやつらのせいだ。まあ、大方はやつらのせい。粗末に扱いやがって。とはいえ、そうした仕返しはどんな形でなしうるか？

フェリックスの望みはこの二つだった。日を追うごとに、その気持ちは強くなった。ただし、実

行する手立てがわからない。〔第一幕第二場、プロスペローの科白より〕

7 ✦ 秘術の研究に没頭す

『テンペスト』の興行はしばしば機を見るより仕方あるまい。実現の手立てがないのだから。かくして、まずは復讐にとりかかろう。

　どうしてくれようか？　アモンティリャード〔シェリー酒の一種〕などの大樽が手に入ったとか言って、トニーをじっとり湿った地下の酒蔵に誘いこみ、壁に塗りこめてしまうか？〔E・A・ポーの短篇からの借用〕とはいえ、トニーはあんなトンマじゃない。料理にしろ、ワインにしろ、美食自体にはたいして興味がないやつだ。そういうものを喜ぶとしたら、ステータスの証だからに他ならない。だいたい、武装したボディガード二名の警護もなしに、フェリックスにくっついて暗所に降りていくほど脇が甘くない。フェリックスに憎まれても仕方ないのは、重々承知だろうから。

　だったら、トニーのかみさんを誑《たら》しこんでやるか。いや、それより、かみさんがどこぞの若造に口説かれていたと、それとなく仄めかしてやるか？　とはいえ、トニーの妻というのが凍てつく雪花石膏で作った飾り物みたいなのだ。ロボットじゃないかと思うぐらい、口説いてもなびきそうにない。それに、架空の貞操帯がうまくはずれたとしても、どこぞの罪なき若造に罪を着せるのはいかがなものか？　どうしてトニーの怒りを若者にぶつけさせるんだ？　いまやトニーは人のキャリアを一瞬で燃してしまえるような武器をたんまり手にしているんだぞ。若者たちはまだ人生半ば。わが世の春を謳歌できるうちに、プールで泳いだり、半熟女たちの香るシーツにくるまれたりして、盛りの頃を楽しむのを許されるべきだ。そのうち、萎《しお》れて垂れて焦点も定まらなくなるんだから。

だったら、トニーの自宅かオフィスか行きつけのレストランに忍びこみ、やつの昼食に毒薬を仕込んでやるか。不治の病に陥るか、長く苦しい闘病生活の末に死ぬような薬だ。そうなったら、自分は医者になりすまし、トニーの病室に現れて、ほくそ笑んでやろう。そういえば、前に読んだミステリーでは、犠牲者はラッパズイセンの球根を食べて死んだっけ。たしか、オニオンスープに紛れこませたんだった。

いやいや、ただの妄想だ。こんな復讐はメロドラマすぎて自分には向いてないし、どれも自分の技量ではとても無理だ。もっと何食わぬ顔ができないと。

汝の敵を知れ。復讐の権威たちはみんなそう言っている。かくしてフェリックスはトニーの動きを追いはじめた。どこに行ったか、なにをしているか、どんな表明をしたか、どんなテレビ番組に出たか。それから業務実績のリスト。業績を重ねることがやつの喜びだし、それを抜け目なく世間に知らしめていた。

初めは、こうした間接的ストーキングもたやすかった。マカシュウェグの地元紙（あの頃は二紙だけ）を入手して、演劇欄のニュースと社交面の報せをチェックすれば済んだ。そのころトニーは夜会や寄付金集めの会合に引っ張りだこで、インタビューにも気さくに応じていた。フェリックスは「年間芸術企画大賞」や「教育福祉活動賞」がトニーに授与されたという記事を読んで歯ぎしりをした。なんでも、演劇祭のプログラムを目当てに近隣地域の子どもたちが押しかけ、人がばたばた死ぬ『ハムレット』の芝居をくすくす笑ったり、ひそひそ囁きあったりしながら最後まで観たのだとか。もとはフェリックスが発案した企画なのに。それどころか、トニーが賞を受けている企画や演目のほとんどは、フェリックスが考えだしたものだった。

　フェリックスが追放されてから五年目に、またまた授章があった。なんと、「オンタリオ勲章」。うへぇ。フェリックスは唸った。またまたスーツの襟が引き立つな。この横取りの王位簒奪者め！

　追放六年目。トニーは方向転換をはかった。演劇フェスティバルの芸術監督を退き、マカシュウェグの町で政治家として打って出たのだ。町の住人たちとは昔からのなじみであり、州議会に議席を勝ちとり、名前にHonourable〔閣下〕が付く身分になった。民族遺産大臣の座にはまだサル・オナリーがおり、いまやふたりは同じ穴の狢《むじな》であり、その穴をせっせと飾りつけているに違いない。おたがいにとって、さぞや快適な巣穴だろう。

　トニーがちょこまか立ち回って入閣する日も遠くあるまい。フェリックスはそう思った。すでに有力候補として世間の口の端にのぼっていた。トニーの写真には、早くも大臣然とした雰囲気が漂っていた。

　そのころ、テクノロジーの恩恵として、フェリックスの乏しいスパイ兵器に新しい〝望遠鏡〟が加わった。偵察の強い味方Googleだ。以前は自分用のパソコンを持っていたが、劇場の所有物だったので、お払い箱にされた際に没収された。だからしばらくは、ウィルモットのネットカフェにもぐりこみ、可能な範囲でトニーの活動を追跡していた。仕事用のメールアカウントは劇場を後にしたときに廃止してあった――「まことに遺憾」だと述べる偽善的なメールがどっさり来るのはさぞかし業腹であったろう――が、最近、新しいアカウントを二つ開設した。一つは本人名義、もう一つはミスタ・デュークの名義で、後者はすでにクレジットカードも二枚作ってあった。ミスタ・デュークに車の免許も取らせようかと思ったが、それはちょっとやりすぎだろう。

ウィルモットのカフェでは面が割れてきたようなので――ポルノサイトを見ていると思われているのかも――中古で安いパソコンを買った。もともとモードの家から電話線は引いてあったので、ダイヤルアップでネットにつないでいた。しばらくすると、裏の道路沿いにケーブルが引かれたため、イーサネットとルーターに昇格し、これによって回線のスピードが上がり、ネットアクセスのセキュリティが強化された。

ある人物のことを調べようというとき、ネットは驚くべき効力を発揮する。こちらには、不遇の片隅で「Googleアラート」を独り読むフェリックスがおり、あちらには、世界を忙しく飛びまわるトニーとサルがいる。ふたりはよもや、尾行者、偵察者、監視人、そう、ネットストーカーが尾《つ》けているなんて思ってもいない。

フェリックスはなにを待ちかまえているのか？　本人にもよくわからなかった。チャンスがひらける瞬間、幸運な突破口か？　対決の時につながる道か？　パワーバランスが自分に有利に働きだす時か？　願っても無駄なことだったが、鬱屈した怒りだけが支えだった。怒りと、正義に飢える心だけが。

自分のスパイ行為がいささか（ほんのちょっと）常軌を逸しているのは自覚していた。それでも、人生にもう一人ぶんの場所を少しずつ作りつづけ、そちらは本物の狂気に陥りかけていた。

ミランダが生きていたら何歳になるか。死児の齢《よわい》を数えることで年月を計算しだしたのが、狂気の始まりだった。生きていれば、五歳だ。六歳だ。そろそろ乳歯が抜けてくるころだな。もう字を書くのを覚えるころだろう。そんな風に考える。初めは、未練がましいただの夢想だった。

ところが、この未練がましい夢想の域を出て、娘は目に見えないだけで今もそばにいるのだと半ば信じはじめるまでは、一足飛びだった。奇想とでも、妄想とでも、演技とでも呼べばいい。本気で信じてはいないのだが、その非現実がまるで現実であるかのようにふるまった。ふたたびウィルモット図書館で児童書を借りだすようになった。ただし、それは、夜の読み聞かせをするためだった。楽しんでいる自分もいた。現役のときのような良い声がいまも出たし、日々の発声練習にもなった。しかし他方では、みずから生みだした幻影にひたっている部分もあった。自分の声に耳をすます幼い女の子がいるのか？　いや、実際にはいない。でも、いると思うと、心がなぐさめられたのだ。

ミランダが五歳、六歳、七歳と成長していくと、勉強を見てやるようになった。当然ながら、学校に通わないホームスクーリングである。フォーマイカ張りのテーブルをはさみ、二脚しかない古びた木の椅子にそれぞれ腰かけた。「六×九は？」と、問題を出してやる。そのとおり、賢いな！ミランダはほとんどミスをしないのだった。

食事もいっしょにとるようになった。そうでもしないと、フェリックスは食事を忘れがちなので、良い習慣ともいえた。充分に食べないと、娘がやさしく叱ってくれた。「出されたものはぜんぶ食べなさい」そんな風に言って。ミランダ本人の好物はマカロニチーズだった。

娘が八歳になると、チェスの指し方を教えた。覚えの早い子で、たちまち三回のうち二回は父を負かすようになった。自分で編めるようになった長い三つ編みの先を噛みながら、チェス盤を見つめる真剣なまなざし。父は娘が勝つと内心うれしくて仕方なかったが、しょげて見せた。すると、あの子はいつもけらけらと笑った。父の演技だと承知していたから。もし本気でしょげていたら、思いやってくれただろう。なんて、人の気持ちのわかる娘なのか。フェリックスは鬱積する怒り、トニーとサルへの怒りは、決して見せまいとした。父のそんな感情を目の当たりにしたら戸惑うだろう。ネットでふたりのおふざけを追跡し、悪態をつぶやくのは、決まってミランダが部屋にいないときだった。

ミランダは昼間のうちは家の横手の草地か、裏手の森で、外遊びをしていることが多かった。牧草地から蝶々の群れがぱあっと飛びたつのを見ることがあった。きっとミランダが脅かしたのだろう。アオカケスやカラスが森で騒いだら、ミランダが歩いているんだなと思った。リスたちが高い声であの子に話しかけ、ライチョウはあの子が近づくと、おかしな音をたてて逃げていく。夕暮れには、ホタルがあの子のゆく道を照らし、フクロウがこもった声であいさつをしてくる。

冬、雪が家の前の道に降り積もり、風がうなっていても、あの子はためらいもなくすっと外に出ていく。ミトンをはめなさいとうるさく言っているのに、然るべき防寒もしないが、だからといって困ったことにはならない。風邪もひかず、インフルエンザとも無縁だ。それどころか、父と違って病気ひとつしない。父が床《とこ》に伏せると、心配そうな顔で、そうっとベッドサイドを歩く。しかし父のほうは娘を心配する必要はない。この子にどんな危険が迫りうるというんだ？　危害のおよばないところにいるというのに。

ミランダは、父と自分がどういう経緯で人里離れたここに来て、この小屋に住んでいるのか尋ねることはなかった。父の方から話すこともなかった。自分が存在しないと知るのはショックだろうから。少なくとも、ふつうの存在の仕方ではない。

ある日、窓の外からミランダの歌う声が聞こえてきた。それは夢想ではなかった。それまで夢うつつに想像したものとは違った。絶望の淵でつくりあげた突飛な嘘ごとではない。実際に声が聞こえてきたのだ。それは慰めどころか、恐怖心をあたえた。

「やりすぎたんだ。いますぐそんな癖は断ち切れ、フェリックス」フェリックスは厳しい声で自分に言い聞かせた。「気をしっかりもて。閉じこもった殻から出ていくんだ。おまえには、現実世界との接触が必要だ」

8 ✦ 仲間を連れてこい

〔第四幕第一場、プロスペローの科白より〕

かくして、追放の身となった九年後――ミランダは十二歳――ミスタ・デュークは職を得た。ステータスの高い仕事ではなかったが、フェリックスにはちょうどよかった。なるべく目立たずに暮らしていきたい。実世界にもどり、人々との関わりをとりもどす。そうすることで、地に足をつけようと考えた。いま思えば、自分は長い隠遁生活で頭がおかしくなりかけていた。心を蝕む悲しみを抱えて、長いこと独りで過ごしすぎたのだ。その期間が長すぎて、痛む心がさらに苛《さいな》まれた。まるで陰鬱な長い夢から目覚めたような気分だった。

その職は、地元のオンライン紙経由で見つけたものだった。近くの「フレッチャー矯正所」で、〈文学を通じてリテラシーを〉という高校生レベルのプログラムを受け持っていた教師が急病で休職したという（急逝したとのちに判明）。すぐにでも代講できる人を求む。ただし、臨時雇いとなる。いくらか経験は必要（と書いてあるが、さして要らないだろうとフェリックスは判断した）。応募したいかたは……

よし、応募してやろう。フェリックスはミスタ・デュークのメールアドレスを使って、まずは応募メールを送った。つぎに、てきとうに履歴書をでっちあげ、サスカチュワン州にある無名校数校からの古びた推薦状も捏造し、すでに死んだか引退してフロリダあたりに越していそうな校長のサインを偽造した。こんなものは確認などとらないと、九十九パーセント確信があった。だって、要は穴埋め要員だろ。添え状には、「何年か前に引退した身ですが、地域の共同体になにかお返しをすべきだと感じました。これまでわたし自身が多くを与えられてきたからです」とかなんとか書いて出した。

面接に呼びだすメールが、速攻で返ってきた。ということは、ほかに応募者はいないんだろう。ますます良いじゃないか。きっと人探しに必死になっているから、このポストはもらったも同然だ。ここまで来るころには、本気でやる気になっていた。自分で自分に言い聞かせた面もある。きっと将来につながる仕事だと。

薄汚い格好で暮らしていたので、シャワーを浴びてこざっぱりし、ウィルモットの〈マークス・ワーク・ウェアハウス〉で深緑の庶民的なシャツを買った。ヒゲまできれいに整えた。もう何年も伸ばしっぱなしで、もはや灰色というより白くなりかけており、眉毛もそれと同じく伸びて白くなっていた。賢人って感じに見えるといいが。

面接が行われたのはフレッチャー矯正所ではなく、近くのマクドナルドだった。面接官として来たのは四十代とおぼしき女で、身なりに気を使っていた。白髪まじりのブロンドの髪にピンクのメッシュを入れ、光り物のイヤリングをつけ、ネイルケアも怠らず、一本だけシルバーに塗っていた。「エステルです」と名乗ってきた。ファーストネームを名乗るのは良い先ぶれ。仲良くしましょうという意味だ。聞けば、自身がフレッチャーで働いているわけではないという。グェルフ大学の教授であり、フレッチャーのこのプログラムを外部から監督している。ほかにも、さまざまな政府の諮問委員を務めているとか。たとえば、法務省。「祖父が上院議員だったもので」と、エステルは言った。「それなりのコネはあるんですよね。内情に通じている、と言うんですか。そこで、あなたにも知っておいてほしいのだけど、当プログラム〈文学を通じてリテラシーを〉は、多かれ少なかれ……なんというか、わたしの肝煎りなの。実現させるためにどれだけロビー活動をしたか！」

ごりっぱです、とフェリックスは言った。できることをやっていかないとね、とエステル。

亡くなった先生は生前、とても良くしてくれて、とエステルはさらに言った。多くの人たちに惜しまれることでしょう。本当に急なことで。ショックでした。フレッチャーの仕事に本当にご尽力下さって、先生の成し遂げたことは……ええ、だれしも多くを期待せずにやってくるような環境で、まさに、まさに最善を尽くされました。

フェリックスはてきとうなところで頷き、「へえ」とか「ほう」とか相槌を打って、さも共感するような顔をし、ときにアイコンタクトも欠かさなかった。その甲斐あって、エステルの顔にますます笑みが広がった。万事、計画どおりに進んでいる。

前置きがすむと、エステルはいよいよ面談に突入した。まず息をついて、「お顔に見覚えがあるんですよ、デュークさん」と切りだした。「前は、ヒゲはなかったけど。そのヒゲ、こう言ってはなんだけど、かなり目立ちますよね。ひょっとして、フェリックス・フィリップスさんじゃありません？　あの高名な演出家の？　わたし、子どものころから演劇祭には毎年行ってたんですよ。祖父が子どもたちを連れていってくれて。プログラムのコレクションなんて、かなりのものですよ！」

分身よ、さようなら。「いかにも」と、フェリックスは答えた。「しかしこの仕事はミスタ・デュークの名義でやりたいのです。その方が、まわりも気後れしないでしょう」

「そうですか……」こんどの笑みはためらいがちだった。心中、こう思っているんだろう。武装もしていないおっさん演出家に気後れ？　あのフレッチャーの強者どもが？　まじで？

「雇用サイドに身元を知られると、キャリアが高すぎると言われるかもしれませんからね。この講師役にはプロフェッショナルすぎると」エステルの顔に笑みが広がった。なるほど、それならわかる、と。「ですから、ここだけの話にしてください」フェリックスは言って、身を乗りだしながら声をひそめた。「腹心の友よ」

「あら、楽しそう！」気に入ったようだ。「腹心の友だなんて、王政復古期の劇作みたい！　ほら、『シティの女相続人』〔一六八二年初演〕とか……」

「アフラ・ベーンですか」フェリックスはすかさず言った。「ただし、あの腹心の友たちは物盗りですが」と言いながら感心していた。マイナーな戯曲なのによく知ってるな。おれもやったことがない。

「わたし、むかしから泥棒に憧れていたのかも」エステルは笑い声をあげた。「でも、まじめな話、たいへん光栄です！　あなたの芝居はマカシュウェグでほとんど見ているはずですよ。あなたが監督のころの。『リア！』とか大好き。なんというか、とても……」

「はらわたに響く？」フェリックスはいちばんの絶賛評から言葉を引用した。

「ああ、それですね」エステルは言った。「はらわたに響く」と、そこで口をつぐんだ。「それはそうと、やはりこの仕事は……言うまでもなく、デュークさんに来ていただくのは申し訳ないかと。

ほんのパートタイム職なんです。一年に三か月だけの。ご経歴に釣りあうものはとても——」

「いやいや」フェリックスは言葉を遮った。「標準価格でけっこう。引退してしばらく経ちますし、このままでは錆びついちまう」

「引退されたんですか？　まあ、まだ引退にはお若いのに」エステルはとっさにお世辞を言った。

「もったいないですよ」

「それは、どうも」フェリックスは言った。

エステルがしゃべりだすまで少し間があった。「矯正所とは刑務所のことですが、ご存じですよね」と、ようやく言った。「つまり、その、教える相手は受刑者たちです。このプログラムの目当ては、基礎的な読み書きの力を高めること。社会にもどってから、共同体に自分の居場所をつくれるように。そんな生徒が相手ではやりがいがないのでは？」

「挑みがいがありそうだ」フェリックスは言った。「むかしから、チャレンジ精神はある方でね」

「正直なところ、生徒のなかにはけんかっ早いのもいます。すぐに手が出る。あなたにはそんな危険なことは……」エステルの頭には図が浮かんでいるようだった。床に倒れているフェリックス。手製の刃物が首に突き刺さって、まわりに血だまりが広がっていく。

「お言葉ではありますが」フェリックスは鼻につく高貴なステージアクセントを使ってやった。「演劇の草創期には、役者は罪人と紙一重とみなされていた。実際、わたしもそういう役者を数々知っていますがね——そういう気質なんですよ、すぐに手が出る。舞台上でぶちキレたりね。扱いにコツがいるんです。それにわたしのもとで学べば、彼らも自制の仕方をもっと身につけます。請けあいますよ」

エステルはまだ揺れているようだったが、こう言った。「まあ、ぜひやってみたいとおっしゃるのであれば……」

「ただし、わたしにはわたしのやり方があります」フェリックスはこの幸運な機会をもう一押しした。「がっつり裁量にまかせていただきたい」まだ学期の初めで、プログラムが本格的に始まる前に前任者が死んだのだから、フェリックスにも創造の余地があるはずだ。「このコースでは、ふだんなにを読んでいるんです？」

「そうですね、『ライ麦畑でつかまえて』にはだいぶお世話になってます」エステルは答えた。「それから、スティーヴン・キングの小説も人気がありますね。『夜中に犬に起こった奇妙な事件』〔マーク・ハッドンの小説およびその舞台化作品。自閉症スペクトラム障害の少年が犬の殺害を疑われる〕とか。これなんか、自分と重ねあわせて読める人が多いみたいですよ。センテンスが短くて、読みやすいですし」

「ふむ」フェリックスは言ったが、内心では、ライ麦アホ畑かよ！　と毒づいていた。プレッピー坊や向けの子ども騙しだ。これから行く刑務所は中程度から最高度の警備体制のはず。要するに、いい大人の男どもが収容されているということだ。リミッターを振り切ってしまうような人生を送ってきた連中だ。「もうちょっと方向性を変えてみるか」

「えーと、失礼ながらどんな方向性？」エステルはいたずらっぽく首をかしげて訊いてきた。もう採用が決まった相手なので、リラックスしていちゃつけるってわけか。ズボンに気をつけろよ、フェリックス。この女は結婚指輪をしていない。おまえは格好のカモってことだ。なんにせよ、止《や》まらなくなることは始めるな。フェリックスは自戒した。

「シェイクスピアとか」フェリックスは答えた。「その方向で」

「シェイクスピアぁ？」前のめりになっていたエステルが後ろにのけぞった。採用を考えなおしているのだろうか？「でも、それはいくらなんでも……言葉数も多いですし……きっとへこたれてしまいます。テキストを選ぶ際には、レベルをもっと、その……はっきりいって、読み書きがまともに出来ない生徒もいるんです」

「シェイクスピアの劇に出ていた役者たちが、そんなにものを読んでいたと思いますか？」フェリックスは言った。「旅から旅への生活だ。たとえば――」と、思いつく職業の例（ぱっとしないやつ）をもってきた。「レンガ積み職人みたいな！　自分が出ている芝居のホンだって読みとおしたことがない。自分の科白と、どこで出番があるかを覚えているだけ。それに、即興芝居も、じゃんじゃんやった。劇作のテキストというのは、侵さざる聖牛にあらず」

「ええ、それはわたしもわかっていますが……」エステルは言いよどんだ。「でも、シェイクスピアなんて、そんな古典はちょっと」

やつらには上等すぎると言いたいわけだ。「シェイクスピア本人は古典になるつもりで書いてないよ！」フェリックスは声に怒気をふくませた。「彼にとっての古典とは、古代ローマのウェルギリウスであり、ギリシャのヘロドトスであり……本人はいつオケラになっても不思議じゃない、いわゆる劇団座長にすぎなかったんだ。われわれがいまシェイクスピアを読めるのは、ひとえに運のおかげだ！　本人の生前、作品は一つとして出版されてもいないんだからね〔史実とは異なる〕！　本人が死んでから、旧友たちが紙きれを継ぎあわせて台本を再現し、おいぼれ役者たちが寄り集まって科白をなんとか思いだしたわけさ！」科白があやしくなってきたら、とにかくしゃべり続けろ。舞台上で科白がとんだ際に弄するおなじみの手口。なんでもいいから、それらしい科白を即興で口にし、プロンプターが本物の科白を掲げるまでの時間稼ぎをするのだ。

エステルは面食らった顔をしていた。「え、ええ、そうね。でも、それとこれとにどんな関係が……」

「ふれあいが第一と考えております」フェリックスは精一杯の権威をにじませた。

「触れるってなにに？」ここに来てエステルはまじめに警戒しだしたようだ。「彼らのパーソナルスペースは尊重していただきます。決して触れたり……」

「いやいや、芝居をやるという意味ですよ」フェリックスは言った。「劇を上演するんです。役に入りこむにはそれしかないからね。ああ、心配ご無用。施設が定めた規範はなんであれ遵守しますよ。課題を出して小論文を書いてもらったり、そんなやつね。採点もする。このコースに求められるのはそういうことでしょう」

エステルはにっこりした。「高い目標ね。でも、小論文ですか？　実際問題、そこまでは……」

「ちょっとした作文ですよ。どの劇作をやるにしろ、それについての」フェリックスは言った。

「本気なの？　彼らにそんなことさせられるものですか？」エステルは言った。

「三週間ください」フェリックスは言った。「それまでに成果が出ていなかったら、『ライ麦畑』をやりますよ。約束しよう」

「だったら、そういうことで」エステルはようやく同意した。「幸運を祈ります」

最初の数週間は、当然ながら少々荒れた。フェリックスとシェイクスピアのコンビは、たいへんな茨の道を上へと登らねばならず、所内の諸条件に対して自分が思ったより準備不足であることをフェリックスは思い知った。講師としての権威を確固として主張し、越えてはならない一線を示す必要があった。ある日など、もうやめてやるぞと凄んだこともある。脱落者もいくらかいたが、コースに残った者たちは真剣に取り組んでおり、結果として、〈フレッチャー矯正所シェイクスピア劇団〉は大当たりをとったのだった。彼らなりになかなかのエッジも利いてきた。ある種、〝アヴァンギャルド〟と言ってもいい。実際、フェリックスは生徒たち相手にこの用語を（意味をていねいに説明しつつ）使った。かっけーじゃんか。最初のシーズンが終わると、コース登録に行列ができた。驚くべきことに、彼らの読み書きテストのスコアも、平均で十五パーセントもアップした。謎の人物ミスタ・デュークはどうやってこんな成果を上げているんだ？　みんな訝しんで首を振り、採点を甘くしているのではと疑われもした。しかし、そうではない。選択回答形式の客観テストの結果が裏づけになった。なんと、成果は本物らしい。

刑務所外の広い世界では、エステルの評判が大いに高まっていた。学者たちが集まり、学会が開かれ、さまざまな学説が提起され、各大臣はどんどん予算を承認したが、フェリックスはエステルを妬みはしなかった。そんな暇はなかったのだ。彼は演劇界にカムバックしていた。新たな、以前は予想だにしなかったやり方で。むかしの自分だったら、ムショの囚人を集めてシェイクスピア劇をやっているなんて聞いたら、幻覚でも見てるんじゃないか、とあきれたことだろう。

この劇団を始めてもう三年になる。演目は慎重にえらんできた。まず、『ジュリアス・シーザー』から始めて、つぎに『リチャード三世』をやり、そのつぎに『マクベス』をやった。権力争い、裏切り、罪悪の数々……。これらの主題については、生徒たちの飲みこみの早いこと。その道には、みなそれぞれに通じていた。

劇中の人物たちはどのように諸局面を乗り切ったらよかったのか、だれもが一家言もっていた。シーザーの葬式でマーク・アントニーに演説させるなんて、マヌケもいいところだ。巻き返されて、しまいにどうなった！　リチャードはやりすぎだな。だれも彼も暗殺してまわるなんてバカか。いざ、戦いってときに、助っ人がいなくなるじゃねえか。王さまになりたけりゃ、味方が必要なんだよ、アホンダラ！　マクベスはあの魔女どもを信用しすぎだろ。おかげで、自信過剰になっちまって大失敗。人間、自分の弱みから目をそらさないようにしないとな。これ、基本のキの字。やばいかもってことは、大体やばくなるんだよ。こんなの、常識だよなあ？　一同、うなずく。

こうした意見を作文のトピックに採用したのが、フェリックスの賢いところだった。

シェイクスピアのなかでも、ロマンティック・コメディは避けた。この四人集団にとっては浮つきすぎだし、セックス問題に踏みこむのは考え物だった。とんだ騒動になりかねない。また、『ハムレット』と『リア王』もべつな理由から対象外となった。内容が暗澹《あんたん》としすぎている。ただでさえ、フレッチャー所内では自殺未遂がありすぎるほどあり、なかには完遂してしまう者もいるのだ。

しかし、これまで手がけた三作は許容範囲内だった。結局は死屍累々となるが、だれにせよ勝者のもとで新たな始まりが提示される。悪行はおろか愚行さえも罰せられ、善徳は多かれ少なかれ報われる。シェイクスピア劇においては、善徳が全面的に報いられることはないのだと、フェリックスは念入りに指摘しておいた。

どの劇をやる際にも、指導法は同じだった。まず、コースが始まる前に、全員にテキストを読ませておく。フェリックスが短縮したバージョンだ。さらに、プロットのまとめと、注釈集、古語の意味を書いたアンチョコも配っておく。これすら読み切れない者たちは、たいていこの時点でドロップアウトする。

つぎに、クラスで生徒たちと顔合わせをしたら、作品の趣旨をおおまかに説明する。なにに関する劇なのか？　趣旨は少なくとも三つ、あるいはそれ以上ある。なぜなら、シェイクスピアは一筋縄ではいかないのだ、とフェリックスは説明する。物語の層が何重にもなっている。ものごとをカーテンの後ろに隠すのが得意で、あるとき物語が急加速《プレスト》！　あっと驚かす。

このメソッドでは、つぎの一手が重要だった。クラス内で使える悪態を制限するのだ。生徒たちが使うのを許されるのは、劇作に書かれている罵倒句のみ。このレッスンは盛りあがった。しかも、生徒たちは決まってテキストを舐めるように読むようになる。そこで、クラス内対決を実施。リストにない悪態をついたら減点される。『マクベス』をやっているときなら、こんな風に言うしかない。「悪魔に真黒くしてもらえ、この生っ白い腑抜けが！」。法にそむくものは点を失おうぞ。対決の勝者には、豪華賞品が用意されていた。フェリックスがこっそり持ちこんだ煙草などもあり、この点も非常にうけがよかった。

カリキュラムのつぎの段階では、クラス内で主要人物たちの人物造形をひとりひとり綿密に読みこんで話しあう。彼はなぜそんな風になったのか？　彼らが求めているものはなにか？　なぜそれを欲しがっているのか？　さまざまな意見が代わる代わる飛びだし、議論は白熱する。マクベスはサイコなのか、あるいは？　マクベス夫人はもともと頭がおかしいのか、それとも罪悪感からそうなったのか？　リチャード三世は生まれながらに血も涙もない人殺しなのか、あの時代と腐敗しきった大一族の落とし子なのか？　殺《や》るか殺られるかだったのだから。

じつに面白い意見だ。フェリックスはいつもそう言って褒めた。**鋭い指摘だな。**そしてこう付け足すのを忘れなかった。

つぎに、いよいよ配役を決め、シェイクスピアに関しては、答えが一つきりということはあり得ないんだ。主要人物たちにはそれぞれバックアップチームをつける。――科白のプロンプター、代役、衣裳デザイナーなど。各チームは登場人物の科白を自分たちの言葉でリライトして、芝居をもっと現代風にしてもよいが、プロットは変えてはいけない。それが決まりだ。

最後の課題は、芝居の上演が終わった直後に出される。もしそのキャラクターがまだ生きていれば、「その後の人生」を創作する。死んでいるなら、舞台から姿を消して芝居の幕が下りた後、ほかの登場人物たちがその死者をどう見ているかを考察する。

原作に手を加えた台本ができると、稽古に入り、サウンドトラックを作り、小物や衣裳を仕上げていく。小物と衣裳はフェリックスが所外からかき集めて、フレッチャーに運びこんできたものだ。

当然ながら、さまざまな制限があった。先のとがったもの、爆発性のもの、喫《す》えるもの射《う》てるもの、いずれも持ち込み禁止である。じゃがいも銃〔じゃがいもを気密ガスで飛ばす鉄砲〕もダメだった。作り物の血糊もダメだという。本物と間違われたら、取り調べに発展するだろうし、受刑者を刺激してしまう。

もろもろ仕上がったら、一場ごとに演じていく。生の観客を前に上演するわけにはいかないのだ。所内の受刑者をひと所に集めるのは暴動の危険があるとして、管理サイドは二の足を踏んでいたし、それだけの人数を収容できるホールもなかった。だから、一場ずつビデオで撮ってから、デジタル編集をする。こうすれば、チェックの必要な数々の項目において、「本番として通用するこなれた演技」を選ぶことができる。それに、ビデオに撮るのであれば、科白をとちった役者があたふたせずに済む。リテイクすればいいのだ。

ビデオ撮りが終わったら、効果音や音楽をつけて完成させ、房内の有線テレビでフレッチャーの全受刑者に鑑賞させる。上映中、フェリックスは所長や幾人かの上役たちとともに所長室に陣取り、監視インターカムを通して各房から聞こえてくる拍手喝采や感想に、胸を熱くした。囚人たちは戦いの場面が大好きだった。そりゃそうだろう? だれだって好きだ。だから、シェイクスピアは劇中にちょくちょく戦闘シーンを入れるんだ。

演技は多少粗削りではあったろうが、魂の奥から出てくるものだった。彼らの半分の感情でいいから、かつての芝居でプロの役者たちから絞りだしたかったものだ。刑務所劇団のスポットライトははかない光だが、この人知れぬ世界の片隅でたしかに光を放っていた。

上映会が終ると、プロの興行と同様――フェリックスがこれはどうしても欠かせないと粘った

――キャストの打ち上げがあり、ポテトチップスとジンジャーエールがふるまわれる。フェリックスが独自に煙草も配り、みんなハイタッチをし、拳をぶつけあい、ビデオの最後をもう一度見たりする。クレジットロールが流れるところだ。クラスのひとりひとりが――ちょい役でも、だれかの代役でも――自分のステージネームにスポットが当たるのを見ることになる。すると、だれからともなく、プロの役者たちがやることをやり始める。たがいにプライドを持ちあげあうのだ。「よう、ブルータス、やばかった《ブルータル》ぜ！」「やってくれるじゃねえか、リッチー坊や！」「おれらにもイモリの目ん玉をくれ！〔『マクベス』第四幕、第二の魔女の科白より〕」彼らはにやっとし、感謝をこめてうなずき、照れて笑ってみせる。

画面に映しだされる、別人になった自分の顔を見つめる顔、顔、顔。その顔を見つめていると、フェリックスは妙に感動を覚えた。彼らも一生でこの時ばかりは自分を愛しく思っているに違いない。

この演劇コースは一月から三月の開催で、この三か月のフェリックスは八面六臂の活躍を見せた。しかし春と夏はまたあの小屋に終始引きこもり、ふたたび気鬱に沈みこんだ。スター街道を歩んできた自分が、なんという落ちぶれようだ。泥棒やらヤクの売人やら横領犯やら人殺しやらペテン師やら詐欺師の集団を相手に、ムショでシェイクスピア劇をやっているとは。こうしておれは演劇人生を終えていくのか。こんな日陰で先細りになりながら。

「フェリックス、フェリックス、フェリックス」彼はそう独り言ちる。「こんな芝居で、だれをだまそうというんだ？」「これも目的をはたす手段のひとつだ」自分で自分に答える。「ゴールが見えてきたじゃないか。少なくとも、あれだって演劇だ」「どんなゴールだよ?」自分でまた問いかける。ゴールはあるはずだ。岩の下に、「復讐《Vengeance》」のVの字を記されてどこかに隠されている、いまだ開かれぬ玉手箱。自分がどこに向かっているのか、はっきりとはわからなかったが、どこかに向かっていることだけは信じなくては。〔第一幕第二場、エアリエルの科白より〕

9 ✦ 真珠の目

二〇一三年一月七日(月)

フレッチャー矯正所劇団に関わって今年で四年目になる。今日がシーズン初日。初日の常でフェリックスはちょっぴり緊張している。演目については今日までしっかり準備してきたが、なんらかのアクシデント、失策、そして反抗はつきもの。思ってもみなかった事態が。**ティップ・オブ・ザ・タン。シーシェルズ。ノー・スラッシュ**〔泣き言いうな〕。フェリックスは鏡の中の自分に言い聞かせる。**肝を据えろ**。

歯を磨き、入れ歯をはめると、髪の毛を整える。ありがたいことに、髪はまだふさふさしていた。まとまらないヒゲを何本か鋏《はさみ》で切る。ヒゲはもう十二年間も伸ばしており、いまではかなりさまになっていた。分量はたっぷりあるが見苦しくはなく、雄弁さはあるが先は尖っていない。尖った顎ヒゲは悪魔みたいだ。目指すは、その筋の権威たるイメージ。

フェリックスはいつもの仕事着に着替える。ジーンズ、トレッキングシューズ、深緑の〈マークス・ワーク・ウェアハウス〉のシャツ、すり切れたツイードの上着。ネクタイは無し。フレッチャーでおなじみになった彼の人物像を再現することが肝要だ。親しみやすいが威厳ある引退後の教師。ちょっと変わり者でナイーヴだが、基本いい人で、更生の可能性を信じているゆえ惜しみなく時間を捧げてくれる。

まあ、厳密にいうと「捧げている」わけではない。給金をもらっているのだから。とはいえ、雀の涙ほどだ。金のためだけにやっているんじゃない。きっとなにか裏の動機があるんだろうと、つねに裏の動機満載の受刑者たちは疑った。彼らは他人が欲を張るのは認めない。なのに自分のことになると、「しかるべき要求をしているだけだ」と言うのである。おい、正々堂々とやれよ、と。そんなことでたびたび喧嘩騒ぎになるのを、フェリックスはよくわかっている。

彼らの個人的な言い合いには、立ち入らないようにしている。そんなつまらない揉め事をクラスに持ちこむな、とだけ言う。だれがきみの煙草を盗もうと、それはわたしの管轄外だ。わたしは演劇屋なんだ。この教室に入ってきたら、いつもの自分は脱ぎ捨ててほしい。白紙の状態になってくれ。そうすれば、そこに新しい貌《かたち》を描ける。もしきみが何者でもないなら、だれか別人にならない限り、だれにもなれないって言うだろう――と、彼らでも聞き覚えのありそうなマリリン・モンローの言葉を引用して説明する。ここでは全員、何者でもないノーバディになるところから始めるんだ。そう、わたしもだ。

そう言うと、彼らは急に静かになる。クラスから蹴りだされたくはない。選択の余地のあまりない刑務所生活にあって、みずから選んでこのシェイクスピア・クラスに入ってきたのだ。これを受講できるのは特権的なことなのだと、きっと口酸っぱく言われているのだろう。この先生の指導を受けるためなら人殺しをする輩だっているだろう、などと。フェリックス自身はそんなことは口にしないが、言葉の端々にそれを漂わせていた。

「金のためにやるんじゃないんだ」フェリックスは声に出して言う。向きなおると、ミランダがテーブルの席についている。ほんのり憂いをふくんでいるのは、いまがフレッチャーの春学期が始まる一月で、これから父にあまり会えなくなるからだ。「これまでもそうだったが」フェリックスが付け足すと、ミランダはうなずく。それが本当のことだと知っているから。貴族はお金のために行動しない。お金なんて当たり前に持っているから、気高くいられるのだ。お金のことなんてあまり考えずに生きていける。木々が葉を生やすように、自然と善行を積む。そして、ミランダの目から見たフェリックスは貴人だった。それがわかるからがんばれた。

ミランダはいま十五歳、すてきな娘になっている。いまもベッドサイドの銀の額縁のなかにおさまっている、あのブランコに乗ったぽっちゃり気味の天使《ケルビム》からすっかり成長した。十五歳版のミランダはすらりとして、心やさしいが、少々血色がわるい。むかしのようにもっと戸外に出て、野原や森林を駆けまわるべきなのだ。頬にももう少し赤みがさすといい。もちろんいまは冬だし、雪も積もっているが、以前はそんなことはものともしなかった。雪の吹きだまりの上を、鳥のように軽やかに飛んでいったのに。

ミランダは父が矯正プログラムの講師をする数か月、家を空けがちになるのを嫌がった。不機嫌になることもある。仕事で身をすり減らしてほしくないと。フェリックスは重労働を終えて帰宅すると、一杯の紅茶を娘とわけあい、娘とチェスを一局交えてから、マカロニチーズと、ときにはサラダを食べる。ミランダはしだいに健康志向になり、葉野菜にこだわって、父にケールを食べさせている。フェリックスが子どものころは、ケールなんてだれも聞いたことがなかった。

娘が本当に生きていたら、十代のむずかしい年頃になっていたろう。父がなにを言っても一蹴し、目をくるりとまわしてみせ、髪の毛を染めたり、腕にタトゥーを入れたり。バーやら、もっと良からぬところをうろつき。そういう話ならよく聞いたものだ。

だが、そんなことはなに一つ起こらなかった。ミランダはあいかわらず純朴で、無垢なままだ。なんと、心慰めてくれることか。

とはいえ、このところなにか考えこんでいるようす。もしや恋でもしたのだろうか？　いや、それだけはやめてくれ！　なにしろ、だれに恋をするというのだ？　あのウォルターとかいう薪運びの田舎者はとうにいなくなっていたし、辺りにはほかにだれもいない。

「父さんがもどるまで、おとなしくしているんだよ」フェリックスは言う。ミランダは弱々しく微笑む。おとなしくしている以外どうしろというの？　と。「刺繍でもしたらどうだ」そう言うと顔をしかめる。ありきたりすぎるというのだ。「すまなかった。じゃあ、高等数学でもやるか」というと、ともかくも笑ってくれた。

外をぶらぶらするにしても、家からは離れないだろう。それはわかっている。遠くへは行けない。なにかに縛られている。

さて、外の雪に立ち向かい、寒気のなかへと突撃し、日々の試練に直面する時間だ。車は発車するだろうか？　愛車は冬季、小屋の前の道路が間道にぶつかるあたりに駐めてある。例のマスタングは数年前に錆びはててダメになり、代替わりしていた。いまの車は、フレッチャーの給料がミスタ・デュークに入るやいなや、〈クレイグズリスト〉〔地元のコミュニティサイト〕を通じてセコハンで買った青のプジョーだ。あたりの道路は雪かきしてあっても油断ならないし、春は春でぬかるんでいるので、おもに車を使えるのはドライシーズン、つまり夏と秋だけ。間道を除雪車が通っていった後なら、道路際に列をなす氷の山と、通過する車が跳ねかした薄汚いみぞれの塊を突破せねばならない。この間道はフェリックスが小屋に越してきてから舗装されたため、少しは幹道らしくなっていた。たとえば、プロパンガスの輸送トラックが使っている。あとは、FedExのバンとか。スクールバスとか。笑いさざめく幼い子どもたちをいっぱいに乗せたスクールバス。それが通りかかると、フェリックスは目をそむける。ミランダもこういう年になるまで生きていたら、スクールバスに乗る経験をしたかもしれない。

　ドアの裏のフックから冬物のコートを取る。袖にはミトンの手袋とチューク〔紡錘形の毛糸帽〕がつっこんである。マフラーも要るな。ひとつ格子柄のを持っている。どこかにしまったはずだが、どこだろう？　寝室の古くて大きいたんすのなかでしょ。ミランダがやさしく教えてくれる。へんだな。ふだんあそこにはしまわないのに。

フェリックスはたんすの扉を開ける。かつての魔術師の小道具やキツネの頭部のついた杖などが入っている。魔術師の衣裳も奥のほうにつっこむように架けてあった。敗北のマント、溺死した自分の死骸。

いいや、死んでなどいないぞ。変貌したんだ。薄闇のなか、薄明かりのなか、それはゆっくりと変貌を遂げ、息を吹き返すのだ。

ふと、しげしげ考えてみる。ぬいぐるみの動物たちの毛皮がある。いささか埃《ほこり》をかぶっているが、縞柄の、黄褐色の、ごま毛色の、黒いの、青いの、ピンクの、緑の。彩りゆたかで、珍妙な。水面下の暗闇から、真珠のように光るたくさんの目がウィンクしてくる。

もう十年余り前の、あの裏切りと決裂の時からこっち、マントを羽織ったこともなかった。さりながら、捨てたわけでもなかった。待機させていたのだ。

まだこれを着るのはよそう。まだその時ではない。とはいえ、その時がじきに来ると確信めいたものをフェリックスは感じている。

第二部

勇ましい王国

〔第三幕第二場、ステファノーの科白より〕

10 ✦ 吉兆の星

二〇一三年一月七日（月）

〔第一幕第二場、プロスペローの科白より〕

フェリックスは間道に出るあたりに駐めた車を、除雪車が作った氷塊の列から掘りだす。こんなことを続けていたら、そのうちパンクしちまうぞ。フェリックスはつぶやく。いまのおまえは二十五歳じゃない。四十五歳ですらない。こんな世捨て人ごっこはやめて、ぼろいコンドミニアムでも借り、おまえと同年代のジジイたちみたいに、犬のリードでも持って町をよろよろ歩きまわればいいじゃないか。なかなかエンジンがかからず――蓄熱ヒーターを買うべきだな――胃潰瘍にでもなりそうなひとときを過ごしたのち、フェリックスはフレッチャー矯正所へ向かう。さあ、おれさまのお出ましだ、精霊でも悪鬼《ゴブリン》でも出てこい〔『冬物語』マミリアス王子の科白のもじり〕。フェリックスは車内で、おのれの到着を無言で宣言する。用意はいいか否か！

おれはできてるぜ。

ひと月近く前の十二月半ば、フェリックスはエステルからメールを受けとった。あなたにすてきなお知らせがあります、と書かれていた。できれば会って伝えたい、と。昼食か、よければ夕食でも一緒にいかが？
フェリックスは昼食を選んだ。この三年間、エステルが相手のときには、昼食に限ることにしてきた。夕食は長引きがちだし、アルコールも入るだろうし、熱くなりやすい。エステルの側にしろ、こちらにしろ。たしかに自分はやもめだが、だからと言って付き合えるわけじゃないぞ。エステルが魅力的でないとは言わないが――それどころか、美点がいろいろある――自分には扶養すべき子どもがいるのだし、その務めが優先だ。当然ながら、エステルにはミランダのことは話せない。幻覚持ちと思われてはかなわないから。

　ふたりはフレッチャーの近くのマクドナルドは使ったことがなかった。エステルが言うには、矯正所の非番職員が大勢利用している、と。壁に耳ありというでしょ。わたしたちの関係をへんに噂されたくないから。その日は、ウィルモットにある、エステル推奨のもっと高級志向の店に行くことになった。〈ゼニス〔絶頂の意。『テンペスト』第一幕第二場に「わたしの運命の頂点は吉兆の星にかかっている」というプロスペローの科白がある〕〉という店なの。季節の飾りつけなんかもすてきよ。ランチをしたその日はクリスマスが近いこともあり、エルフの一団がウィンドウを囲み、冷たい窓ガラスは、細々した飾りつけや、かわいい小物や、白いスプレーで吹きつけた花々でにぎやか。うれしいことに、お酒も出す店なのよ。

「さてと！」エステルは隅のブース席で向かいに座ると言った。「あなた、間違いなく波紋を呼んでるわね！」首元には、きらきらしたネックレス。フェリックスが見たことのないやつだ。この目に狂いがなければ、ラインストーンだろう。

「まあ、そう努めてはいますよ」フェリックスは適度に謙遜をおりまぜて答えた。「でも、大方はわたしの力じゃない。生徒たちが全力でやってくれたからね」

「わたしもどうして最初は疑ったりしたのか」エステルは言った。「奇跡を起こしたじゃないの！」

「いや、奇跡だなんてとんでもない」フェリックスはコーヒーカップを見おろしながら言った。「でも、進歩はしているよ、うん。それは認めてもいいと思う。あなたの支援はじつに大きな助けになったよ」と、気をまわして付け足しておく。「あなたの力添えなしには成し得なかった」

エステルはお世辞を言われて頬を紅潮させた。おっと、用心しないとな。その気にさせてはいかん。双方にとって良くない。

「それでね、あなたのその波紋が実を結んだのよ！　二週間前、わたしが委員をしている委員会のひとつがあって、オタワに行ってきたんだけど、そこである人たちと話をしてね。わたしのお手柄、きっと信じられないと思うけど」と、ちょっと息を切らしながらつづけた。「喜んでもらえると思う！」

たしかにこの三年間、エステルはフェリックスを陰ながら支え、いくつもの恩恵をもたらした。プログラムに必要な技術援助の謝金や、衣裳小道具を作る材料費が払えるのも、彼女の力あってこそだ。演劇コースへ少しばかり追加予算がおりたのも彼女のおかげだ。そのうえ、矯正所所長と円滑に連絡がとれるよう計らってくれ、それによりセキュリティ上の拘束がずいぶん緩和されたものだ。つねにフェリックスを喜ばせようとしている。それは見え見えだった。そしてフェリックスの方も喜んで見せた。過度でないていどに（と願っている）。

「なんだろう？」フェリックスはヒゲをなで、眉毛をぴくぴくさせながら言った。「今度はどんな冴えたことをやってのけたんだい？」どんな冴えてて下心のあることを、という含みだ。

「あなたのところにね……」と、エステルはそこで言葉を切って声をひそめ、ほとんど囁くように言った。「大臣の視察があるそうよ！　しかも二人の大臣の！　そんなの前代未聞でしょう。二人いっぺんによ！　もしかしたら三人かも！」

「本当に？」フェリックスは言った。「そんな奇特な大臣とはだれだろう？」

「ひとりは、法務大臣」と、エステルは言った。「あそこは法務省の管轄でしょ。だから、副大臣にあなたが囚……いえ、あなたの生徒たちの劇団をいかに進歩させたか、よく吹きこんでおいたのよ！　矯正施設における、いまだかつてない指導法のモデルになりうるって！」

「それは、すごい」フェリックスは言った。「よくやった！　法務大臣とは！　つまり、サル・オナリーだろう」サルはかつて自分の党が州議会選挙で敗北を喫すると、連邦議会選に打って出て、あそこで選挙に当選しなければ、くそう。やつは経験とコネ、そして――これは言っておかねばならないが――資金集めの才をもって、またたくまに二度目の入閣をはたしていた。ただし、今回はもっと高い地位で。いまや、サルは小さな王国の主だ。

「そのとおり」エステルは言った。「あの党が政権をとったときには、民族遺産大臣になったわね。それからしばらく外務省にいたけど、いまは法務省に移っているの。人事をシャッフルするのが好きね。オナリーは例の〝犯罪に厳しく〟みたいなアジェンダを展開しているんだけど、ここを訪れて、あなたの囚……いえ、あなたたちの取り組みをじかに視察すれば、世に思われているより心の広い政治家に見えるじゃない」

「そういうことなら、われらがつましい芝居を楽しんでもらえることを祈るよ」フェリックスは言った。「ところで、二人目の大臣とは？」と、しらばっくれて訊いてみる。トニーがサルの猿真似をして、連邦議会にすべりこむまでの経緯はずっと追ってきた。州議会なんかよりそっちの方が役得もおいしく、社交界もセレブっぽい。

「新しい大臣よ。任命されたばかり」エステルは言った。「じつは彼も演劇畑の出身で！　きっと知り合いよ。アントニー・プライス。ずっと前、あなたの元で働いていなかった？　あのマカシュウェグ・フェスティバルで」どうやら、アントニーのウィキペディアの項目を漁《あさ》ってきたらしい。

「ああ、あのアントニー・プライスか！」フェリックスは言った。「そうだな、いっときわたしの元で働いていたね。いたって有能な男だよ。わたしの右腕だった」この大きな心臓の鼓動がエステルにも聞こえていないだろうか？　自分の耳にはドックンドックン聞こえてるんだが。わが身の幸運が信じられないほどだ。敵がむこうから二人そろってお出ましになるとは！　まさにあのフレッチャーへ！　うまくタイミングを計れば、やつらよりおれの方がでかい力を振るえる、世界で一つだけの場所へ。「なんだか家族との再会のようだなあ」フェリックスは言った。

「ええ、そうでしょうとも」エステルは言った。「じつを言うとね、あなたのプログラムの継続には、いくらか疑問の声が、その、予算カットだ、なんだと……わたしの同僚たち、つまり他の顧問のなかには、ええと、あなたの取り組みはすばらしいけど、趣旨がよくわからないという人たちがいて……刑務所のあるべき姿ではないとか……でも、ご存じのとおり、これはわたしの肝煎りの企画だし、個人的に思い入れがあるのよ。だから、強くプッシュしてみたら、両大臣とも、だったら少なくとも一度見てみようと言ってくれて。つまるところ、あなたがしてきた活動はうなるほど好評を得たわけだし！」

「うなるほど好評を得た、か」フェリックスは言った。「〝ミツバチが蜜吸うところでわたしも蜜を吸う〔『テンペスト』第五幕第一場、エアリエルの歌より〕〟と言うじゃないか。スズメバチがうなる巣に足を突っこむより、そっちの方が良さそうだ」ちょっとしたジョークも忘れずに。さて、エステルがこうして巣の口を開けてくれたんだから、そこになるべく深く足を突っこむつもりだ。もちろん、蜂どもがわんわんうなるだろう。

エステルは笑い声をあげ、小さく肩で息をついた。「ほんとにわたしたちラッキーよ。大臣たちが視察にくるんだもの、あの驚くべき劇を……わたし彼らにね、これは芸術をセラピーと教育のツールとして活用しうる道をしめす、じつにすばらしい相互交流型訓練の成功例だと話したの。しかも、まったく創造的で思いもよらぬ方法でね！　ふたりとも、少なくともこれを土台にしてなにかしようと考えるはずよ。両大臣とも。撮影タイムの要望もあると思う」と言った後に、エステルはこう付け加えた。「グループ全体との……その、つまり」

「役者たちとの？」フェリックスは言った。彼らのことは〝受刑者〟と呼ぶのもお断りだし、〝囚人〟とも呼びたくない。少なくとも自分の劇団にいるあいだは。撮影タイムは、そりゃ欲しがるだろう。大臣の視察なんて、決まってそれが主な目当てなんだから。

「それぞれ、役者たちとの」エステルはにっこりした。「きっと要望があると思う」

「ところで、ふたりは演出家がこのわたしだって知っているのかな？」フェリックスは尋ねた。大事なのはこの点だ。「つまり、わたしの正体を知っているのか？」

「まあ、コースガイドに載っている説明は読んでいるでしょう。そこでのあなたの名はミスタ・デューク。約束どおり、わたし、ふたりだけの秘密はつねに守っています」と言って、目をきらきらさせた。

「それはありがたい」フェリックスは言った。「頼りにしてるよ。スポットライトは役者だけに当てるのが一番だからね。それで、そのふたりはいつ視察にくる？　大臣さまたちは？」フェリックスは訊いた。

「コースの最終日。劇のビデオを所内テレビで上映する日に。今年は三月十三日じゃなかった？　劇の仕上がりを見てもらう絶好の機会だと思って。大臣たちは囚……じゃなくて、役者たちとも面会する予定よ。本物の劇場のオープニングナイトみたいね。ほら、お偉いさんがたも観にきて……」両頬にさっと赤みがさした。自らのお手柄に興奮しているのだろう。賛辞を求めているのは明らかなので、フェリックスは聞かせてやった。

「たいした立役者だ。あなたには感謝してもしきれない」

エステルはまたにっこりした。「お安い御用よ。貢献できてよかった。骨を折る甲斐もあるし……その、わたしにできる手助けならなんなりと……このコース存続のためなら全力でぶつかるつもり」そう言って乗りだしてくると、フェリックスの手首に触れんばかりになったが、思い留まった。「ところで、今年はシェイクスピアのどの作品を？　たしか、『ヘンリー五世』を計画していたのでは？　こんな長弓を持って……戦いの前に兵士を鼓舞する名演説〔「アジンコートの演説」第四幕第三場〕を……」

「そういう案を練っていたのも確かなのだが」フェリックスは答えた。「気が変わったんだよ」そう、たったいま。十二年間も、この復讐計画を咀嚼しつづけてきたのだ——それはつねに頭のどこかで疼いている、脈打つ暗流だった。トニーとサルの動きはネットで追跡していたが、ふたりはつねにこちらの手の届かないところにいた。そのふたりがこちらの縄張りに、領地に、むこうから飛びこんでくるというのだ。どうやって捕まえ、囲いこみ、闇討ちにしてくれよう？　復讐がいきおい間近に迫り、口の中に味までするようだ。血の滴るレア・ステーキのごとき味わい。ああ、やつらの顔を眺めることを思うと！　ああ、操り紐をひねってやったら！　痛みを見てやりたい。「今年は『テンペスト』をやるつもりだ」フェリックスは言った。

「あらそう」エステルはがっかりしたようだった。なにを考えているのかわかる。軽すぎると言うのだろう。「これまで戦争的なテーマで成功してきたのに。コースの、あの、役者たちになじむと思います……？　魔術師や、精霊や、フェアリーたちの役が……。以前の『ジュリアス・シーザー』は真に迫ってましたけどね！」

「ああ、なじむとも、まちがいなく。〝牢獄〟の話だしね」

「えっ？　考えたこともなかったけど……たしかにそのとおりかも」

「しかも、普遍的なテーマを擁する」すなわち、復讐。まちがいなく人類普遍のテーマだ。しかし、なんのテーマかは訊かないでくれ。きっと、復讐劇なんてネガティヴすぎると言いだすだろう。わるい手本になる。観客が囚人たちとなると、とくに悪影響がある、とか。

ともあれ、エステルの懸念する点はそれだけではなかった。「でも、両大臣がどう思うか……このプログラムに関してこれ以上疑義がもちあがると困るし……もう少し穏当な演目を選んでもらえたら……」と、不安そうに手をもみしだいた。

「彼らの好みにも合うさ」フェリックスは言った。「大臣さんたち、ふたりとも。請けあうよ」

〔第四幕第一場、プロスペローの科白より〕

11 ✦ 端役の精たち

同日

青息吐息の青いプジョーで斜面を登り、くねくね道をたどって丘のむこうにまわりこみ、蛇腹型鉄条網を戴く高い二重金網フェンスに向かっていく。フェンスの内側にもう一つフェンスがある形だ。また雪が、もっと激しく降りはじめていた。車にショベルと砂袋を一つ積んであるのが、せめてもの幸い。夕方もどるころには、間道から家の前の道に入るのに、往路でやったように、また雪の壁を掘り進む羽目になるかもしれない。心臓発作でも起こすんじゃないか。そのうちショベルで雪掘りをやりすぎて、膝からくずおれ、かちかちに凍りついた姿で発見される。人里離れて独居することの危険。

フェリックスは第一ゲートで車を停め、ゲートが開くのを待つと、それを通り抜けて第二ゲートへ。そこで窓をさげ、入構証を見せる。

「通過よし、デューク先生」警備員が言う。最近ではここでもすっかり顔を知られている。

「ありがとう、ハーブ」フェリックスは言う。凍える寒さの内庭に進み、割り当てられたスペースに車を駐める。ここでは、車のドアはロックする必要がない。強盗ゼロ地帯だ。すでに雪解け水の結晶が散り敷く歩道をじゃりじゃりと歩いていき、インターカムの見慣れたボタンを押し、名を名乗る。

カチリと音がする。ドアが解錠され、フェリックスは暖気とあの独特な臭いのなかへ入っていく。塗り直して久しい壁、うっすら生えた白カビ、倦怠のなかで渋々食す食べ物。排泄物の異臭、肩を落とし、うなだれ、やせこけた体の人々。さもしい臭い。強烈に玉ねぎ臭いおなら。冷え切った素足、湿ったタオル、母なる存在のいない年月。だれもかれもに、呪いのようにまといつく不幸の臭い。それでも、ほんの束の間、この呪いを解くことができるのを、フェリックスは知っている。

セキュリティチェックのマシンを通過する。不正な物品の持ち込みを防止するため、所内に入る者は必ずここを通らねばならない。マシンはペーパークリップも、安全ピンも、カミソリも、たとえ飲みこんで胃袋にあろうと検出する。

「ポケットの中身を出そうか?」フェリックスは警備員ふたりに言う。名前はディランとマディソン。フェリックスが雇われたのと同時期にここに入ってきた。ひとりの肌の色は褐色、もうひとりは淡褐色。ディランはシーク教徒で、ターバンを巻いている。本名はディアンだが、ディランにしたほうが——本人から聞いたところ——もめごとが起こりにくいという。

「いや、けっこうです、デューク先生」ふたりともにやっと笑いかけてくる。このおれが不正に持ちこみそうなものなんてなにがある? 自分のようなしがない老役者が?

にやけるふたりを見て、あんたらが心配すべきは言葉だよ、とフェリックスは思う。真に危険なのはそれだ。言葉はスキャナーで検出できないからね。

「わるいね、ディラン」フェリックスは哀れっぽい笑みを見せ、こんな検査はおれの場合、無意味だと三人ともわかっているよな、とほのめかす。ちょっと頭のいかれた、よぼよぼの年寄りだ。皆の者、ここには見るものはないぞよ、先へ進め。

「今年はなにをやるんすか？」マディソンが訊いてくる。「例の劇は？」いままでは警備員たちも一緒に、〈フレッチャー矯正所劇団〉の芝居を鑑賞するようになっていた。毎年、警備員むけに、演目に関するスペシャルトークを打つので、彼らにも仲間意識が芽生えている。囚人のほうが警備員より楽しい思いをしてるんじゃないか。そう思われるリスクはつねにあり、そうなると反感が積み重なって、演出家泣かせのトラブルの元となる。サボタージュが起きたり、無くてはならない小道具や仕掛け物が紛失したりする。あらかじめエステルがそうした観点から助言してくれたので、フェリックスも適切な気遣いをすることができていた。これまでのところ、厄介なことはなにも起きていない。

「あの『マクベス』はやばかった」マディソンは言う。「偽物の剣で闘う場面とか！」言うまでもなく真剣は持ち込み不可だが、ボール紙で作った剣もかなりリアルな出来栄えだった。

「それな！　〝簒奪者の呪われた首がここに〟だっけ。いいぞ、マクダフ」ディランが言う。「ざまあみやがれ、だ」

「よこしまだよな！」マディソンも言う。「あそこはなんだっけ、〝よこしまなものがこちらへ来るぞ〟――この場面も、よこしま！」と言って、指を魔女のように曲げると、カッカッカッと笑い声をたてる。毎度ながらフェリックスはたまげてしまう。芝居あるところ、だれもが演技をしはじめる。

「イモリの目ェ」ディランも同じく魔女っぽい声をつくる。「そうだ、あの矢が出てくる劇は？　おれ、テレビであれの映画観たわ。戦争の犬どもをって、あそこは覚えてるな〔『ジュリアス・シーザー』第三幕第一場、アントニーの科白より〕」

「矢はいいよな」マディソンが言う。「あと、犬どもも」

「だよな」ディランが言う。「でも、本物ってわけにはいかない。本物の犬もＮＧ」

「今年はちょっと趣向を変えるつもりなんだ」フェリックスが言う。「『テンペスト』をやる」

「なんすか、それ？」マディソンが尋ねる。「聞いたことがないや」ふたりはフェリックスをからかうために、毎年これを言う。こいつら、なんだったら聞いたことがあるんだか。

「フェアリーなんか出てくるやつじゃないか？」ディランが言う。「ですよね？　空中を飛んだりして」あまり気乗りしないようだ。

「それは、『夢』だろう」フェリックスが言う。「『夏の夜の夢』だ。『テンペスト』にはフェアリーは出てこない。あれはゴブリンだ。よこしまなやつ」と言って間をおき、「きみたちも、きっと気に入ると思う」と言う。

「戦闘シーンは？」マディソンが尋ねる。

「あるとも言える」フェリックスは答える。「雷雨が吹き荒れる。それから、復讐劇。なんといっても、復讐だ」

「すげえ」マディソンが言う。ふたりとも乗ってきたようだ。復讐とはだれもが知るもの。いまの時代でも頻繁に目にする。腎臓付近への蹴り、手製の刃物で首を斬りつける、シャワーから血が降ってくる〔『キャリー』〕などなど。

「デューク先生の芝居はいつも面白いからな。信頼してますよ」ディランが言う。阿呆どもめ、とフェリックスは思う。プロの大根役者を信用したらあかん。

軽いジョークの応酬が済むと、型通りの作業に移る。「セキュリティのため、こちらを付けてください」と言われ、フェリックスはアラーム装置をベルトにとりつける。ポケベルみたいなものだ。問題がもちあがったら、ボタンを押して警備員を呼ぶことになっている。これの装着は所内では義務なのだが、なんとなく屈辱的に感じる。ボスはおれじゃないか？　正しい科白を正しい順番で言ってくれるのが、いちばんの安心《セキュリティ》なんだがな〔「正しい言葉を正しい語順で並べれば、世界だって少し動かせる」という劇作家トム・ストッパードの科白にかけているのかもしれない〕。

「ありがとう」フェリックスは言う。「行くか、さて。初日だ！　毎年、きつい一日になる。くそ運《メルド》を祈ってくれ」

「メルドっす、デューク先生」マディソンが両手の親指を立てる。

ふたりにこのフランス語の挨拶を教えたのはフェリックスだった。演劇界に昔からあるゲン担ぎでね、〝足を折れよ〔がんばれの意〕〟みたいなものだ、と。芝居の世界の古い迷信はどんどん教えてやるほうがいい。蒙を啓《ひら》かれし人々の輪を広げよ。

「なにかトラブったら連絡ください、デューク先生」ディランが言う。「おれらがついてます」

トラブルはあるだろうさ、フェリックスは思う。でも、おたくらが言うようなトラブルじゃない。

「ありがとう。頼りにしてるよ」そう言って、フェリックスは廊下を歩いていく。

12 ✦ ほぼ前人未踏の

同日

〔第二幕第一場、エイドリアンの科白より〕

所内の廊下は地下牢《ダンジョン》のような場所ではまったくない。鎖やら足枷もないし、血糊なども見かけない。とはいえ、どうも舞台裏にはそういうものも幾らかあるようだ。壁はミディアム・ライト・グリーン。この色味には心理的な鎮静効果があるという考えに基づく。たとえば、インフレーミング・パッション・レッドなんていう色じゃだめなのだ。もし掲示板とポスターがなければ、モダンな部類の大学校舎に見えなくもない。フロアは灰色。御影石に見せかけたいけど失敗しがちな例の合成物質で出来ていた。かすかなつやもあり、清潔だ。廊下の空気はそよとも動かず、漂白剤の臭いがする。

ドアが並んでいる。閉まったドア。ドアは金属製だが、壁と同じ色に塗られている。ロック付き。とはいえ、ここは収容棟ではない。警備レベル最高度の独房棟はこの棟の北側にあり、フェリックスもここの収容者たちには会ったことがない。劇団の役者になるのは、警備レベル中程度の棟に入っている者たちだ。

そうした中レベルの収容者の更生プログラムが、つましいながらも行われているのが、所内のこの区画だ。単位の取得できるコースや、カウンセリングなど。精神科医も二名配置されている。専属の教誨師《きょうかいし》も一人か二人。囚人の人権運動家の巡回もあり、彼もここのどこかで面談をしたりする。この棟にはこういう人々が出入りしている。

他の講師たち、人権運動家、精神科医や教誨師――フェリックスは彼らとは距離をおいている。連中の持論なんか聞きたくない。ついでに、自分のことも、自分がやっていることも、とやかく言われるような付き合いはごめんだ。この三年間で、彼らとはちらっと顔を合わせただけだが、それすらもうまく行かなかった。チッチッと舌打ちするような説教がましい態度で、胡乱《うろん》な目を向けられ、むかつくばかり。

おれが悪影響をおよぼしているとでも？　実際、彼らはそう思っていた。フェリックスが言い返すか怒鳴り返すかしようものなら、ノートかなにかにしっかり書き留められ、そうした専門家たちが招集され、デューク先生の治療上および教育学上の成果について――連中いわく――評価する際、不利に使われることになる、ということはつねに留意しておくべし。だから、連中のおためごかしの口撃にさらされる間も、フェリックスは貝のように口を閉ざしていた。

デューク先生、こういう心の壊れた人々の更生に、このプログラムは本当にそんな効果があるのでしょうか？――言わせていただければ、彼らはあれやこれやでひどく傷ついているのです。その多くは子ども時代に、虐待やネグレクトを経験しており、なかには薬物依存症の治療のため精神科病院かその手の施設に入ったほうが良い者もいます。四百年前の言葉を教えるより、そのほうがはるかに適切と思われます――この傷つきやすい人々を、トラウマを呼び起こすような状況にさらすことに、効果があるのでしょうか？　不安、パニック、フラッシュバック、悪くすれば、危険な攻撃的行動などの引き金になりかねません。政治家の暗殺や内戦、呪術や首切り、あるいは邪悪な叔父によって幼い甥たちが地下牢で窒息死させられるといった筋書ですよ？　これらの多くは、すでに彼らが送ってきた実人生とあまりに酷似しています。デューク先生、本当にそんなリスクを冒し、ご自分で責任をとろうとお思いなのですか？

それが演劇ってものだよ。思い返してフェリックスは心中で反論する。本物そっくりのまぼろしを見せる術！　そりゃ、トラウマを呼び起こすような話だって扱うさ！　悪魔祓《ばら》いをするために、わざわざ悪魔を呼びだすのがこの稼業だ。ギリシャ古典を読んだことがないのか？　あんたらには、カタルシスという語はなんの意味も持たないのか？

デューク先生、デューク先生、先生の考えは観念的すぎます。ここにいるのは生身の人間なんです。先生の演劇美学の駒ではないし、実験用のネズミでもない。彼らはあなたの遊び道具ではないんです。少しは敬意をもってください。

敬意ならもっているとも。フェリックスは胸のうちで言い返す。才能に対する敬意をね。ふつうなら隠れている才能、光を生み闇とカオスから離れる力をもつ才能。そういう才能に対して、おれは時間と空間を用意するんだ。そういう才能がここだけの住み家と名前を、はかなくも得られるようにする。それを言ったら、演劇なんていうのはぜんぶはかないものだが。おれにわかる敬意があるとすれば、こういうものだけだ。

けなげな心延《ば》えだな、フェリックスはつぶやく。まあ、デューク先生なら「もったいつけた」というところじゃないか？

フェリックスは行く手をはばむドアの前で立ち止まり、それが横にひらくのを待って、入っていく。後ろでドアがすーっと閉まる。この建物のこの区画には、反対側のつきあたりにも同じようなドアがある。どちらも演劇クラスが行われている間じゅう、閉め切られてロックがかかっている。その方が安全なんですよ、デューク先生、とのこと。

外の警備部署とは音声連絡の手段はなく、監視カメラもない。そうしてくれと、フェリックスが言い張ったのだ。稽古中の役者を監視しちゃだめだ。演技が縮こまってしまう。講師たる存在がベルトにポケベルを付けていれば、充分なはずだ。いまのところ、フェリックスの言い分に間違いはなかった。この三年間、ポケベルを使う事態には直面していない。

この区画にはトイレがある。左側の一つ目のドアだ。それから、小さめの部屋が三室。必要に応じて、稽古場、更衣室、楽屋と使い分けている。

そのほか、展示用の監房が二つある。一九五〇年代の監房と、一九九〇年代の監房で、かつてはウエスタン・オンタリオ大学の法政学講座の一環として使用されていたが、以後は人が入ることもない。どちらの房にも四つの寝棚がある。上と下で二段ずつ。ドアには観察窓が。

フレッチャー矯正所劇団はこれらの監房を撮影用のセットとして使っている。ブルータスやリチャードとその悪夢が展開する野営テントにもなってきた。赤い毛布と紙で作った紋章旗をあしらえば、王座の間にも早変わり。スコットランドの魔女たちが棲む洞窟にも、古代ローマの元老院にもなり、ロンドン塔の地下牢になった際には、そこで「刺客一と二」がクラレンス公〔リチャード三世の兄〕をぶん殴り、葡萄酒樽にぶちこもうと潜んでいたりもした〔同原作では刺殺する〕。マクダフ夫人と子どもたちが惨殺されたのもこの空間だ。この場面はトラウマを呼び起こすに余りあった。役者のなかには、幼少時代の悪夢がフラッシュバックする者もいた。荒れ狂う人でなしたち、脅し、痣、悲鳴、刃物……。

フェリックスは通りしなに、房の観察窓をのぞく。寝棚の灰色の毛布まできちんとたたまれ、室内は整頓されているが、全体にしょぼい。こんな房が魔術や儀式や殺害の場になったことがあるとだれが思うだろう。そして今年はここでなにが起きるのか？

やっといちばん大きな教室にたどりついた。実地稽古に入る前の解説的な授業は、ここで行っている。机が二十個、ホワイトボードが一つ、エステルのおかげでパソコンも一台ある。もっとも外部のネットには接続していないので、ポルノサイトのネットサーフィンはできない。演劇の用途にしか使えない。教室のなかでなんといっても重要なのが、大型のスクリーンだ。役者が自分たちの苦心の成果を見られるのは、この画面の上なのだ。

この教室には、ドアが二つある。前と後ろに一つずつ。窓はない。かすかに塩と汚い足の臭いがする。

ここが、その地だ。フェリックスはつぶやく。わが領土の島。わが流刑地。わが贖《あがな》いの地。おれの劇場。

13 ✦ フェリックス、役者たちに演説す

同日

広いメインルームの前方に置かれたホワイトボードの横にフェリックスは立ち、今年度の生徒たちと対面する。すでに受講登録者リストは確認し、コースの教材セット（脚本と注釈集）も送ってあるが、実際どの生徒がクラスに出てくるか、初日にならないとわからない。きまって何人かの脱落者が出るから、待機リストから繰り上げを行う。誇らしいことに、待機リストは毎年できた。ほかの理由でクラスに現れない者もいる。他施設への移送、早期の仮釈放、養護室での療養が必要な怪我など。

フェリックスは教室内を見わたす。見知った顔もある。以前の劇にも出たベテランたちだ。彼らは軽く会釈して、笑顔らしきものを向けてくる。新顔たちは無表情か、不安げだ。どんな心積もりでいればいいのかわからない。みんな、ロストボーイ〔『ピーターパン』より〕だ。ただし、ボーイとはかぎらないが。年齢の幅は十九歳から四十五歳といったところ。肌の色もまちまちだ。白から黄色、赤、茶色、黒まで。人種もさまざま。罪状も千差万別。服役中という以外にひとつだけ共通しているのは、フェリックスの劇団の一員になりたいということだ。きっと動機はそれぞれだろう。

エステルの尽力により謎の道筋を経て届けられた各々の経歴ファイルには、すでに目を通してあ

った。彼らの前では読んでいないふりをするが、それぞれがなにをしてここに送られてきたかは把握している。兄貴ぶんの罪をかぶったギャングメンバーもいれば、警察の手入れにあったクスリの素人ディーラー、盗みといっても、銀行強盗から、路上車両への押しこみ、コンビニでの万引きまでいろいろだ。企業機密の窃取を専門にしていた雇われの天才少年ハッカー。信用詐欺師にして身元偽造のスペシャリスト。背信ものの医者。会社の金を横領していた一流企業の会計士。弁護士にして〝ポンジスキーム〟の投資詐欺師。

　すでに何作かフェリックスの劇に出演している熟練メンバーもいる。規則上、コースは再履修できないことになっているが、フェリックスはこの制限をうまくかわしていた。ネットから手引書やプラグインソフトをダウンロードし、メインの科目のほかにいくつか副次科目を追加したのだ。〈舞台技術〉の科目では、照明、小道具、特殊効果、デジタル背景などの技術を学ぶ。〈舞台デザイン〉では、衣裳、メイク、かつら、仮面などの製作技術を学ぶ。〈舞台ビデオ編集〉では、〝雌豚の耳からシルクのバッグを作る〔質のわるい素材で良いものを作る喩え〕〟術を学ぶ。科目に応じて、少しずつ履修単位を出す。上層部への書面にすると見栄えもよかった。デューク先生はお買い得でしたね。一科目の講師料で四科目もやってくれるとは。

　その一方、いざというときに頼りになる技術スタッフも多数養成していた。いままでは、衣裳デザイナーも、ビデオ編集者も、照明と特殊技術スタッフも、トップレベルの変装メイクアーティストもそろっている。ときどき、こうして教えている技は、たとえば、銀行強盗や誘拐をするときにもさぞ役立つだろうなあ、と思ったりするが、こういうつまらない考えは浮かんだところで脇へ押しやる。

そうして教室を見まわすうちにも、頭のなかではもうキャスティングをしている。ナポリの王子ファーディナンドにうってつけのがいるぞ。すぐにも恋に落ちそうな、まんまるで、あどけない目で、こっちを見つめてくる。ステージネームはワンダーボーイ、例の信用詐欺師だ。おっと、おれの目に狂いがなければ、こっちはわがエアリエルだ。ほっそりとして、はしこい大気の精、クールな若い知性できらきら輝いてる。ステージネームは８ハンズ、天才ブラックハット・ハッカー〔悪意あるハッカーの呼称〕だ。さて、あっちはずんぐり気味のゴンザーロー、退屈で有能な顧問官がお似合いだな。ステージネームはベント・ペンシル〔曲がり鉛筆の意〕、曲がったことの好きな会計士だ。それから、ミラノ大公のアントーニオもいるぞ。プロスペローを陥れて大公位を簒奪した弟の役だ。ステージネームはスネークアイ。ポンジスキームと不動産のペテン師で、左目が斜視、口がひん曲がっているせいで、いつもせせら笑っているような顔つき。

おばかのトリンキュロー役もいるな。道化もの、笑いもの。ぱっと見、酒飲みの執事ステファノー役はいないようだ。だが、凶悪でいかつい怪物キャリバンはより取り見取りだ。野卑で、暴れがちな質《たち》。おいおい決めよう。とはいえ、配役を決める前に、一度は科白を言わせてみないとな。

フェリックスは自信たっぷりに微笑む。手順をわかっている者の笑みだ。そこでおもむろに、毎学期の幕開けとなるスピーチの口火を切る。

「おはよう、諸君。ようこそ、フレッチャー矯正所劇団へ。あなたがなぜここにいるのか、なにをしたと言われているのか、わたしはそんなことには関心がない。なぜかと言えば、このコースにとって、過去はプロローグにすぎないからだ。つまり、われわれはたったいま、この場から、時を数え、功績を積みあげていく。

　この瞬間から、あなたがたは役者になる。劇のなかでなにかを演じることになる。すでに経験済みの古株たちが教えてくれるだろうが、だれもが役割をもつ。フレッチャー矯正所劇団はシェイクスピアを専門にしている。演劇を学ぶには、それが最良にして完璧このうえない方法だからだ。シェイクスピアには、だれしも感じるところがある。シェイクスピアの劇には、あらゆる観客がいた。上流から下流からまた上流まで。

　わたしの名前はミスタ・デューク、このコースのディレクターだ。つまり、劇団全体の責任者で、ものごとの最終決定権はわたしにある。

　しかしわたしたちは一つのチームとして動くことになる。欠かせない役割をひとりひとりに果たしてもらう。もしだれかが困ったことになったら、助けるのはチームメイトの仕事だ。鎖はいちばん弱い環で強さが決まるというが、芝居も同じなんだ。だれかが失敗したら、みんな一緒にこけることになる。だから、自分のチームのだれかが台本を読むのに苦労していたら、手伝ってもらいたい。科白を覚えるのも協力しあい、言葉の意味を理解して、力強く表現するにはどうしたらいいか、力を合わせて考えてほしい。それが、あなたがたに与えられたミッションだ。みんなが限界レベルまで最高にがんばらないとならない。フレッチャー矯正所劇団にはその名望にそぐう出来が求められる。今年もその名にふさわしい舞台をともに創っていこう。

　さっきから、チーム、チームと言っているが、前にも劇団に参加したみんなはなんのことかわかると思う。主要な役柄には、それぞれ彼を囲むチームがつく。チームの全員に、その役の科白を覚えてもらう。主要な役には代役が何名か必要だからだ。まんいち病気になったり、そのほかの理由で……ええと、予期せぬ緊急事態、たとえば早めの仮出所とか、シャワールームでころんだとか。芝居の進行はなにがあっても中断できない。演劇というのは、そういうものなんだ。この劇団はたがいに支えあってやっていく。

それから、ちょっとした書き物もある。作品についていろいろな面から書くことになるが、劇中から自分で選んだ――みんなで選んだ――いくつかのパートをリライトしてもらう。いまどきの観客にもわかりやすいようにね。劇はビデオで撮影し、スクリーンに映して、刑務――いや、フレッチャーのみんなに鑑賞してもらう。これまでの例と同様、今年の公演ビデオも誇らしい出来栄えにしていこう」

任せとけという顔で微笑むと、フェリックスはフォルダーを見て言った。「つぎにステージネームを選んでもらう。俳優の多くは芸名をもつし、オペラ歌手や魔術師も同様だ。ハリー・フーディーニはエーリッヒ・ワイズというのが本名だ。ボブ・ディランはロバート・ジマーマン、スティーヴィー・ワンダーはスティーヴランド・ジャドキンズ」これらの情報は、ネットの〈ステージ・オルター・エゴズ〉でサーチして見つけたものだ。自分としては、知らない人物のほうが多い。毎年のスピーチの前に、若めの有名人を付け足すようにしている。「映画スターも芸名をもつし、ロッカーやラッパーは言うまでもない。スヌープ・ドッグの本名はカルヴァン・ブローダスだ。わたしの言いたいことはわかるだろう？　だから、みんなもステージネームを考えてくれ。ハンドルネームみたいなものだ」

うなずきがあり、つぶやきが広がる。古株の役者たちは前の公演でつけたステージネームがすでにある。にこにこしているのは、今年もまた別な自分になれるのがうれしいからだろう。別な自分がまるで衣裳みたいに、さあ、纏《まと》ってくださいと待っている。

フェリックスはいっとき間をおくと、ぐっと気を引き締める。「さて、今年やる作品はこれだ」赤のマーカーを使って、ホワイトボードに書く。

テンペスト

「みんな、あらかじめ脚本を配られているだろう。わたしの作った注釈集も。よく読んでおく時間はあったと思うが」曲がりなりにもそれができるのは数人しかいない。多くはせいぜい小学校三年レベル。しかしながら読む力もだんだん向上する。チームワークによって読めるようになる。まわりに引っ張られながら、リテラシーの階段を一歩一歩昇っていく。

「最初に、要点をさらっておこう」フェリックスはつづけて言う。「この芝居をどう演じていくか考えていく際に参照する重要なポイントだ」

こんどは青のマーカーでこう書く。

本作はミュージカルである——シェイクスピアのなかでいちばん音楽と歌が多い。音楽はなんのために使われているか?

魔　術――なんのために使われるか？
牢　獄――いくつ出てくるか？
化け物――とはだれか？
復　讐――したがっているのはだれか？　なぜ？

受講生の顔つきをよく観察する。固い表情、しかめ面、あるいは、ぽかんとした顔、面食らった顔。だめだこりゃ、ピンときてないな。『ジュリアス・シーザー』や『マクベス』のようにはいかない。彼らはこれらの劇作では、即座にポイントをつかんだものだ。難解な『リチャード三世』ですら、こんな反応ではなかった。リチャードに肩入れする者ばかりで、理解させるのに手こずりはしたが。

フェリックスはひとつ深く息をつく。「ひとまず、ここまでで質問は？」

「あのなあ」と、レッグズが言う。押し込み強盗、暴行の罪で服役。フレッチャー矯正所劇団の古株で、『ジュリアス・シーザー』ではマーク・アントニー、『マクベス』では魔女の一人、『リチャード三世』ではクラレンス公に配役。「おれら、これ読んでみたけどよ、なんでこの劇なんだ？　戦闘シーンもないし、なんだか、フェアリーみたいの出てくるぜ」

「フェアリー役なんてごめんだよ」Ｐポッドが言う。『マクベス』ではマクベス夫人を、『リチャード三世』ではリッチモンド伯を演じた。口の達者な男で――本人いわく――出所するのを一途に待っているかわい子ちゃんたちの一群がいるそうだ。

「娘役もかんべんだな」と言ったのはシヴ〔飛び出しナイフの意〕。ソマリ系ギャングの麻薬シンジケートとつながっており、数年前の大規模なガサ入れで逮捕された。彼が味方を求めて教室を見わたすと、喧嘩腰の頷きがあり、同意のつぶやきが広がる。エアリエルとミランダ、この二役はやりたがる者がいないようだ。

いまにも反乱が起こりそうな雰囲気だが、予想していたことでもある。これまでの芝居でもジェンダー問題に直面したことはあったが、それらのキャラクターは大人の女であり、ちょい役だったり、もろ悪役だったりしたから、まだしも受け入れやすかったのだろう。『マクベス』の魔女役はなんの苦労もなかった。男たちは邪悪な老婆たちを演じるのになんの文句も言わなかった。魔女は化け物だし、現実の女性ではないのだから。ジュリアス・シーザーの妻カルプルニアは、脇役なのでこれまた問題なかった。マクベス夫人に至っては魔女より化け物じみているぐらいで、Ｐポッドは、うちのおふくろそっくりなどと言って、真に迫った演技をしてくれた。また、リチャード三世の妃になるレディ・アンは天に唾するがみがみ女であり、実際に唾を吐くが、シヴは大いに楽しんで演じてくれた。

ところが、ミランダは化け物でも大人の女でもない。若い娘、しかもか弱い娘だ。だれであれ、この娘役をやる野郎はめためたに地位失墜するだろう。きっと狙われ、格好の獲物になるだろう。女役をやれば、女として扱われる危険がある。ミランダの恋人のファーディナンド役も同様に壊滅的だ。あの恍惚となった愛の告白を、ふてくされた牢獄仲間相手にしなくてはならないのだ。

「娘役問題はひとまず措《お》いておこう」フェリックスは言う。「初めに言っておくと、ここにいるだれかがミランダ役をやることにはならないだろう。ミランダというのはしとやかで、純粋無垢な十五歳の乙女だ。それにぴったりくる役者は見当たらんな」

安堵のため息が聞こえてきた。「なら、いい」シヴが言う。「でも、ここにいるだれもやらないなら、だれがやるんだ？」

「だれか押さえておこう……」と言いかけて、フェリックスは一般的な言葉で言いなおした。「プロの女優を雇おうと思う」と言ってから、「本物の女性だ」と、要点がしっかり理解されるように付け足した。

「えっ、女がここに来るのかよ？」Ｐポッドが言う。「おれらの劇に出るって？」男たちは信じられないという表情で顔を見あわせる。早くも『テンペスト』に興味が湧いてきた者がいるようだ。

「その役やるのに女を呼んでくるってこと？」

ソウルフルな瞳の信用詐欺師ワンダーボーイが声をあげる。「若い娘《こ》をここに連れてくるのは良くないと思うよ。その人、妙な状況に置かれるし。いや、自分が手を出すとかいうんじゃないよ。ちょっと言ってるだけ」

「てめえ、ぜったいやるだろ」後ろの方から声が飛んだ。笑い声があがる。

「その人は若い娘の役を演じるとは言ったが」フェリックスは言う。「若い娘だとは言ってない」と言うと、がっかりした顔が見えたので、「けど、年寄りってわけじゃない」と、盛りたてるように付け足す。「彼女の参加はコースの特典みたいなものと考えてくれ。なにかトラブルがあれば――まとわりつく、お触りをする、つまむ、いやらしいことを言うなどなど――もう彼女は来なくなる。きみたちもだ。みんなにはプロの役者としての振る舞いを期待している。きみたちのことはそうみなしているからね」プロの役者がうっかりお触りやおつまみをしないとも限らないけどな。

フェリックスはそう思ったが、クラスには伝えずにおく。

「ファーディなんとかって役をやるやつは、がちでラッキーだぜ」レッグズが言う。「ホットなどアップ場面があるからな」

「がちと言うか、がちがち」Ｐポッドが言う。

「がちんがちんに硬くなって凍りついちまう〔ファーディナンドはプロスペローの魔術で凍りついたように動けなくなる〕」クラスはざわつき、忍び笑いが漏れる。

「まあ、それは配役するときに考えよう」フェリックスは言う。

「たいへんけっこう」横領会計士のベント・ペンシルが言う。このステージネームはクラスの合議によって授けられたものだ。最初はあまり気に入らず、〝ナンバーズ〟など、もっと睨みのきいた名前にしたいと言い張った。所内でも優越感を保ちたかったのだろうが、しまいには〝ベント・ペンシル〟で折れた。だって、それしかないじゃないか？

ベント・ペンシルは『ジュリアス・シーザー』で、シーザー暗殺の首謀者キャシアスを演じた。細部にこだわる質で、しばしばうんざりするほど。実のところ、彼のことは持て余し気味だ。練習の成果をつねにひけらかしたがる。やはり、老顧問官ゴンザーロー役だな、とフェリックスは考える。ベント・ペンシルならみごとにはまるだろう。

「たいへんけっこうだが」ベント・ペンシルはつづける。「あの問題を検討していないのでは……ええと、エアリエル問題を」

「例のフェアリーな」レッグズが言う。

「そのことは金曜日に話しあおう」フェリックスは言う。「では、初回の課題だが、作品全体をよく読んで、劇中に出てくる全罵倒句リストを作ってほしい。この教室では、それらの罵倒句しか使用できない。ほかの言葉で悪態をついたり、Ｆ爆弾〔会話中にFuckを使うこと〕を落としたりしているのを見つかったら、持ち点から減点される。点数のカウントは自己申告制だが、おたがいが証人だ。いいか？」

古株たちはにやついている。フェリックスはいつもクラスにこういう努力目標を設定する。

「タバコの賞品は出るかな？」Ｐポッドが訊く。「例のやつは？」

「もちろんだ」フェリックスは答える。「リストができたら、罵倒句のなかから十個選んで暗記すること。暗記できたら、綴りを覚えること。その十個は各自のスペシャル罵倒句とする。それらにかぎっては、この教室ではだれにでもなんにでも使ってよろしい。言葉の意味がわからなかったら、喜んで教えるから訊いてくれ。それじゃ、よーい、ドン！」

みんな一斉に屈みこむと、ノートが開かれ、脚本とにらめっこで鉛筆をせっせと走らせていく。

フェリックスは思う。汝らの不敬な言葉は、鬼婆から生まれた卑しい子《フォアサン》ながら、しばしば汝らのリテラシーの魁《さきがけ》となってきた。汝らの卑しいタバコとともに、赤死病よ、罵倒句をくたばらせ賜え〔『テンペスト』第一幕第二場、キャリバンがプロスペローに言葉を教わり罵倒ができるようになったという科白があり、The red plague rid you.（赤死病でくたばれ）と罵る〕。

14 ✦ 第一課題 ――罵《ののし》り語

二〇一三年一月九日（水）

つぎの水曜になると、フェリックスはもう少しリラックスしている。最初のハードルは越えた。子どもを甘やかしながらも、優れた成果を期待する、やさしい叔父さんみたいな顔を見せている。

「では、罵倒句リストの仕上がりを見てみよう。みんなのを合わせた総合リストを持っているのは？」と訊く。

「ベント・ペンシルだ」と、シヴ。

「じゃ、みんなで聞けるように読みあげてくれるのは？」

「やつだろ」と、レッグズ。

「なんたって、あいつは単語を読めるからさ」と、Ｐポッド。

　ベント・ペンシルがクラスを代表して、おごそかに、貫禄たっぷりに読みあげる。役員会議で出すとっておきの声だ。

「縛り首になるべく生まれついた。この減らず口が。がなるしか能がない、罰《ばち》当たりの、鬼畜生の、犬ころめ。ててなし子。五月蠅《うるさ》くしおって失敬な。大口たたきのごろつきめ。姦物《かんぶつ》め。目に青い隈《くま》をこさえた鬼婆。鬼婆から生まれた斑《まだら》の餓鬼。この、土芥《つちあくた》が。この、亀が。毒吐くならず者め、悪魔がみずから鬼婆に産ませた倅《せがれ》め。おいらのオカアが大鴉《おおがらす》の羽根で毒のドロ沼から掃きあつめた呪いの露で、ふたりともずぶ濡れになっちまえ。熱い南西風に吹かれて〔アフリカからイタリアに吹きつける風のことか〕水膨れだらけになれってんだ。てめぇ、ガマや油虫やコウモリにたかられろ。汚らわしいやつ。いまいましい悪党め。赤死病でくたばりやがれ。鬼婆のこわっぱが。おてんとさまが、沼から、湿地から、平原から吸いあげた病魔がまるごと――ここに相手の名前を入れてくれ――の上に降りかかり、隙間がないぐらい病気責めにしてやれ。鱗《いろこ》だらけの化け物め。いかさまの、飲んだくれの化け物め。月のうすらトンカチ。なんだと、このトンマ野郎。いろこ野郎。膿み爛《ただ》れちまえ。悪魔に指を喰いちぎられろ。この馬鹿、てめぇの水ぶくれで溺れておっ死《ち》ね。この半人半魔。闇から生まれた此奴」

「よくやった」フェリックスは言う。「うん、完全版のようだな。見落とした罵倒句は思いつかない。なにか質問またはコメントは?」

「もっとひどいのを食らったことあるけど」Pポッドが言う。

「なんで土が罵倒になんだよ?」レッグズが言う。

「だよな、おれたち土の上で暮らしてるのに」レッドコヨーテも言う。「食物が育つところだろう? あと、亀だけど。亀はあの亀だろう? 国によっては、神聖な生き物だ。亀のなにが悪いんだ?」

「一種のコロニアリズムだね」シャバではハッカーとしてネットに多くの時間を費やしてきた8ハンズが言う。「プロスペローは、自分はすごいやつだって、優越感もってんの。だから、ほかのやつらの考えなんかクソミソにしていいと思ってる」

多文化共生の最上のかたちだな、フェリックスは思う。〝土芥〟を罵倒句とすることには反論が出るのは予期していたが、〝亀〟の方は思ってもみなかった。まずは、そちらを片付けることにする。「亀というのはのろまという意味なんだ、この劇では」

「もたもたしてんじゃねーよ、みたいな意味じゃね?」ホットワイアーが横から言葉を足してくれる。

「だったら、とりあえず不採用の方に一票」レッドコヨーテが言う。

「判断はきみらにまかせる」フェリックスは言う。「〝土〟に関してだが、この劇中では空気、大気の対極として使われているんだ。下劣なものを意味することになっている」

「それも不採用に一票だな」レッドコヨーテが言う。

「これまた、判断はまかせる」フェリックスは言う。「ほかには?」

「メモっとこう」レッドコヨーテが言う。「亀とか土とか言われても、それは罵倒じゃない」

「じゃ、そういうことで」レッグズが言う。

「ひとついいか」シヴが発言する。「質問なんだが、〝クソ〟は罵り語なのか? 使えるのか、使えないのか?」

鋭い質問だ、フェリックスは思う。分類上は、クソはたんなるスカトロジー表現で、その手の罵り語とはみなされないかもしれないが。四六時中聞きたくはない。**あれがクソ、これがクソ、クソッタレ**、などなど。クラスで投票させてもいいが、ここで責任放棄したら、このごった煮劇団を引き受ける意味がないじゃないか。「〝クソ〟は使用不可にしよう」フェリックスは指示を出す。「それに合わせて罵倒句リストを調整してくれ」

「〝クソ〟は、去年はOKだったじゃねぇか」レッグズが言う。「なんでダメになるんだよ?」

「気が変わったんだよ」フェリックスは言う。「聞き飽きたんでね。〝クソ〟だらけになると単調だ。単調なのは、シェイクスピアの信条に反する。さて、もう質問がないようなら、スペリングテストに移ろう。ほかの人の答案をカンニングするなよ。ここから全員の席は見えてるからな。よーい?」

〔第一幕第二場、ファーディナンドの科白より〕

15 ✦ おお、あなたは奇跡そのもの

二〇一三年一月一〇日（木）

フェリックスは狙いのミランダ役を早くも押さえてあった。十二年前に公演中止になった『テンペスト』に一度は配役した女の子だ。アン＝マリー・グリーンランド。それ以前は体操のジュニア選手だった。

もちろん、いまではそんなに若くないだろう。フェリックスは年齢を考えてみる。とはいえ、絶対的基準からいえば、年がいきすぎているということもないはずだ。十二年前にあれだけ若かったんだから。身体つきからして——細身で強靭——まだミランダ役でいけるはずだ。やたらと太っていなければ。

彼女の居場所をつきとめるには智恵を使った。キャスティングエージェントに片っ端から当たるのはごめんだった。刑務所内に役者を送りこみたがるエージェントなんてないだろう。不利益が生じやすい。フェリックス自ら連絡して、頼みこむことになるだろう。ギャラも支払うつもりだった。

つましい予算から出せるていどだが。

　インターネットが役立ってくれた。検索したとたん、たちまち彼女のＣＶ〔経歴書〕が見つかったのだ。〈アクターハブ〉のサイトに載っていたし、〈キャスティングゲーム〉にも載っていた。あの『テンペスト』がポシャってから、マカシュウェグでは端役ばかりだった。『ペリクリーズ』では淫売宿の娼婦、『アントニーとクレオパトラ』では奴隷少女、『ウエスト・サイド・ストーリー』ではアンサンブルダンサー。いずれも大きな役ではない。ミランダ役をやっていれば、開花していただろうに。フェリックスなら彼女の才能を引きだし、多くのことを教えてやれたのに。そうすれば、キャリアが築けたのに。トニーとサルのせいで、人生に深甚なダメージを受けたのはフェリックスだけではないわけだ。

『ウエスト・サイド・ストーリー』以降、アン＝マリーは完全にダンス畑に行ってしまったようだ。数シーズン続けて『ウエスト・サイド』に出演した後、〈キッド・ピボット〔バンクーバーを拠点とするコンテンポラリーダンス団〕〉に客演。後者については、男性ダンサー二人と激しい振りをこなしているみごとなダンス動画がYouTubeで引っかかってきた。ところが負傷のため、同カンパニーの話題作『ザ・テンペスト・レプリカ』の公演を前に降板することになり、八か月間、経歴書のページからも姿を消す。つぎに登場するのは、トロントでのセミ・アマチュア公演『クレイジー・フォー・ユー』の振付師としてである。これが去年のことだ。

　アン＝マリー、不遇の日々、といったところだな。夫かパートナーはいるのだろうか？　経歴書には触れられていなかった。

Facebookにもアカウントを持っていたが、最近はあまり投稿がなかった。彼女自身の写真がいくつか。痩せ型で、筋肉質で、ハニーブロンドに、大きな瞳。うん、これならまだミランダ役をできるだろう。しかし、やりたがるだろうか？

フェリックスは本名を使って、彼女に〝友達リクエスト〟を出す。そして、奇跡的に承認される。

では、つぎなるアプローチ。「わたしのこと、覚えてますか？」とメッセージを送ってみる。「覚えてますよ」という素っ気ないリプライがあった。喜びのビックリマークは無し。演劇関係の仕事を頼めます？　場合によります、との返答。前にあんなにがっかりさせておいて、と考えているんだろう。何事もなかったみたいに、こっちの生活の中にすんなり入りこめると思うなよ、と。

聞けば、コーヒー専門店の〈ホレーシオ〉でバリスタのアルバイトをしていると判明した。まさしくマカシュウェグの町中で。フェスティバル劇場の仕事のおこぼれにありつこうというのだろう。待ち合わせの時間を決め、〈ホレーシオ〉に彼女を迎えにいく。業界の古い知り合いに見つかる心配はあまりしていなかった。白く長いヒゲと眉毛で、まるで風貌が変わっているし、劇場にはあの頃の関係者はほとんどもういなくなっているから。それも、劇場のウェブサイトで調べておいた。

アン＝マリーはいまでも見かけは若かった。フェリックスはそれを確認して安堵した。違いがあるとすれば、さらに痩せたこと。髪の毛はバレリーナのような形に結いあげている。左右の耳にそれぞれ小さなゴールドのイヤリングが二つずつ。細身のジーンズに白いシャツ。これは、〈ホレーシオ〉のバリスタの制服のようだ。

フェリックスはやかましいバーのひとつ〈小鬼《インプ》とピグナット〔『テンペスト』キャリバンの科白に出てくる根菜〕〉の一隅へ、彼女をいざなった。店の表の看板には、赤い目のトロールみたいなやつがどでかく描かれていて、スラッシャー映画の予告編みたいにニヤニヤ笑っていた。ダークウッドのボックス席に腰を落ち着けるや、フェリックスはアン＝マリーのために地元のクラフトビールを注文し、自分も同じものをと言ってから、「なにか食べ物は？」と尋ねた。昼食時が迫っていた。

「じゃ、バーガーとフレンチフライを」と、アン＝マリーはやたらでかい妖精のような目でこちらを見つめながら答えた。「ミディアムレアで」腹をすかせた役者の鉄則を思いだした。〝おごりは断るべからず〟だ。フェリックス自身、かつて楽屋で出されるチーズとブドウの軽食をどれだけ貪り食ったことだろう？

「で、ずいぶんごぶさただよね。先生、なんというか、失踪していたし。だれも行方を知らなかった」

「トニーにぐさりとやられたんだよ」フェリックスは言った。

「うん、そんな噂が流れてた」アン＝マリーは言った。「トニーが本当に刃物でやったんじゃないかって人もいた。頭をかち割って、地面の穴にぶちこんだとか」

「近いね」フェリックスは言った。「そんな感じだった」

「別れの挨拶にも来なかったよね」アン＝マリーの口調には咎めが感じられた。「わたしたちのだれにも」

「わかってる。謝るよ。行けなかったんだ。理由があって」

アン＝マリーはわずかに表情をやわらげ、小さく微笑んだ。「たいへんだったね」

「とくに残念だったのは、きみの演出を手がけられなかったことだ。『テンペスト』で。圧倒的な出来栄えになったはずなのに」

「ほんと、それ」アン＝マリーは言った。「わたしこそ残念」と言って、シャツの袖をまくりあげる――なんだかクラフトビールで暑くなっちゃった――と、腕にミツバチのタトゥーが見えた。

「それで、ご用件は？」

「遅れても無いよりはましと言うだろう」フェリックスは言った。「きみにミランダをやってほしいんだ。『テンペスト』の」

「なにそれ」アン＝マリーは言った。「よしてよ、冗談でしょ？」

「断じて冗談じゃない。ちょっとばかり妙な事情でね」

「事情なんてどれも妙だよ」アン＝マリーは言った。「でも、科白はまだ覚えてる。あれは死ぬ気で練習したから、寝てても言えるぐらい。で、上演はどこで？」

フェリックスは切りだす前に、ひとつ深呼吸をした。「フレッチャー矯正所だ。そこで教えているんだよ。ええと、その、収容者を相手に。なかには本物の役者並みにうまいのもいる。きっと驚くよ」

アン＝マリーはビールをぐーっと飲んだ。「ちょっと話を整理させて。男の犯罪者ばかりいる刑務所の中に入って、ミランダをやれということ、このわたしに？」

「だれも娘役はやりたがらなくてね」フェリックスは言った。「理由はわかるだろう？」

「そりゃ、わかりますけど？　当然だよ」と言う声には険が感じられた。「あそこで娘役をやるなんて地獄だからね、まじめに」

「きみにぜひ来てもらいたいんだ、うちの劇団に」フェリックスは言った。「みんな、想像してどよめいていたよ」

「だろうね」

「いや、そういうことじゃない。みんな、きみをリスペクトするから」

「純白の心穏やかなファーディナンドたちだって言うんでしょ?」

「警備体制も万全だ。テーザー銃持った警備員なんかもいるし」フェリックスはそこでひと呼吸置いた。「ギャラも払う」もうひと呼吸置いて、最後の口説き文句。「こんな演劇経験はよそではできない。請けあうよ」

「ほかに引き受ける人がいなかったわけか」アン＝マリーはそう言った。ここまで来たら、あとひと押しだ。

「いや、きみに真っ先に頼んでるんだ」フェリックスは事実を述べた。

「でも、わたし、年食いすぎじゃない」アン＝マリーはためらった。「十二年前じゃないんだし」

「どんぴしゃなんだよ。きみのその新鮮さ」フェリックスは畳みかけた。

「出したてのクソのように、ね」アン＝マリーの言葉に、フェリックスは目をぱちくりさせた。彼女の口汚さには、以前もぎょっとさせられたものだ。汚い言葉がその幼子のような口から飛びだすたびに、泡を食ってしまう。

「見た目が子どもっぽいから、ちょうどいいんでしょ。おっぱいもないし」

ここは否定しても仕方ない。「世の人々はおっぱいとやらばかりちやほやしすぎだ」フェリックスがそう言うと――貧乳の女性の耳には心地よい常套句――アン＝マリーは微かににやっとした。

「プロスペローはあなたが自分でやるの？　どこかの銀行強盗があの老魔術師をやったりしないよね？　わたしあの役、好きなんだ、とくに彼が滔々《とうとう》とぶつところ。あの名科白が台無しにされるのを聞くのは耐えがたいな」

「いかにも」と、フェリックスは答えた。「ムショに魔術を。わたしにとっては大いなる挑戦だ。これに比べたら、ふつうの舞台で演じるのなんて、公園を散歩するようなものだよ。見方を変えればこういうことだ。わたしがプロスペローを演じる最後のチャンスになるかもしれない」

アン＝マリーはそれを聞くと、急ににんまりと得心の笑みを浮かべた。「あいかわらず、イカレてるねー。なんかクソとんでもないこと閃《ひらめ》いてるんだよ、この人！　ケッ、こんな悪ふざけ、ほかにだれがやろうとする？　オーケイ、のった！」と言って、握手をしようと手を差しだしてきたが、フェリックスの話はまだ終わっていなかった。

「二つだけ話がある。一つ、フレッチャーではわたしの名前はミスタ・デュークだ。フェスティバル劇場のことはだれも知らない。つまり、かつてわたしがあそこの……。まあ、長い話だ。いつかきみにも話そう。だが、フェリックス・フィリップスはNGワードだ。疑問が生じてトラブルになりかねん」

「なに、急にトラブルが怖くなったって？　あなたが？」

「この件は面倒なことになりそうだからね。二つ、所内では慣用的な罵倒句は使えない。禁止されているんだ。わたしのルールで。演じている芝居に出てくる罵り言葉のみ使用できる」

アン＝マリーは一瞬考えているようす。「わかった、なんとかするよ。どうした、月のうすらトンカチ〔『テンペスト』複数箇所より〕？　聖水にキスしろ〔kiss the book=the Bible。『テンペスト』第二幕第二場より〕！　これで決まり！」

ようやくふたりは合意の握手をする。アン＝マリーの握力は瓶のオープナー並みだった。プロスペローがファーディナンドに、この娘に近寄るなと警告するなら、それは男女間の純潔だけが理由ではないだろう。ファーディナンドも、花婿になる前にボコボコにされたくないはずだ。

「そのミツバチのタトゥー、いいね」フェリックスは言った。「なにか特別な意味があるのかな？」

アン＝マリーはテーブルを見おろし、「わたし、エアリエルのこと好きになってさ」と言った。「あなたの芝居の役者。続いているうちは楽しかったけど、最後はふられちゃった。このミツバチはふたりだけのジョークみたいなもん〔ミツバチは前述のエアリエルの歌に歌われている。ここでは性的な仄めかし〕」

「ジョーク？　どんなジョークだろう？」そう尋ねてしまってから、答えは聞きたくないと後悔した。そこへタイミングよくハンバーガーが運ばれてきて、アン＝マリーは小さくて白い歯で嬉々としてかぶりついた。フェリックスはバーガーを貪る彼女を見ながら、ここまで腹が減るってどんな感じだっけな、と思いだそうとしていた。

16 ✦ ほかのだれの目にも触れてはならぬ

二〇一三年一月一一日（金）

〔第一幕第二場、プロスペローの科白より〕

フェリックスは金曜日のクラスを焦《じ》らし戦法で開幕する。「例の女優の件で知らせがある。先日ミランダを演じると言った人だが……」声は平静を保ち、二、三秒おく。良いニュースなのか、悪いニュースなのか？　さあ、どっちだ。

みんな固唾を飲んでいる。うんともすんとも言わない。「話し合いは難航した」と、フェリックスはもったいつける。「女性でこの仕事を受けようというのは、特異なケースだろう」見えるか見えないかの微かなうなずき。「それに彼女は仕事が目白押しでね。さんざん説得したんだが」と、さらに引っぱる。「もうダメかと思ったよ。だが、とうとう……」

「イエイ！」８ハンズが声をあげる。「うんと言わせたんだな！　ファァッ……じゃなくて、イロコだらけのすばらしさ！　イロコいいね！」

「そう、しまいには約束をとりつけた！」

「赤死病でくたばれってぐらいのお手柄っしょ！」Ｐポッドも言う。

「ありがとう」フェリックスは言ってようやく笑みこぼれ、小さくおじぎをする。自分にはちょっと堅苦しい態度が期待されている。慇懃《いんぎん》さというか、こうして成りすましている昔かたぎの紳士にふさわしいふるまい。「名前はアン＝マリー・グリーンランド。女優であるばかりか、ダンサーでもある。きわめて運動能力の高いダンサーだ」と言ってから、付け加える。「ビデオクリップを用意したからお見せしよう」

あのYouTubeの動画はメモリスティックにダウンロードしてあったので、授業用のパソコンにつなぐ。「電気を消してもらえないか」

現役ダンサーだったころのアン＝マリーが映しだされる。黒のホルターネックのトップスに、緑のサテン地のショートパンツ姿だ。身体の柔らかい男性パートナーを床に投げ、両腕両脚をタコのように彼の体にからみつけたかと思うと、のど輪攻めのような恰好でその頭を後ろにのけぞらせる。男性は押さえ込みを振りほどくと、彼女を勢いよく放りあげるようにし、つぎには頭が床につきそうな体勢でぐるぐる振りまわす。さらに、彼女が男性の股の間をすべってくぐり、立ちあがると、足をつけたまま膝を外に開いたガニ股姿勢でまた持ちあげられる。つぎは彼女が男性を万力のような強さで押さえこみ、男性の片方の肘を無茶な角度でねじっている。彼女のたくましい腕の筋肉がくっきり浮きだしていた。

「ひゃあ」だれかの声がする。「なんちゅう……まだら頭の間抜けやろう〈第三幕第二場、キャリバンの科白より〉だよ、この女？」

「ててなし級にフルボッコ！」

「赤死病レベルでやばいタトゥー！」

「毒吐く面疔《めんちょう》女、めんちょいいね！」

「で、なんなんだよ、このフケみてぇなイロコい踊りは？」

「ロマンティックな愛の表現だ」フェリックスは言う。「と思うがね」と付け足したとたん、自分を恥じる。こういうしたり顔の冷笑コメントは、これから彼らをいざなおうとする世界には不必要だ。

アン＝マリーはピルエットをしながら、フロアをころがっていくパートナーのまわりを回る。と、いきなりバック宙して着地。ここで二番目の男性ダンサーが飛びこんできて、彼女をリフトし、肩の上にひょいと乗せ、彼女は足をばたつかせる。また下におり、一瞬、ボクサーのようなポーズをとるが、すぐに逃げだす。追いかけっこが始まり、男性ダンサーふたりが彼女を追いかける。彼女は立ち止まり、片足を高くあげ、それを曲げてヒールで蹴る。男性ふたりは相前後して優雅にたおれる。アン＝マリーは宙にジャンプする。想像を絶するほど高く。

暗転。

部屋いっぱいの男たちが一斉に息を吐く。

「電気をつけて」フェリックスは言う。光があふれる。目の前には、眼《まなこ》を見開いた顔、顔、顔。

「いまのは、新しいミランダ役の多彩な才能のごく一部にすぎない。アン＝マリーは、配役決めが済んだら、再来週の読み合わせから稽古に参加してくれる」

「なんかのクロオビみたいなやつか？」レッグズが質問する。

「やべえ、こいつ……姦物じゃん、やべえ！」Ｐポッドが言う。

「タマ蹴とばされて、すぽっと口に入りそうだな」スネークアイが言う。「赤死レベルで、ガチのたち《ダイク》〔同性愛女性のいわゆる男役〕と見た——確かめる方法はひとつ！」だれも笑わない。

「めんちょいぐらい骨と皮」フィル・ザ・ピルが言う。「摂食障害が疑われる」

「おれ的には、めんちょい娘はもっとメリハリがある方が好みだね」と、Ｐポッド。

「物乞いに選り好みはできないと言うだろう」憂うるメノー派〔質素な生活をするキリスト教宗派〕信者のクランパスが言う。

「ドヤ顔すんな」レッグズが言う。「おれはこいつ、ぜんぜんいけるぜ！」

「じつに才能あるパフォーマーだ」フェリックスは言う。うれしいことに、役者たちは早くも罵倒句リストの言葉を駆使している。「うちの芝居に参加してくれるなんて、ラッキーだぞ。とはいえ、わたしがきみたちの立場なら、怒らせないようにするね。理由はわかると思うが」

「あの人なら、イロコい親指ひとつで殺れそうだよね」ワンダーボーイが悲しげな顔で言う。


「さて、つぎはエアリエルの問題に移ろう」フェリックスは言う。「やりたい人は？」

「断じておことわりだ」教室の後方から声があがる。「フェアリー役なんてとんでもない。以上。こないだも言ったがね」断固たる意見の持ち主スネークアイの発言だ。

　クラスの総意というところか。だれの手も挙がらない、どの顔もおことわりと言っている。彼らの心の声が聞こえてくるようだ。ミランダもエアリエルも五十歩百歩なんだよ。弱すぎだし、軽《ゲイ》すぎ。問題外。

「ミランダ役には女優を呼んでくるんだろう？　だったら、妖精役にもフェアリーちゃん〔fairyはゲイを意味〕

する隠語〕を連れてくればいい」シヴがそう言うと、「そうだ、そうだ」というつぶやきが広がり、低い笑い声があがる。

なぜエアリエルが〝フェアリー〟だと思うのか尋ねてみてもいいが、訊かなくても答えはわかっている――ふわふわと宙を飛び、花々のなかで眠る。フェアリーみたいな見た目で、フェアリーみたいに行動するなら、フェアリーじゃんかよ、というわけだ。それに、「ミツバチみたいに花の蜜を吸う」とかいうエアリエルの歌、よしてくれ。自衛本能のかけらでもあるやつなら、あんな歌うたうか？　エアリエルはフェアリーってだけじゃない。おしゃぶりフェアリーなんだぜ。そんな役やったら、取り返しがつかねえ。だったら、ちょい役の方がましだ。やったら、一巻の終わりだぜ。というわけだ。

フェリックスが「エアリエルはフェアリーじゃない。地・水・風・火の四元素のひとつ大気の精だ」と指摘しても無駄だろう。同様に、「シェイクスピアの時代には、〝吸う〟〝しゃぶる〟という語に、後世にあれこれと付加されたような下劣な意味はなかったんだ。たしかに、今はそういう含意がある。今というのは、きみたちがこの劇を演じる今だが」などと説いても無駄だろう。

「エアリエルの役については、もう少し話そう」フェリックスは言う。これは、フェリックスが話をするという意味だ。この教室ではだれひとり、このリスキーな話題について口を開こうとしないのだから。「このキャラクターをフェアリーと捉えるのは、わたしたちが充分に広い視野で考えていないからかもしれない」ここで間をおき、じっくり考えさせる。広い視野で考える？　なんだ、そりゃ？

「だから、レッテルを貼る前に、エアリエルの性質を挙げてみよう。彼はどんな種類の生き物なんだろう？　一番、彼は姿を消すことができる。二番、飛ぶことができる。三番、スーパーパワーをもつ。とくに、雷、風、火が関わると。四番、音楽的才能がある。五番目にして最も重要なのは」ここでまた間をおく。「彼は人間ではない」と言って、教室を見わたす。

「そいつ、現実にいなかったりしてな？」レッドコヨーテが言う。「プロスペローが自分に語りかけてるだけとか？　ペヨーテボタン〔ネイティヴ・アメリカンが用いた覚醒剤の一種〕なんかキメてたりして。とんじゃってるか、イカレてるか？」

「もしや、夢でも見てるんじゃないか」シヴも言う。

「そう、プロスペローを乗っけた船が沈んでさ。この劇全体が、やつの溺れる間に展開してるってこと」と言ったのは、新顔のひとりヴァムースだ。

ティミＥｚいわく、「前にそんな映画、観たことありますねえ」。

「それとも、空想の友だちかも」Ｐポッドが言う。「うちの子にもむかし、そういう友だちがいたし」

「ほかのだれにも見えねえのな」レッグズが言う。

「半人半鳥《ハルピュイア》みたいになって現れると見えるのだな」と、ベント・ペンシル。

「でも、声は聞こえるんじゃね？」と、ホットワイアー。

「なるほど、そうか」レッドコヨーテが言う。「プロスペローは腹話術師みたいなことしてるんだろ」

「いや、エアリエルはある意味、実在するという前提でやろう」フェリックスが割りこむ。少なくとも、役者たちから発言が出ているので吉としよう。「たとえば、きみたちがこの劇作の内容は知らないとして、エアリエルというキャラクターについて知っているのは、わたしがいま話したことだけだとしよう。わたしがさっき説明したのは、どんな生き物だった？」

ざわざわ、ざわざわ。「なんつうか、スーパーヒーロー？」レッグズが言う。「ファンタスティック・フォー〔マーベル・コミックスの漫画に出てくるヒーローチーム〕とか。スーパーマン的な。プロスペローがクリプトナイト〔スーパーマンの弱点とされる物質〕みたいなものを手にしてて、だから、やつが好きに操ってるんだ」

「『スタートレック』みたいなもんかな」Ｐポッドが言う。「エアリエルはエイリアンでさ、宇宙船が難破したとかで、地球に不時着したってこと。そこで囚われちまって、でも、空を飛んで故郷の星かなんかに帰りたいんだよ。Ｅ．Ｔ．みたいに。あのエイリアン、覚えてる？　そう考えるとわかるじゃないか」

「ふむふむ、プロスペローの言いつけに従えば、故郷に帰してもらえるってわけか」ここで発言したのは、８ハンズだ。「で、引き換えに自由を得る」

「そしたら、家族とも再会できるしな」レッドコヨーテが言う。

同意のつぶやきが漏れる。なるほど、そういうことか！　エイリアンなのか！　フェアリーより、よっぽどいいや。

「衣裳はどうする？」フェリックスが言う。「エアリエルはどんな出で立ちだろう？」従来のエアリエルの風貌——鳥の羽根とか、トンボみたいな衣裳とか、天使みたいとか、蝶々の羽とか——には触れないことにする。ついでに、ここ二世紀の間、エアリエル役は決まって女性が演じてきたことも言わないでおこう。

「なんか、緑っぽい感じ」Ｐポッドが言う。「こう目が飛びだしてて、エイリアンって、瞳孔のないそういうでっかい目をしてる」

「緑じゃ、木みたいだぜ。青の方がいいな」レッグズが言う。「だって、大気の精なんだろ。エアリエルはエアーってことだろ。空は青だ」

「だったら、人間の食い物は食えないよな。花とかそんなものだけ」と、レッドコヨーテが言う。「ナチュラル志向なんだ。ヴィーガンみたいに」

みんながうなずく。この説でいけば、蜜を吸う演技があっても、面目に関わることはないだろう。エイリアンなんだから、おかしな食習慣があっても不思議じゃない。

「いいだろう」フェリックスは言う。「では、彼は劇中でどんな役割をはたしている？」

低い声でのつぶやき。「〝役割〟というのは、どういう意味だろう？」ベント・ペンシルが訊く。

「先生の注釈に書かれていたが、彼は善い召使だとか。なんでも言われたとおりにする。一方、キャリバンは悪い召使だ」

「そう、そのとおり」フェリックスは言う。「しかし、エアリエルがプロスペローのために遂行するタスクなしには、この劇はどうなってしまうだろう？　雷鳴と稲妻がなかったら？　エアリエルは全プロットのなかで、唯一最重要のことを行うんだ。実際、あの嵐《テンペスト》がなかったら、劇が始まらない。つまり、決定的な役柄だ。だが、彼は舞台裏で動く。雷を起こしたり、歌をうたったり、幻を見せたりしているのがエアリエルだなんて、プロスペロー以外はだれも知らない。現代の演劇界にいたら、特殊効果の専門家と呼ばれているところだ」フェリックスはまたもや教室を百八十度見わたし、役者ひとりひとりとアイコンタクトをする。「つまり、デジタル・エキスパートみたいなものだな。３Ｄのバーチャルリアリティをやってのけるんだから」

ためらいがちな、にやにや笑い。「いいね」８ハンズが言う。「イロコいかっこよさ」

「では、エアリエルは劇中のキャラクターでもあるが、うちの公演では特殊効果技師も兼ねることにしよう」フェリックスは言う。「照明、音響、コンピュータ・シミュレーション、ぜんぶひっくるめて。エアリエルにはチームが必要だな。劇中で精霊のチームを率いるみたいに」

暁の光が射してくる。みんなコンピュータはいじりたい。所内では触る機会はめったにないのだ。

「そいつは、化け物級にクールだな！」シヴが言う。

「では、チーム・エアリエルに入りたい人？」フェリックスが尋ねる。「だれかいないか？」

教室の手という手が挙がる。そんなチャンスがあるなら、だれだってチーム・エアリエルに入りたい！

17 ✦ この島はたいそうやかましい

同日

〔第三幕第二場、キャリバンの科白より〕

陽が傾いてくる。冷たく淡い黄金色の入り陽。所の内側のフェンスに、二羽のカラスが止まって、見張りを続けている。獲物はなさそうだぞ、諸君。フェリックスは思う。今日、この建物から出てくるのはおれだけだし、まだ死んでいないからな。フェリックスは凍りついた車に乗りこむ。三度目でようやくエンジンがかかる。

外側のゲートが見えざる手によってひらく。ありがとう、汝ら小さきパペットよ。フェリックスは見えない彼らに心のうちで感謝する。鉄条網の、テーザー銃の、頑強なフェンスの、弱くはあるが主人たる人々の小妖精《エルフ》たちに〔『テンペスト』第五幕第一場、プロスペローの科白のもじり〕。フェリックスが坂をくだっていくと、後ろでゲートが閉まり、ガチッという金属音とともにロックされた。あたりはすでに暗くなっており、背後でサーチライトがまぶしく点灯する。

車はハイウェイに乗り、しばらくして側道に降りると、積もった雪を鼻先で掘りながら狭い道をフェリックスの穴倉へと進んでいく。まるで、ハンドルひとつ切らずに、念じただけで動いているかのように。フェリックスは張りつめていたものを解いて安堵の息をつく。第一にして最大の難関は突破できた。第一のゴールは達成された。おれの芝居にぴったりのミランダをつかまえたし、エアリエルをちょっと変身させて受け入れさせた。あとの配役も、霧の奥から現れるように、まだはっきりしないが顔が浮かんでおり、うまく決まりそうな予感がする。ここまでのところ、魔法はよく効いているようだ。

車は座礁するように止まる。幸いなことに、間道の路傍には、かちかちに固まった雪と凍りついた泥の垣根は新たにできていなかったので、ショベルで掘らずに済む。フェリックスは車を駐めてロックをかけると、狭い道を歩きだし、足元で軋る雪を踏みしめながら小屋にたどり着く。雪野原から左手へ、ガラスがぶつかりあうような囁きが。枯れた雑草の茎が雪の吹きだまりから突きだし、そこに氷が薄く張って、風に揺れているのだ。鈴のような音を鳴らしながら。

小屋の中は真っ暗。窓辺に明かりはない。思わずノックしそうになるが、だれが応えるというのだろう？　底なしの喪失をいま知ったかのように、突然、冷たい感覚にみまわれる。フェリックスはドアを開ける。

空っぽ。がらんどう。ひとけがない。中に入ると、凍えるように寒い。朝方、フレッチャーに出かける前に、薪ストーブの火は埋《い》けておいたが、電熱ヒーターは留守中、つけっぱなしにしたくない。危険すぎる。まあ、ミランダが気をつけてくれるだろうが。そうじゃないか？

バカな。フェリックスはつぶやく。ミランダはここにはいない。いたことなど、ないんだ。すべては想像と願望のたまものにすぎない。いいかげん、あきらめろ。

いいや、無理だ。

フェリックスは火をおこすと、ヒーターのスイッチを入れる。小屋が温まるのに時間はかからない。夕飯に、ゆで卵とソーダクラッカーを二枚、食べる。紅茶を一杯。そんなに腹はすいていない。アドレナリン噴出の第一週が終わって、気が抜けている。きっとそれだけの話だ。とはいえ、なんだか無気力感と気鬱があり、意志に亀裂が入ったようで、弱腰になっている。

このところ、復讐の実現がごく間近に感じられる。あとは、トニーとサルがフレッチャーへ大臣視察に訪れるのを待つばかりだ。劇のビデオは二階で所長と一緒に観るのではなく、閉鎖棟で観るように根回しする。この棟でおれが待ちかまえているわけだ。最初は見えないところで。ビデオが回りだしたら、芝居は二手《ふたて》に分かれる。一方のバージョンは、刑務所のほかのテレビに映しだされるのと同じ内容。もう一方では、突如、現実の人々が出てくる。フェリックスの演出・監督で。分身を使って幻影を見せようという——そう、演劇舞台では使い古された仕掛けだ。

ところが、ここにきてそのヴィジョンがぼやけだしている。むしろ、どうしてそんなにうまくいく自信をもてるのか？　劇の方は心配ない。そっちはもう完成したビデオになっているはずだから。問題はもう一つのバージョン、すなわちフェリックスがお偉い敵《かたき》たちにむけて準備している即興芝居の方だ。どうアレンジする？　自分にはない専門技術がある程度必要になるだろう。しかし、その問題が解決できても、そんな賭けに打って出るとは無茶もいいところだ！　なんとリスキーな！　一歩間違ったら、とんでもないことになる。犯罪者に厳しい法務大臣がご登場となれば、役者たちはなおさら調子に乗るだろう。そういう状況が呼び水となり、へたをすると怪我人が出るかもしれない。

「だいじょうぶ、害はないさ〔第一幕第二場、プロスペローの科白のアレンジ〕」フェリックスは自分に言い聞かせる。とはいえ、実害が出ることも充分ありうる。プロスペローと違って自分には、困ったら手助けしてくれる従順な四元素の精もいないし、本物の魔力も持っていない。武器もない。

引きさがった方がいいのでは。報復と王座奪還の計画はあきらめろ。むかしの自分にキスしてさよなら。闇へと静かに消えてゆけ。おまえは生まれてこのかた、なにを成し遂げたというんだ。ともかくも、しばし派手に祭りあげられ、大半の人々が住む世界ではなんの価値もない儚《はかな》い勝利をいくつか手にした以外に？　この全宇宙で特別扱いされる資格があるなどと、なぜに思えたのか？　父親が鬱々としているのは、ミランダもいやだろう。不安になる。だから、きっと姿を消してしまったんだ。ふだんからほとんど見えないけれど。おや、あの子だろうか？　隣の部屋から聞こえるのは、あの子のハミング？　それとも、ただの冷蔵庫が鳴る音だろうか？

ベッドルームは病院のような臭いがする。病人でもいたような臭いだ。長年、寝たきりの患者とか。いや、こんなところにあの子はいない。銀の額縁に収まった写真のなかにしかいない。ブランコに乗って、時の煮凝《にこご》りに固められた幼い女の子。見えるけれど、生きていない。

ベッドサイド・ランプのスイッチを入れ、大きなたんすの扉を開ける。魔術師の衣裳がある。もう十二年もの間、フェリックスを待ちつづけている。これも結局、無駄にするしかないのか？　光るたくさんの目。生きている。気づいている。

「いや、まだだ」魔の動物たちに語りかける。「まだまだ。いまはその時じゃない」

獣たちが動きだすのは、フェリックスも動きだす時だ。復讐の時。うまくやりおおせる方法があるはずだ。自分にも残された手だて《トリック》がきっとまだある。

フェリックスは手前の部屋にもどる。「可愛いミランダ」と、声に出して呼ぶと、むこうの隅に姿を現わす。さいわい白い服を着ており、まばゆく輝いている。彼女から伝わるこの苛立ちの気はなんだろう？　こちらの懸念を察して、あの子までが気をもんでいるのだろう。

「悪いことはないさ」フェリックスは言う。「これからもないと約束するよ。わたしはなにをするだろう、そなたのためにならずば〔第一幕第二場、プロスペローの科白のもじり〕」

とはいえ、おれの気遣いなど、なにかの足しになってきたか？　たしかにミランダを守ってきたが、やりすぎではなかったか？　本当なら、娘にあたえて然るべきものがたくさんある。同じ年頃の娘たちが――なんだかわからないが――当然のように持っているもの。服は間違いないな。きれいな服、いま手元にあるよりもっとたくさんの服。あの子はいつも、薄いチーズクロスと使い古しのベッドシーツで作った間に合わせの服で過ごしているように見える。シルクやベルベットの服も持たせるべきだろう。あるいは、最近の娘たちが大好きなミニスカートと踵の高いブーツも。iPhoneだって持つべきじゃないか。パステルカラーのやつを。爪を青や銀色や緑に塗って、友人たちとおしゃべりしたり、ピンクのイヤホンで音楽を聴いたりすべきだろう。パーティに行ったり。

おれは父親として失格だ。どうやって埋め合わせしてやればいいだろう？　年をくったしょぼい親父しかいない小屋の暮らしに閉ざされて、あの子はとくにむくれもしない。そもそも自分が持たざるものを知らずにいるのだが。

それでも、同じ年頃の娘たちが知る機会がとうていないようなことを、たくさん教えることもできた。

「今日は一日、なにをして過ごしたんだい？」フェリックスは話しかける。「チェスを一局、やるかい？」

渋々と――そう見えるのだが違うだろうか？――ミランダはチェスボードに歩み寄り、いつものように赤い板張りの安テーブルに盤を用意する。

黒、それとも白？　と、訊いてくる。

18✦この島はおいらのもの

〔第一幕第二場、キャリバンの科白より〕

二〇一三年一月一四日（月）

フェリックスは月曜の朝までには、自信を回復していた。フレッチャー矯正所劇団は万事例年どおり、出し物の準備を進めていますよ、という顔で進んでいかねばならない。今週は、主要人物の造形についてクラス全体で掘り下げさせ、これをキャスティングへの小手調べとする。エアリエルとミランダにまつわる難所は切り抜けたし、あとの配役はそう難しくはないはずだ。ただし、キャリバンを除いて。キャリバンに関しては、やっかいな問題がもちあがるに違いない。

例のもう一つの、秘密の企みについては、しっかり紐を握っていろよ。それをたどって闇のなかへ入っていくことになる。それがどんな形をとろうと、成功は精確なタイミングにかかっている。これが最後のチャンスにして、唯一のチャンスだ。汚名を晴らし、名誉を挽回し、やつらに思い知らせて、鼻を明かしてやる。敵《かたき》たちの鼻を。もし失敗しようものなら、その後のツキはただ下がりだろう。いまでさえ、下がっているが。

後戻りはできない。迷ってもいられない。このままの勢いで行け。すべては自分の意志にかかっている。

「調子はどうです、デューク先生？」セキュリティチェックを通過する際、ディランが訊いてくる。

「いまのところ順調だよ」フェリックスは明るく答える。

「フェアリーはだれがやるんすか？」マディソンが尋ねる。

「フェアリーじゃないって」フェリックスが訂正する。

「ほんとに？」

「いいかげん信じてくれよ。ところで、来週、客演の俳優を連れてくる——じつのところ、たいへん名のある女優だ。名前はアン＝マリー・グリーンランド。劇中の娘役ミランダを演じてくれる」

「それ、おれらも聞きましたよ」マディソンが言う。フレッチャー矯正所では、噂はあっというまに広まる。少なくとも、ある種のネタにおいては。もしかしたら、監視装置で筒抜けなのか。ゴシップの広がること流感のごとし。「楽しみだ。なあ？」そう言って、マディソンはにやっとする。

「入構許可は取れたんですか？」ディランが訊く。

「もちろんだ」フェリックスは空いばりで重々しく答える。そっちの方は、エステルが手を尽くしてくれていた。ぎりぎりの交渉だった——反対意見も出ているとか——が、エステルはどの紐を引っぱり、だれの自尊心をくすぐってやればいいか、よく心得ていた。「ここのみんなが、職員のみんなが、歓迎してくれるといいが」

「警備用のポケベル、着けてもらうことになるな」ディランが言う。「その女優とかなんとかいう人にも。使い方、おれらが教えますよ。わかりにくいといけないから」ふたりの好奇心は丸見え。若い女性のことをもっと訊きたいのだろうが、あまりがっついて、本心を見透かされるような真似はしたくない。ここはひとつ、アン＝マリーが男性ダンサー二人をまとめてのしてしまうYouTubeのフリー動画を教えて、パンくずを投げてやるべきか？　いや、やめておいた方がいい。

「わかりにくいことは、とくにないだろう」フェリックスは言う。「でも、親切にありがとう」

「どういたしまして、デューク先生」ディランが言う。

「お役に立ちたいんで」マディソンが言う。

「なんかあったら、いつでも。良い一日を、デューク先生。メルド！」ディランが言う。

「メルド、だよなあ？」と、マディソンは言って両手の親指を立ててくる。

「この芝居は最初から最後まである島で演じられるんだ」フェリックスはホワイトボードの横に立ってそう説明する。「だが、どんな島だろうか？　島自体が魔法にかかっているのか？　それは、じつのところわからない。そこに上陸した人によって、それぞれ見方は異なるんだ。島を恐れる者もいれば、支配しようとする者もいる。ひたすら島から逃げだそうとする者もいる。

この島に最初に足を踏み入れたのは、キャリバンの母親シコラクスだ。忌むべき魔女呼ばわりされている。彼女は芝居が始まる前に死んでいるが、死ぬ前にこの島でキャリバンを産み落とした。キャリバンは島で育つ。島を心から好いているのは、彼だけなんだ。キャリバンがまだ幼いころは、プロスペローもやさしく接していたが、セクハラ問題が起き、キャリバンの方が負けて、岩牢に閉じこめられてしまう。それ以降、キャリバンはプロスペローとその子分の小鬼《インプ》だの悪鬼《ゴブリン》だのにいたぶられるので、彼らを恐れるようになった。しかしキャリバンは島を恐れてはいない。島のほうも、ときおり彼にすてきな音楽を奏でたりする」

フェリックスはホワイトボードに、

CALIBAN

と書く。

「シコラクスと同じぐらい昔から島に住む者がもう一人いるが、彼は人間ではない。そう、それがエアリエルだ。彼は島のことをどう思っているか？　それはわからない。島を舞台に幻をあやなす役柄だが、命令されたからやっているにすぎない」

キャリバンの下にエアリエルと書く。

CALIBAN
ARIEL

「つぎに島に到着するのが、プロスペロー、本来はミラノ大公の座にあるはずの男と、その娘でまだ幼子のミランダだ。プロスペローのよこしまな弟の陰謀で、穴の空いたおんぼろ舟で海に流されてしまったんだ。この島に漂着しなかったら、飢え死にするか溺死していただろうから、好運だった。とはいえ、ふたりは洞穴で暮らすはめになり、キャリバン以外に住む者もないので、プロスペローはミランダを連れてなるべく早くミラノに帰還することを、第一に目指すことにする。彼の願いは、大公の座を奪還し、娘にりっぱな嫁ぎ先を見つけることだが、それは島に留まっていたら叶わないだろう。ミランダはそのことに関しては賛成も反対もしなかった。ほかの世界は知らないし、島の暮らしで充分だからだ。

PROS & MIR〔プロスペローとミランダ〕

と、フェリックスは略して書く。

「しかし十二年が過ぎたころ、そこへ別の選択肢が舞いこんでくる。プロスペローとエアリエルが嵐《テンペスト》を巻きおこしたことで、大勢のよそ者が島に漂着してくるんだ。嵐はつくりだされた幻なんだが、みんな本物だと思ってしまう。船が難破したと思いこんでいる。ナポリ王アロンゾーにとっては、島は悲しみと喪失の場だ。なぜなら、息子のファーディナンドが沖合で溺れ死んだと思いこんでいるから。

アロンゾー王の弟セバスチャンと、プロスペローの邪悪な弟アントーニオにとっては、島は絶好の機会の場だ。ナポリ王アロンゾーと、彼の顧問官ゴンザーローを殺害し、その後、セバスチャンがナポリ王の座に就こうという――もっとも、どうやってナポリまで帰り着くのか、計画があるわけではまったくないんだ。ふたりはこの島をなんの魅力もない不毛の地だと思っている。

一方、善意の老顧問官ゴンザーローは、この島を実り多い豊かな土地だと思っている。ここに自分の理想の王国を築くことを思い描いて楽しんでいる。その王国では、すべての市民は平等で、徳が高く、だれも働く必要がない。ほかの者たちはその理想像をばかにしている。

この者たちがそろって考えているのは、もっぱら支配すること、支配者のことだ。だれが支配するのか、どのように支配するのか。だれが権力をもつべきか、それをどのように手に入れるべきか、どのように揮《ふる》うべきか」

フェリックスは

ＡＬＯＮ、ＧＯＮ、ＡＮＴ、ＳＥＢ〔アロンゾーとゴンザーローとアントーニオとセバスチャン〕

と書き、それぞれの略語にアンダーラインを引く。

「つぎなる登場人物はタイプがぜんぜん違う。ファーディナンド、アロンゾーの息子だ。ひとりだけ島の違う岸辺に泳ぎついたので、彼は彼で、父親は溺れ死んだと思いこんでいる。父の死を嘆き悲しんでいると、エアリエルが楽の音でファーディナンドを誘いだす。最初、彼はここを幻の島だと思っている。そのうちミランダを見かけると、初めは女神だと思う。人間の娘で、ついでに独身だと聞くと、ひと目で恋をしてプロポーズまでしてしまう。だから、彼にとって、島は驚きとロマンティッククラブの場と言える」

フェリックスは

ＦＥＲＤ〔ファーディナンド〕

と書いて、また下線を引く。

「さて、この並びの下に来るのが、ステファノーとトリンキュローだ」フェリックスはつづける。「ふたりは道化もので酔っ払い。彼らもアントーニオとセバスチャンのように、この島を好機の場とみなしている。まず、だまされやすいキャリバンを召使にして、搾取しようとする。文明社会にもどったら、彼をフリークスショーに出すか、売り飛ばしてやろうとまで考えている。ところが、悪巧みはそれだけではなく、すぐにも盗みや殺しやレイプをやらかしそうなやつらだ。キャリバンは、『プロスペローを始末しちまえ』とふたりに言う。そうすれば、この島は彼らの王国になり、おまけにミランダまでころがりこんでくる、と。

このふたりもまた、だれが、どのように支配すべきかという問題にとらわれているんだね。つまり、アントーニオとセバスチャンの道化版なんだ。逆に、アントーニオとセバスチャンが上等な服を着た道化ものだと言ってもいい」

STEPH & TRINC 〔ステファノーとトリンキュロー〕

と、フェリックスは書く。

ここで口をつぐみ、教室を見わたす。とくに敵意は感じないが、確かな熱意も感じられない。ただじっと講師を見つめている。「この島はじつはまやかし《マジック》なのかもしれない」フェリックスは言う。「鏡のようなものなのかもしれない。各人は自分の内面の反映をこの島に見ている。島はその人の正体をひきだしているのかも。なにかを知るための場なんじゃないか。とはいえ、各人になにを知れというのだろう？　実際、彼らはそのなにかを知るだろうか？」

フェリックスは名前のリストの下に、二重線を引く。「さて、ここまでが主要な役だ。この順番でノートに書くように。ただし、プロスペローとミランダを除く――プロスペローはわたしが演じ、ミランダはみんなも知ってのとおりだ。書いたら、各名前の横に、ゼロから十までの点数を付けてほしい。十というのは、その役をやりたいということ。ゼロは興味ゼロということ。自分がその役をうまくやれそうか考えてくれよ。たとえば、ファーディナンド役なら、そこそこ若いほうが合うだろうし、ゴンザーローならそこそこ年がいってるほうがいいだろう。

いまから配役が決まるまでのあいだ、独白をいくつか読んでみよう。それをやると、各人の好みの役も変わってくるかもしれない。もし考えが変わったら、遠慮なく前の数字は消して新しいのを書きこんでくれ」

受講者たちは作業にとりかかる。ぎごちなく鉛筆を動かす音がする。

この島はまぼろし《マジック》なんだろうか？　フェリックスは自問する。この島はあらゆるものになり得るが、彼らにとっては、さっき触れなかったものとなるだろう。すなわち、大舞台。プロスペローが演出家として、芝居をつくりあげる。その劇中に、もうひとつの劇が展開することになる。もしプロスペローの魔法が効いて、芝居が上首尾に運べば、心願を叶えることができるだろう。だが、失敗したら……。

「いいや、失敗するもんか」フェリックスは言う。何人かが顔をあげ、何人かがこちらに目を向けてくる。声に出してしまったか？　また独り言を？

その癖、気をつけろよ。フェリックスは自分に言い聞かせる。彼らにヤク中だと思われたくないだろう。

19 ✦ 世にもばっちい化け物め

〔第二幕第二場、トリンキュローの科白より〕

二〇一三年一月一五日（火）

火曜日の午前中、フェリックスはアンケートを集計する。二十人の劇団員のなかで、重要な役どころのゴンザーローをやりたがっているのは、一人だけだ。うまくしたことに、それは曲がったことの好きな会計士ベント・ペンシル。フェリックスは彼の名前を役の欄に書きこむ。

アロンゾー王と弟のセバスチャンは希望者がゼロ。この二役はだれのリストでもずっと点数が下のほうだが、ただしゼロをつけた者はいない。

プロスペローの邪悪な弟アントーニオはもっと人気がある。五人が九点をつけている。

ステファノーとトリンキュローは希望者が二人ずつ。つまり、自分を「道化もの」とみなす者が四人いるということか。

ファーディナンド役は八人も希望していた。が、そのうち六人に関しては、希望というより勘違いというべきか。とてもじゃないが、ロマンティックな大役が務まる柄ではない。しかし残りの二人は、いけそうだ。

エアリエルには十二人。どうやら、その多くはエイリアンと特殊効果に本気でつられてきたようだ。

そして、キャリバン。なんとびっくり、十五人。

水曜日の選抜はハードになりそうだな。フェリックスは思う。キャリバンからとりかかるか。キャリバンには、ああ見えてポエティックなところがある。彼のそういう面も語れば、きっと何人かは候補から降りるだろう。キャリバンには醜い見てくれだけでなく、もっといろいろなものが潜んでいるんだ。そう話してやろう。


この先の厳しいタスクにそなえるため、フェリックスはブリキの浴槽で、週に一度の入浴をする。たいへんな手間だ。最初にお湯を沸かさなくてはならない。電気コンロと電気ケトルでだ。それから、手押しポンプで汲みあげた冷たい水でお湯をうめる。つぎに脱衣。浴槽に入る。一年のこの時季は、ドアの下から隙間風が入ってくるし、たったいまは氷雨が窓を打つ天気だし、寒くて滑りやすくて危険。すり切れたタオルを巻きつけたぐらいでは役に立たない。新しいタオルを買うべきだ。なぜためらう？　わがデザインセンスが許さない。新品のタオルでは、この倹《つま》しくて修行僧めいた内装にそぐわないから。

ミランダは慎みゆえか、父が入浴の儀を行っているときは現れない。どこに行っているんだろう？　ここではないどこかに。かしこい娘だ。思春期の女子にとって、父の貧相な脛《すね》やしぼんで皺が寄った体を目の当たりにすることほど、賢《さか》しらな男親への敬意をそぐに効果絶大なものはない。

それにしても、プロスペローとミランダは島にいるあいだ、具体的にどうやって入浴していたんだ？　フェリックスは腋《わき》の下をそっと石鹼でこすりながら、この問題を考えてみる。浴槽はあったのか？　そうとは思えない。滝があったとか。しかし、ミランダが滝で水浴びをするたびに、ぎらぎらしたキャリバンに覗かれる危険を伴うではないか？　間違いない。一方、プロスペローは娘の水浴び時には、岩牢に閉じこもっていたに違いない。

それはいいとして、プロスペロー自身はどうしていたんだ？　魔力をたもつには、魔術師の衣装は必須だったはず。魔術書や手下たちも手放せないじゃないか？　とはいえ、滝の水を浴びるときに、魔術師の衣装は着ていられないだろう。だったら、水浴びはしなかったのかもしれない。十二年間、一度もシャワーを浴びないとしたら、年寄りの体はさぞかし悪臭を放ったろう。

しかし、待てよ。エアリエルが警護に立ったかも。ハルピュイアのような翼をもったエアリエルと、従順なゴブリンたちによる警護親衛隊が。エアリエルの役割として「入浴時の付添い」には言及されていなかったが、うなずける解釈だったのではないか。

たいてい戯曲には省略があるもんだ。フェリックスはそう考えて納得する。劇中、だれも入浴しないし、そのことを考えもしない。だれもものを食べないし、排便もしない。むろん、サミュエル・ベケットはべつだ。ベケットはつねに信頼できる。大根に人参に排尿に臭い足。ぜんぶある。生きとし生ける人間の営みが、ぜんぶひっくるめて最高に退屈で下卑たレベルで描かれる。

フェリックスは立ちあがり、足元できしる音をたてながら、ブリキの浴槽を出て冷たい床板の上に立つと、タオルですばやく体を拭く。そこに、膝まであるフランネルの寝間着を着る。湯たんぽに湯を入れる。コップの水に入れ歯をひたし、起泡性の錠剤を入れるとぶくぶく泡がたつ。ビタミン剤に、ココア。このブリザードでは、外のトイレに向かう気にもなれず、こんな時のために取ってある広口瓶で用を足し、小水はシンクに流す。プロスペローには雪の苦労なんてなかった。広口瓶が必要になることもなかったろう。

さて、ベッドへ。

ベッドにもぐりこんだとたんに、明かりを消す。暗闇で、ミランダがぴったり寄り添ってくる。「おやすみ」フェリックスは娘に言う。片手でひたいのあたりを軽くなでてくるだろうか？　うん、そう。

水曜日の朝、空は晴れあがって澄んでいる。フェリックスはゆで卵だけの朝食を済ませると、氷の結晶で木々が輝き、雪の降り積もった一帯を車で行きすぎ、フレッチャー矯正所へと坂道をあがっていく。「バン、バン、キャ、キャリバンさまだ〔第二幕第二場、キャリバンの歌より〕」と静かに口笛を吹きながら。あの場面は歌も入って盛りあがるな。そうだ、キャリバンの歌はラップの先駆けだと話してやろう。実際、そういうものだから。

「ちょっと問題が出てきた」フェリックスはホワイトボードの横に立つと、そう切りだす。「キャリバンをやりたい人が十五人もいるんだよ。話し合いが必要だ」と、マーカーを手にとる。「キャリバンはどんな生き物だったかな？」見わたせば、ぼんやりした顔が並ぶ。

「ええと、エアリエルは人間じゃない、一種のエイリアンだということで意見がまとまったね」フエリックスはつづける。「では、キャリバンはどうだろう？　母親はいちおう人間だ。ともかくその点はわかっている。だったら、彼は――人間なのか、人間ではないのか？」

「やっぱ、人間じゃね？」ホットワイアーが言う。

「めっちゃ人間だよ」ワンダーボーイが賛同者を探して見まわす。「ミランダにかぶりつきそうだし」わびしい笑いと、「それな」というつぶやきが広がる。

話がまとまりそうだぞ、とフェリックスは思う。「ぱっと思いついたところで、キャリバンを表すのにぴったりな言葉はなんだろう？」

「化け物」Ｐポッドが言う。「みんなに化け物って呼ばれてる」

「邪悪」

「うすらトンカチ」

「みっともない」

「魚。魚みたいに臭いと言われてる」

「人喰いとか。野蛮人みたいな」

「土芥」フィル・ザ・ピルが言う。

「ならず者」レッドコヨーテが言って、「毒吐くならず者」と付け足す。

「鬼婆のこわっぱ」ダークサイドから来たハッカー、８ハンズが言う。「これがベストじゃないの？」

フェリックスは挙がった名前を順番に板書していく。「そんなに良いやつじゃないのに、どうしてみんなキャリバンをやりたいんだい?」

みんなにやっと笑う。「めんちょい最高じゃん」

「おれらわかるんだよ、やつのこと」

「どんなに蹴りまわされてもめげねぇし、思ったことをズバッと言う」と言ったのは、レッグズだ。

「黒いやつだ」シヴが言う。「どす黒い! ディスられたら、ぜったいやり返そうとするやつだ!」

フェリックスは出てきた言葉の下に線を引く。「うん、劇中では、いろんな人物からキャリバンの悪口をそうとう聞くことになる。しかし他人が言うことを寄せ集めても、その人にはならないだろう。だれしも別な側面をもっているはずだ」あちこちでうなずき。よし、のってきてるようだ。

「では、そういう別な側面とはなんだろう?」よくあることだが、自分で訊いて自分で答える。

「一つめ、キャリバンは音楽を愛好する。歌って踊れるキャラクターだ」

フェリックスはふたたび、

MUSICAL

と書く。「つまり、彼もエアリエルのような役柄だ」

「こっちはフェアリーっぽくないが」と、シヴ。「キバナノなんとかかんとかも出てこないし」

フェリックスは聞き流してこう言う。「キャリバンは島のことを知り尽くしている——どこになにがあるか、なにが食べられるかなど」

ＬＯＣＡＬ　ＫＮＯＷＬＥＤＧＥ

「地元の知恵ものだな。劇中でいちばん詩的な独白をやるのも彼だ――自分の美しい夢について」

ＲＯＭＡＮＴＩＣ

と書く。「そして、この島は自分に相続権があるのに、プロスペローに盗まれた、これを取り返したいと感じている」

ＶＥＮＧＥＦＵＬ

「復讐心に燃えているってことだ」フェリックスは言う。

「ある意味、正当な言い分だろう」スネークアイが言う。

「その点、プロスペローにも似てるな」８ハンズが言う。「あいつも、復讐しようってあれこれ考えてるし。クソ王になろうってわけ」

「おっと、一点減点。クソって言った」ワンダーボーイが言う。

「罵倒じゃないぞ」８ハンズが反論する。「クソって名前の王なんだよ」

「つまり、わたしが言いたいのは」と、フェリックスが割って入る。「キャリバンはむずかしい役柄だということだ。そこは考えておいてくれ。キャリバン役はハードだぞ」間をおいて、これをよく頭に染みこませる。なにかぶつぶつ言う声が聞こえる。十五人のキャリバン候補のうち、何人か考えなおしているのか？　かもしれない。

「そう、たしかにキャリバンはプロスペローにも似たところがある」フェリックスはつづける。「しかしプロスペローは島の王さまになって、そこに植民地を築こうとは思っていない。それどころか、島とはおさらばしたいんだ。そこへいくと、キャリバンは自分こそ島の王になるべきだと思っているし、この島を自分のレプリカでいっぱいにしたい。ミランダをレイプしようとするのも、子種を増やしたいからなんだ。それが叶わないとなると、ステファノーとトリンキュローと運命をともにし、プロスペローを殺せとけしかける」

「計画としちゃわるくないな」レッグズが言う。賛同のつぶやき。

「わかった、みんなプロスペローは気に入らないようだね」フェリックスは言う。「それにはいくつか理由があるんだろう。これについては、あとで話そう。ところで、例の課題の件だが、初日にわたしは本作のキーアイデアの一つは囚われの身、すなわち〝牢獄〟だと言ったね」

ＰＲＩＳＯＮＳ

ホワイトボードのいちばん上に、そう書く。「では、全編に目を通して、劇中にある、牢獄をひとつ残らず見つけてくれ。物語の背景、すなわち劇が始まる前のできごともふくむ。

それらはどんな牢獄だろうか？　それぞれの牢に入れられているのはだれか？　そして、投獄者、つまり彼らを牢に入れ、閉じこめているのはだれか？」

PRISONER〔囚われ人〕
PRISON〔牢獄〕
JAILER〔投獄者〕

と、順番に書く。「わたしは少なくとも七つの牢を見つけた。みんなはもっと見つけられるかもしれない」本当は九つあるが、彼らに勝たせてやろう。

「たとえば、この島みたいに、同じところでも場面が変われば、二つの牢と数えるのだろうか?」ベント・ペンシルが尋ねる。「それとも一つ?」

「うん、それはユニークイベント数〔オンラインで一人のユーザーが一回のセッションで、あるコンテンツに対して起こした反応数〕と同じで、ユニーク投獄イベント数としてカウントしよう」

「ユニーク・トーゴク・イベント数だと?」レッグズが言う。「はあ? じゃあ、おれがシャバに出たら、こう言うのかよ。『四年ばかり、めんちょいおしゃぶり《サッキン》ユニーク・トーゴク・イベントを食らってきたぜ』」。仲間から笑いが起きる。

「ユニーク死刑イベントじゃないね、少なくとも」Pポッドが言う。

「ユニーク顔面パンチイベント」

「ユニークらりらりイベント」

「いいだろう」フェリックスが言う。「わたしの言いたいことはわかるな」彼らはフェリックスがソーシャルワーカーみたいな話し方をしだすと、おちょくってくる。

「具体的になにを数えるわけ？」８ハンズが訊いてくる。「あのエアリエルが閉じこめられてたマツの木とか？」

「どこであれ、どんな状況であれ、意志に反して入れられていて、本人が中にいたくないのに、外に出られないもの〔『昏き目の暗殺者』桃源郷にも同様の文言が出てくる〕は、牢と呼ぶことにしよう」フェリックスは言う。「そう、だから、あのマツの木は数に入る」

「ててなし級のぼっちか？」ホットワイアーが言う。「マツの木に独房監禁だって！」

「ててなし級にやばい！」と、８ハンズ。

「これがナラの木ならもっとつらいぞ」レッドコヨーテが言う。「あれは硬いからな」

「で、いちばん多く見つけたやつに賞品は？　タバコはありか？」レッグズが訊く。

第三部

このわれらが役者たち

〔第四幕第一場、プロスペローの科白より〕

20 ✦ 第二課題――囚われ人と投獄者

クラス内まとめ一覧表

囚われ人	牢獄	投獄者
シコラクス	島	アルジェ政府
エアリエル	マツの木	シコラクス
プロスペロー、ミランダ	おんぼろ舟	アントーニオとアロンゾー
プロスペロー、ミランダ	島	アントーニオとアロンゾー
キャリバン	岩牢	プロスペロー

ファーディナンド	魔法、鎖	プロスペロー
アントーニオ、アロンゾー セバスチャン	島、魔術、狂気	プロスペロー
ステファノー、 トリンキュロー	泥沼	プロスペローの命令により エアリエル、ゴブリン、猟犬

21 ✦ プロスペローのゴブリンたち

二〇一三年一月一六日（水）

赤字のブロック体で、フェリックスは受講者たちの発見をホワイトボードに書いていく。「すごいじゃないか」と言って間をおく。「八か所も見つけてくれた……。いや、八ユニーク投獄イベントという意味だ」この言い回しをよく覚えてもらおう。フェリックスはそう考える。今度はみんな、よく飲みこめたようだ。おちょくりコメントは出ない。「しかしながら、九番目の牢があるんだ」と言うと、戸惑いの表情。8ハンズが懐疑的な発言をする。「いーや、疫病レベルであり得ない！」

フェリックスはひとまず待つ。数えなおして考えこむ彼らを見ながら。

「じゃ、教えてみ?」とうとうPポッドが言う。

「それは、芝居が終わってからにしよう」フェリックスはそう答える。「打ち上げのあとで。もちろん、その前にだれかが見つけた場合はその限りではない」これはきっと当てられないだろう、とフェリックスは踏んでいる。以前は自分も見落としていたんだから。「さて、投獄者に注意して見てみよう。プロスペロー以外のだれかに〝投獄〟された者が三組いる。アルジェの役人たちに島に閉じこめられたシコラクス。シコラクスにマツの木に閉じこめられたエアリエル。そしてアントーニオと共謀者のアロンゾーに、最初はおんぼろ舟に、それから島に閉じこめられたプロスペロー本人。ミランダも入れれば四人だが、彼女は島に漂着したときまだ三歳で、とくに囚われの身という意識なく育った。

一方、投獄者の欄でプロスペローに注目すると、七人が彼によって囚われの身となっている。彼はこの劇中のトップジェイラー〔投獄者〕と言えるだろう」

「それに、ひどい奴隷使いだよな」レッドコヨーテが言う。

「キャリバンだけでなく、エアリエルも踏みつけにするからね」8ハンズが言う。「あのナラの木に閉じこめるぞとか脅して。独房で終身刑にするって、ほんと人でなしだよな」

「それに、やつは土地を横取りした」先住民の末裔《まつえい》レッドコヨーテが言う。「老いぼれのおしゃぶり白人め！　プロスペロー興産とか名乗りやがれ。きっとつぎは島に油田を見つけて開発して、あたりの人間をマシンガンぶっぱなして追い払うだろうよ、こいつは」

「あんた、ガチでめんちょいコミュニストだな」スネークアイが言う。

「うるさい、このまだら餓鬼」レッドコヨーテが言う。

「てなし級にディスるんじゃねぇよ、おれらはチームだ」レッグズが仲裁する。

静粛に、とフェリックスは言う。「きみたちがプロスペローにそういう反感情をもっているのは知っている。キャリバンの扱いにはとくに」と、教室を見まわす。しかめ面の者、歯を食いしばる者。プロスペローへの明らかな敵意。「とはいえ、彼にはほかにどんなオプションがあるだろう?」

「オプションと来たか!」シヴが声をあげる。「やつのファッ……じゃなかった、やつのおしゃぶりオプションなんて、ク……いや、土食らえだ!」

「いまの〝土〟には注意」レッドコヨーテがこだわる。「罵倒じゃないよな」

「べつにおまえに言ってねぇわ」シヴが言う。

「なあ、プロスペローにもチャンスをやろうじゃないか。そのオプションとやらを聞いてみよう」ベント・ペンシルが穏やかに提案する。理性的な人物を演ずるのが好きなのだ。

「一つずつ検討しよう」フェリックスは言う。「もし、アロンゾー王とアントーニオとファーディナンドとゴンザーローを乗せた船が島に現れていなかったら? アロンゾーの娘の婚礼の帰り道に、この船が島の近くを通りかかったというのは、万にひとつの幸運だろう。プロスペロー風に言えば、〝吉兆の星と幸運の女神〟が微笑んだということになる。だが、この船が現れていなければ? 島には、ここに閉じこめられたプロスペローと、彼のうら若い娘と、若くてプロスペローより腕力のある男しかおらず、この男はいやがる娘とセックスしようとする。プロスペローも、キャリバンが野育ちの子どもだったころは優しく接していたが、キャリバンは大人になると彼に歯向かってきた。

島に銃はない。剣もない。腕力勝負なら、キャリバンにあっさり叩き殺されてしまうだろう。実際、キャリバンは隙あらば、プロスペローを殺そうとしている。だったら、プロスペローの行動は正当防衛といえるんじゃないか？」

つぶやき。しかめ面。

「なら、挙手してみよう」フェリックスが提案する。「いまの意見に賛成の人？」

大半が渋々と手を挙げる。レッドコヨーテは頑なに挙手しない。

「レッドコヨーテ」フェリックスは呼びかける。「では、プロスペローはキャリバンを野放しにし、殺されるリスクを冒すべきだろうか？」

「そもそもやつがそこにいるのがおかしい」レッドコヨーテが言う。「やつの島でもないのに」

「しかし彼は自分の意思で上陸したんだろうか？」フェリックスが言う。「侵略者とは言いがたい。流れ着いただけだ」

「それでも、奴隷をこき使ってるのは事実だろう」レッドコヨーテは言う。

「彼はキャリバンを四六時中、閉じこめておくこともできる」フェリックスは言う。「殺してしまうこともできる。だが、しない」

「やつは自分でも言ってるよな。働いてもらおうじゃないかって」レッドコヨーテが言う。「薪拾い、皿洗い。そんなことをなんでもやらせる。しかも、やつは同じことをエアリエルにもする。意思に反してこき使う。自由をあたえようとしない」

「確かに」フェリックスは言う。「それでも自衛権はあるんじゃないか？　それに、自衛手段といったら、彼には魔法しかないんだ。それは、エアリエルが使い走りをしてくれて、初めて有効になる手段だが。エアリエルに魔法の手綱を――といっても一時的なものだが――つけておくのが唯一の武器だとしたら、きみも同じことをするんじゃないか。そうだろう？」

　これにはクラス全体の同意を得られたようだ。

「それはいいとして」ワンダーボーイが発言する。「みんなにあんないろんな思いをさせるのはなぜなのかな？　ハルピュイアの出てくる場面とか、みんな半狂乱になったり……。敵のやつらをさくっと殺して、船を奪えばいいんじゃない？　キャリバンは島に残して、その船でミラノでもどこでも帰ればいいのに」

　それじゃあ、芝居にならんだろ。フェリックスは思う。あるいは、まったく違う劇になるか。とはいえ、登場人物たちのリアリティをたもつには、このクラスではそういう戦略は使えないのだ。

「うん、そんな衝動には駆られたろうね」フェリックスは答える。「敵たちの頭を叩きつぶしてやりたいと思っただろう。あれだけのことをされて、そう思わないほうがどうかしている」うなずきが広がっていく。「しかしながら、その手の復讐を実行して、ミラノ大公の座を奪還したとしても、アントーニオがアロンゾー王と結託したせいで、ミラノはナポリ王国の支配下に入っているから、ナポリ王国の次期国王からは当然、恨みを買うだろうね。それに、ナポリの人々は前国王と息子が行方知れずになった件を、快く受け入れはしないだろう。きっと船乗りたちも噂する。そうなると、新国王はプロスペローを大公の座からふたたび蹴落とすか、殺害し、ミラノ大公の座にべつな人物を据えるかもしれない。もしそれに失敗したら、ミラノに宣戦布告するだろう。ナポリのほうが大国だ。ミラノは敗《ま》ける危険が高い。だったら、プロスペローにとって最良の策とはなにか？」

「ファーディナンドとミランダを結婚させることだ」ベント・ペンシルが言う。「そうすれば、ミランダはナポリ王国の御妃となり、ミラノ大公家とナポリとを姻戚関係にもちこむことができる。名誉ある和解。政略結婚と呼ばれるものだ」彼はクラス全体にむかって説明する。

「うん、わかるよ」フェリックスは言う。「とはいえ、プロスペローはいわゆる暴君ではない。政治的な理由から娘に結婚を無理強いしたくはない。アロンゾーはそういう目的で娘を嫁がせたが、プロスペローは血も涙もない売春取引の一環として、ミランダを結婚させたくないんだ。若いふたり――ファーディナンドとミランダ――に心から愛しあってほしいと思っている。その算段として魔法を使う。少なくとも、恋の手助けになるように」あちこちでうなずき。賛同を得られたようだ。

「どっちみち、おれなら自分のガキにそんなことしねぇけどな」レッグズが言う。「なんかの目的で嫁に出すとかよ、おしゃぶり野郎め」

フェリックスはにっこりして、「それだけでなく、プロスペローはアロンゾーがこの結婚を承諾する状況をつくりだす必要がある」とつづける。「ふつう、うんと言わないだろう。ナポリは王国であり、ミラノは小さな公国にすぎない。アロンゾーは間違いなく、息子のファーディナンドには、裕福で大きな王国と縁組みさせたいと思っているだろう。そのほうが勢力を拡大できる。ファーディナンドはこのままいけば、だれであれ父親が選んだ相手と結婚することになるところだった」

「それが当時の法律だから」ベント・ペンシルが言う。「従うしかない〔実際の当時のヨーロッパでは、なによりも当人同士の同意が婚姻の成立条件だった〕」。

「めんちょい法律め」ヴァムースが言う。

「だから、プロスペローはアロンゾーに、息子のファーディナンドは溺れ死んだと思わせといて、あっと驚く真相をもたらすわけだね」８ハンズが言う。「見よ、彼は生きていた！　やるね」

「すると、国王は、息子が望むならカエルとでも結婚させるというぐらいの舞いあがりよう」スネークアイが言う。

「そのとおり」フェリックスは言う。「一方では、ファーディナンドの偽りの死はアロンゾーに対する罰――一種の仕返しだ、苦しませるための――だが、他方では、計算された策略なんだ」

「一石二鳥ということか」倹約生活を旨とするクランパス・ザ・メノナイトが言う。

「なかなか切れるな」詐欺師のスネークアイが言う。「騙しの手口としては上々」

「まあ、使える手が限られていることを考えると、プロスペローの行動は正当化されるのではないかな？　もう一度、挙手をお願いする」フェリックスは言う。「この考えに賛成の人？」

今度は全員の手が挙がる。フェリックスは肩の力が抜ける。これで、プロスペローは少なくとも当分は無罪放免だろう。「意見はまとまったな。じゃ、つぎは用心棒《エンフォーサー》について話そう」

「用心棒というと？」と、ベント・ペンシル。

「あらゆる体制当局というのは、最後には、棒でぶん殴る、つまり武力に頼るんだ」フェリックスは言う。「この島は牢獄だ。牢あるところには、用心棒が必要になる。でないと、収容者はだれでもするっと脱走してしまうだろう」共感のうなずき。

「しかし、登場人物表に用心棒は見当たらないが。この〈劇中人物〉というページには」と、ベント・ペンシルが該当ページをひらいて見ながら言う。

「載っていなくても、いるんだよ」フェリックスは言う。「キャリバンがでかい口をたたくと、つねったり、痙攣《けいれん》を起こしたりする。精霊の猟犬に化けて、ステファノーとトリンキュローを探してくるのも彼らだ」

「あれは、エアリエルの仕業じゃないんだ？」８ハンズが言う。「エアリユルがやってるんだと思ってた」

「よく読んでみよう。エアリエルが命令を出しているはずだ」フェリックスは言う。「ああ、ちょうどこの呼びかけの箇所。わたしのゴブリンたちよ。〔第四幕第一場〕そう、彼らはゴブリンなんだ。プロスペローのゴブリン。登場人物表に載っていないのは、その場面で舞台に出ていない役者のだれかが演じるからだよ。仮面をつけてしまえば、ジャーン、ゴブリンの出来上がりだ。というわけで、今回の芝居では、全員に二役やってもらう。各自の役と、プロスペローのゴブリンの役。彼らは支配者のエージェントであるだけでなく、復讐と報復作戦の実行部隊でもある。現場の汚れ仕事をひきうけるんだ」

ああ、そうか。見えてきたぞ、どんな展開になるか。ゴブリンに囲まれるトニーとサル。群れにとりまかれ、脅されるふたり。震えあがってへなへなと崩れ落ちる。ほら、彼らがわめいておりますと、エアリエルが言うのだな〔第四幕第一場〕。しっかりと追いかけさせろ。いまや、かたきどもの命はわたしの思うがまま。プロスペローの科白を心でつぶやきながら、フェリックスは教室を見まわし、慈愛深く微笑みかける。

「おもしろいや」８ハンズが言う。「やるよ、その役。ゴブリンザラス〔ゴブリンたちは我々だ。トイザらスのもじり〕」

22 ✦ 登場人物配役表

二〇一三年一月一七日（木）

これまでのところ、アン＝マリーはクラスの面々と顔を合わせていない。科白は独りで覚えている、というか、記憶を新たにしている。フレッチャーへの初登場は、明日の金曜日、フェリックスが配役を発表する日だ。しかし、まずはランチを共にするだけにした。彼女がどんな場に入っていくことになるのか摑《つか》んだうえで、心構えをしておいてほしいから。たとえば、恋人ファーディナンド役をやるのはだれなのか？　前もって知る権利があるだろう。

フェリックスが独りでゆで卵の朝食をとりながら――どうして独りかというと、ミランダはどこか特別の秘密の場所にかくれているから。十代の小娘にありがちだが、それがどこなのかは、言葉を濁して言わない――ほぼ決まっている配役リストを再確認する。

配役には、そうとう頭を悩ませた。役者本人から、やりたい役は表明されているが、長年の経験からして、本人の希望は二の次で考えるようにしている。ロミオがはまり役のやつにかぎってイアーゴーをやりたがったり、その逆だったりするじゃないか？

つぎに、役者のタイプに沿って配役すべきか、その逆をいくべきか？　ある種、醜い役に美しさが求められることもあるだろう？　あのゴージャスなキャリバンのように。おのれの内面の深淵を探らせるような配役をすべきか、それとも、そういう淵はそっとしておいたほうがいいのか？　よく知られたキャラクターに、あっと驚くような、もしかしたらブーイングが出るような扮装をさせて、観客を煽ってやろうか？

フェリックスはフェスティバル劇場時代には、限界に挑むような無茶ぶりで知られていた。いま振り返ると、やりすぎのことも時にはあったかもしれない。公正を期していうと、一回ならず。〝やりすぎ〟はフェリックスのトレードマークでもあった。だが、今回は無理なことはやめよう。役者それぞれの演技の良い面が出るような配役をするつもりだ。つまるところ、第一に自分は芝居の演出家なのだから。なにより大事なのは芝居。舞台をまっとうするため、役者が力を貸してくれるよう力添えするのが自分の務めだ。

フェリックスは一連のノートを作成していた。半分は自分の忘備録だが、アン＝マリーへの連絡事項もある。これらはくれぐれも余所に漏らさないよう、彼女に強く言っておこう。講師があんな殊勝なスピーチをしておきながら——「あなたがたが何をしてここにいるのか、そんなことはどうでもいい云々」——前科歴までこと細かに晒されているのを見たら、しらけるに違いない。

仮決定の配役リストに目を走らせる。

登場人物配役表

プロスペロー（追放された元ミラノ大公）——ミスタ・デューク、演出家、プロデューサー

ミランダ（彼の娘）――アン＝マリー・グリーンランド、女優、ダンサー、振付師

エアリエル――8ハンズ。華奢な体つき。家族は東インド系。二十三歳ぐらい。きわめて聡明。キーボード操作に長《た》ける。ハイテク関係の知見豊富。〈**罪状**〉ハッキング、身元詐称、なりすまし。文書偽造。本人は、悪のジョン王たる世間の資本家に対抗する慈善家ロビン・フッドを気取っており、自分の活動を正当化している。難民支援金へのハッキングを断ったため、年長の同業者に密告される。『リチャード三世』ではリヴァーズ伯〔エドワード四世妃の弟〕を演じた。

キャリバン――レッグズ。三十歳見当。アイルランド人と黒人の混血の家系。赤毛、そばかす、ガタイがよく、ワークアウトをよくやる。アフガン戦争に従軍。しかし復員軍人援護局からＰＴＳＤ〔心的外傷後ストレス障害〕の治療費は支払われなかった。〈**罪状**〉押し込み強盗、暴行。麻薬・酒がらみ。依存症の治療を受けていたが、プログラムは途中でキャンセル。『ジュリアス・シーザー』でブルータス〔前出ではマーク・アントニーとある〕、『マクベス』で第二の魔女、『リチャード三世』でクラレンス公も演じた。すぐれた役者だが、気難しい。

ファーディナンド（アロンゾーの息子）――ワンダーボーイ。見た目は二十五歳ぐらいだが、もっと上かも。本名はスカンジナビア系。人好きがする。しゅっとしてハンサム、口が達者。いたって誠実そうに見せかけるのがうまい。〈**罪状**〉詐欺。年寄りをカモにして偽の生命保険を売りつけた。とくに移民はまんまと引っかかった。『マクベス』ではマクダフ、『リチャード三世』ではヘイスティングズ卿を演じた。

アロンゾー（ナポリ王）――クランパス・ザ・メノナイト。四十がらみ。一族はメノー派信者。

うまづら。メノナイトの麻薬組織の一員で、信仰を隠れ蓑に、農耕車両にドラッグを積み、メキシコから米国を経由して密輸。ふさぎがち。『マクベス』でバンクォー、『ジュリアス・シーザー』でブルータスにも配役。

セバスチャン（アロンゾーの弟）――フィル・ザ・ピル。ヴェトナム難民の家系。彼を医者にするのに、大家族が身を粉にして働いた。四十がらみ。本人は罪状は不当と感じている。〈**罪状**〉若い大学生三人が薬の過剰摂取で死亡した件に関連する故殺。フィルはこの三人に依存性のある鎮痛剤を繰り返し処方していた。泣きつかれたためと言っている。操られやすい。『リチャード三世』でバッキンガム公。

エイドリアンとフランシスコー（船に同乗している貴族）――〈**註**〉舞台ではたいていこの二役はカットされ、彼らの科白の一部はゴンザーローまたはセバスチャンに割り当てられている。良案なので今回はこれに従う。

ゴンザーロー（アロンゾーの老顧問官）――ベント・ペンシル。肥満、禿頭。五十代。WASP（ホワイト、アングロサクソン、プロテスタント。北米の白人保守層に多い）の家系。会計士。〈**罪状**〉横領。知性が高く、哲学者肌。判決は不当と感じている。まわりからの尊敬を集めているのは、出所後にうまく立ち回る手助けをしてくれそうという期待から。『ジュリアス・シーザー』でキャシアス、『マクベス』でダンカン。

アントーニオ（プロスペローから大公位を簒奪した弟）――スネークアイ。イタリア系。細身。ワークアウトは欠かさない。斜視あり。三十五歳ぐらい。法学士とのことだが、調べてみると偽称と判明。〈**罪状**〉不動産詐欺。文書を改竄し、所有していない土地資産を売却した。

加えて、ちんけなポンジスキーム詐欺。説得力があるが、ただし説得されたいと思っている相手にのみ有効。権利意識が高い。人のいうことをすぐに真に受ける人々は、金を巻きあげられても仕方ないという持論の持ち主。法的な手続き上の失敗で捕まったにすぎないと感じている。『マクベス』と『リチャード三世』でタイトルロールを演じている。名悪役。

ステファノー〈酔いどれ執事〉――レッドコヨーテ。二十代。ネイティヴ・カナディアンの血をひく。〈**罪状**〉酒の密輸、ドラッグの密売。ともかく法律のほうが違法なのであって、自分は悪いことはしていないと思っている。『ジュリアス・シーザー』でマーク・アントニー、『マクベス』で第一の魔女に配役。

トリンキュロー〈道化もの〉――ティミEz。片方の親が中国系。丸顔で、血色がわるい。ステージネームはドーナツチェーンのティミーズ〈〈ティム・ホートン〉の略称〉から。本人いわく、頭の中身がからっぽだから。馬鹿なふりをしている。掏摸《すり》の達人。〈**罪状**〉小売店を狙った万引きグループを率いる。強制されてやったと主張。『ジュリアス・シーザー』で予言者、『マクベス』で門番。生まれながらの道化もの。

語り手――うちの劇団はかならず語り手を入れている。観客がプロットを理解しやすいように、各場面でサマリーを紹介する役。シヴ・ザ・メックスをこの役に考えている。ニューメキシコの家系。〈**罪状**〉暴行。地元ギャングの用心棒《エンフォーサー》。外向的な性格で、良い声をしている。『リチャード三世』でグレイ卿〈エリザベス妃の前夫との子〉にも配役。

水夫長――Pポッド。アフリカ系カナダ人。ミュージカルの才能あり。そう、こういう常套句があるね。〝自分が思っているほどではないが、それなりに上手いダンサー〟というレベル。
〈罪状〉ドラッグ、強請《ゆす》り、暴行、ギャングがらみ。キャリバン役もいけたかもしれないが、ほかに足りない要素もあり。

アイリス、シアリーズ、ジュノー――問題あり。と、フェリックスは書いた。この三人の女神には、ひとりも希望者がいなかった。しかしプロスペローはこの三役を「操り人形《パペット》」と呼んでいるのだから、パペットか人形を使えばいいのでは？　声はデジタル処理で。異界の不思議な趣が出るだろう。ビデオならうまくいくはず。

まだまだたくさん、割り当てなくてはならない役柄や仕事がある。特殊効果技術、プロンプター、代役。衣裳、小道具。宣伝用スチールのカメラマンも必要だ。もちろん、本物の宣伝活動があるわけではないが、衣裳をつけた自分たちの写真を見れば、受刑者たちもじーんと来るはずだ。クラス内の話し合いで、劇中の歌は一部、アレンジしたり、新しい歌を加えたりすることが決まっているので、歌い手とダンサーも必要になる。ラップシンガー、ブレイクダンサー、そのあたりが必要になるとフェリックスは踏んでいる。振付けはアン＝マリーが手を貸してくれるだろう。
キャストのラフ案はできたが、役者たちの能力と限界は、演出家が現状で想定しているところから一変するものなのだ。

舞台技術暫定リスト

特殊効果――技術班リーダーに8ハンズ。ワンダーボーイ、シヴ、Pポッド、ホットワイアー

小道具・衣裳――それぞれの主役に、チームを付け、随時提案させる。

宣伝用スチール――ワンダーボーイ。見栄えをよくするセンスあり。

音楽DJ――レッグズ、レッドコヨーテ、ペールフェイス・リー、ライスボール。8ハンズが音響編集を担当。

楽器担当――レッグズ、シヴ・ザ・メックス、Pポッド、レッドコヨーテ、デス大佐

コーラスとダンサー――Pポッド、レッグズ、ティミEz、ヴァムース、ライスボール、および必要に応じて劇団員から割り当てる。

振付け――アン＝マリー・グリーンランド、レッグズ、Pポッド

ゴブリンのリーダー――ライスボール、デス大佐、ヴァムース。〈**罪状**〉それぞれ、保険金目当ての放火、武装強盗、麻薬犯罪。三人とも参加初回の役者で、ほかの役者たちから大いに学ぶべし。うち二人は用心棒の経験あり。

ゴブリンズ――必要に応じて劇団員から当てる。

ゴブリンズか。フェリックスは考える。究極の武器だな。隠密計画の核として、復讐の目玉として、勝負はゴブリンズに懸かっている。どんな衣裳を着せようか？　黒のスキーマスクか、いや、それだと銀行強盗かテロリストそのままか？　なら、なおさら良いじゃないか。フェリックスは

そう考える。恐れに接すると人はがぜん焚きつけられる。こういうのをシェイクスピアなら、〝シー・チェンジ〔第一幕第二場、エアリエルの歌より。波に洗われてすっかり変わってしまうこと〕〟と言うんじゃないか。

23 ✦ 渇仰《かつごう》のミランダ

同日

フェリックスは昼食時にアン＝マリーとマカシュウェグの〈小鬼《インプ》とピグナット〉で待ち合わせをしている。彼女は若干痩せぎすの印象が薄れたようだが、緊張している。ぴりぴりしている。エネルギーが漲《みなぎ》っている。それと同時に、目はますます大きく、表情がオープンになっている。十歳は若返ったみたいだ。シンプルな長袖のシャツを着ている。色は白。劇中、ミランダ役は伝統的に白の衣裳を着る。濃くてもベージュだ。

たいへんけっこう、とフェリックスは思う。役に入りこんでいる。つぎは、冬でも裸足で出かけるようになるだろう。「ビールかい？　それと、バーガーとフレンチフライ？」

「ウォルナットとクランベリーのサラダ、それから緑茶で」アン＝マリーは言う。「肉は控えるようにしてるんで」いまどきの若い女性はそういうものらしいな、フェリックスは思う。うちのミランダも同じだ。娘たちはキヌア〔アンデスの雑穀の一種〕、だの、アマニだの、アーモンドミルクセーキだのを好む。ナッツ、ベリー、ズッキーニパスタ。

「やりすぎて海に落ちるなよ」フェリックスは言う。

「やりすぎって？」

「純粋無垢の役作りだよ。わかるだろう。サラダとか」そう言うと、彼女は笑いだす。

「そうだね、じゃ、ビールを。あと、サラダにフレンチフライを付けて」

フェリックスは自分にはバーガーを注文する。バーガーを食べるなんて久しぶりだ。それにしても、あの島では、たんぱく質はどう補っているんだろう？　そうか、魚か。だからキャリバンは魚臭いんだな！　あいつは長い爪で土中からピグナットを掘りだすだけでなく、魚も獲っているに違いない。**魚獲りの堰《せき》をつくるのも、もうごめんだ**〔第二幕第二場〕という歌もあるじゃないか。どうして、いままで結びつかなかったんだろう？

「ところで、調子はどうだい？」フェリックスは訊く。「役のほうは？」

「科白はぜんぶ入ってる」アン＝マリーは答える。「前にやったの、覚えてるから。頭のなかでずっと待機してたんだと思う――暗き過去の淵の底でね。ルームメイトが読み合わせにつきあってくれてるんだけど、一語一句、ほぼ完璧だって」

「あの場面をきみと演じるのを楽しみにしてるよ」フェリックスは返す。「暗き過去の淵の場面〔第一幕第二場〕。もちろん全編楽しみだが。きみなら無敵だよ！」

アン＝マリーは悲しげに微笑む。「うん、だよね？　囚人劇団でミランダをやったら、大きな業績になる。先生さ、本物の舞台みたいな言い方するよね。本物の公演みたいな」

「本物だからね」フェリックスは言う。「本物以上だ。超現実だ。見てなさい」

めずらしいことに、そう時間もかからず料理が運ばれてくると、ふたりは食べはじめ、会話が途切れる。フェリックスは頃合いを見計らって切りだす。「ざっと配役を決めてみた。まだ暫定案で、変更するかもしれないが。リストを持ってきたから、自分がどういう役者たちと演《や》ることになるか見ておいてほしい。顔合わせの前にね。ひとりひとりにメモを付けておいた」

フェリックスはクリップで留めた書類をテーブル越しに手わたす。アン＝マリーはそれに目を通す。「つまり、犯罪歴を付けたんだね」と言う声には、咎める調子がある。「ごていねいにどうも。だけど、フェアなことかな？ ふつうの役者には、こんなことしないよね？ わたしたちにも、〝素っ裸でぶつかってきてくれ〟なんて言ってたじゃない。お互いに対する先入観も要らないって」

「ふつうの役者はウィキペディアに載る」フェリックスは言う。「役者たちにとっての前科とは酷評がつくことだ。世間に知れわたる。ともあれ、これらは〝犯罪歴〟ではない。〝有罪判決歴〟であって、ふたつは違うものだ。なににせよ、実際にやったかどうかはわからない」

「オーケイ、お察し、お察し《ウインク・ナッジ》〔『モンティ・パイソン』より〕。だったら、フェアってことで」アン＝マリーは言って、リストに指を走らせる。「暴行、横領、詐欺、か。いいんじゃない。少なくとも、シリアルキラーと乳児性愛者はいないし」

「そういう人々は警備レベル最高度の棟に入っているから」フェリックスは言う。「特別警戒態勢下に置かれて。むしろ彼ら自身の身を守るためにね。うちのメンバーはその手の犯罪は認めない」

「よかった」アン＝マリーは言う。「だったら、キャリバンが本気でレイプしてくることもないよね？」

「ありっこない」フェリックスは言う。「ほかのメンバーが止めに入る。なかには会計士もいるんだがね」と、巨漢のゴンザーロー役を指す。「そして、これがきみの恋人ファーディナンドだ」

「かわいい」ミランダ役が言う。「ワンダーボーイだって。この芸名、自分でつけたのかな？」

「さあ、どうだろう」フェリックスは言う。「でも、まさにそんな顔をしているよ。五〇年代のアフターシェイブの宣伝みたいな。きまじめな顔だ」フェリックスが年齢のばれる喩えをしても、アン＝マリーはからかわない。

「なになに、詐欺師なのか。年寄りからむしりとってた。褒められたことじゃないね」彼女は言う。

「でも、だれも傷つけてはいない」フェリックスは弁護する。「身体的にはね。年配者に偽の生命保険を売りつけていたんだ。大した手腕だ。死後までだれも気づかないんだからね」

「は？　もう一度言ってみて」アン＝マリーは皮肉に笑いながら言う。

「言い方がわるかった。気づくのは受取人という意味だ。しかし獲物たちはまだだれも死んでいなかったので、発覚することはなかったんだ。どうやら秘密をばらしたのは、捨てられた元恋人らしい」

「それで、何人ぐらいいるの？　その捨てられた元恋人というのは？」すでに恋人気取りの独占欲か。ファーディナンドを演じる偽の役者に。実在しない白鳥の真似っこにすぎないのに。

「あまたの女性がいましたが」と、フェリックスはファーディナンドの科白を引用する〔第三幕第一場〕。「あなたとは比べものになりません。あなたは完全無比！　そうだろう？」

「うん、だよね？」彼女はまた笑い声をあげる。稽古中はこの明るい笑いでいってもらおう、自嘲の笑いから喜びの笑みへ。

「ワンダーボーイの甘言はそうとうのものらしい」フェリックスは言う。「裁判には被害者のお年寄りも何人か傍聴にきた。刑を減免してほしい、もう一度チャンスをあげてほしいと言ったそうだ。かわいがって、息子のように思っていたんだ。ファーディナンドの美々しい愛の告白に説得力を出せるとしたら、ワンダーボーイしかいない」

「それ、わたしに釘刺してる？」アン＝マリーは言う。

「まあ、警告は警告だ」フェリックスは言う。「ヴィクトリア女王の銅像だって、ほろりとくるような話術だからな。きみをシャバの恋人にして、あれこれ差し入れさせようとするんじゃないか。とにかく関わらないこと。既婚者かもしれない。しかも相手は一人とはかぎらないぞ」と、付け足して念には念を入れる。

「わたしがそいつに惚れるとでも思ってるの、え？」アン＝マリーは言う。「そんなにちょろい女だとでも？」と、歯を食いしばる。

「いやいや」フェリックスはあわてて言う。「めっそうもない。しかし役に入ったときには、気をつけたほうがいい。きみのような強者《つわもの》でもね」

「もう役に入ってるのは、どっちかな」アン＝マリーはにやっとする。「先生、過保護なパパみたいになってるよ。でも、ティーンエイジャーの女の子ってわかるよね、むきむきの若い種馬がブヒブヒいって目の前に飛びこんできたとたん、尊敬するパパもほっぽりだす。わたしとわたしのホルモンに文句言われても困るよ」

「わかった、休戦としよう」フェリックスは言う。「きみは申し分ないんだが、口が悪いのはちょっと勘弁してくれ。いいか、クラス内では罵倒は禁止。とくにミランダ役は」

「了解」アン＝マリーは言う。「努力するよ」と言って、引き続きリストに目をやる。「あれっ、歌と踊りが入るんだ」

「うん、『テンペスト』は十八世紀の間は歌劇として上演されていたしね」フェリックスは言う。「だから、うちの劇団むけにミュージカル仕立てにしてみた。彼らの世界の文脈に合うように。フェアリーとか、蜜をしゃぶる歌とか、いろいろもめてね」

「あー、だろうね」アン＝マリーはにやにやする。

「そこで、きみに振付けの手伝いをしてもらえないかと。彼らにアドバイスを頼むよ」

「できると思うけど。まさか、バレエじゃないよね。彼らの体がどんぐらい動くか、わたしらで見てみないと」フェリックスはにっこりする。いま〝わたしら〟と言ったぞ。「あのハチの蜜吸いのとこは、どうする気？　ぶち壊しになるんじゃない？」

「やってみないとわからないが」とフェリックスは言う。「科白はあるていど彼らが書き換えるんだ。前に上演した作品でも、今風にアレンジが必要だと感じた場面は台本をリライトした。なんというか、当世風の俗語などを用いて」

「当世風の俗語？」アン＝マリーは驚く。「トラッシュトーク〔口汚い言葉や罵倒を投げつけること〕でもやらせる気？　そりゃまた如何《いかが》なされた、ご主人さま？〔第一幕第二場、エアリエルの科白より〕」

「これも講座のリテラシー学習のうちなんだよ」フェリックスの口調は多少弁解がましかった。

「文章を書くのも。ともあれ、いまに残る台本を見るに、シェイクスピア一座だって、ときに即興芝居があったはずだ」

「毎度、限界に挑戦するねえ」アン＝マリーは言う。「アイリスとシアリーズとジュノーはどうする？　婚約の宴の仮面は。あれは妙ちきりんな場面だよね。科白は多いし、退屈になりがち。あ、そう、ここは人形を使う気なんだ？」

「たしかに、彼らに女神の格好をしてくれとは言えないよ。モンタージュでうまく合成するしか……」

「どんな感じの人形にする？」

「そこは、きみに案を出してもらえないかと思って……」フェリックスは言う。「そっちの方面は明るくないから。おとなの人形になるだろうね」

「つまり、おっぱいが付いてるやつだ」

「そうだな、赤ん坊じゃないし、動物でもないだろう。どんなものがいいと思う？　うちのミランダはまだテディベアで満足する年齢だったから、わたしは人形に関してはお手上げだ」

「ディズニー・プリンセスでいこ」アン＝マリーはきっぱりと言う。「それしかない」

「ディズニー・プリンセスというと、どんな？」

「えっ、知ってるでしょ。白雪姫、シンデレラ、眠り姫、『アラジン』の昔っぽいパンツはいたジャスミン、『リトル・マーメイド』のアリエル、フリンジ付きの革の衣装を着たポカホンタス……子どものころ、ひと揃いもってたな。『メリダとおそろしの森』のメリダはなかったけど。あれはわたしの頃はまだなかった」

　フェリックスは外国語を聞いているようだった。「おそろしの森」のメリダってなんだ？　「いや、エアリエルは要らないんだよ。キャストがいるから」

「了解、ちょっとやってみるよ。たぶんうまく行くと思う！　婚約パーティにディズニー・プリンセスが三人来て、口々にお祝いの言葉をかけてくれたら、うれしいに決まってるよね。きらきらの紙吹雪も散らそうかな」アン＝マリーはフェリックスが紙吹雪で悪名高いのを思いだし、遠慮がちに言う。

「ご相談にのりますぞ」フェリックスはうやうやしく言う。「ミス完全無欠《ノンパレイユ》〔第三幕第二場、キャリバンの科白より〕」

「その言葉はお客さんにとっておいて」アン＝マリーは笑いだすが、フェリックスは望むものはもう手に入れていた。すなわち、アン＝マリーとの協力関係。

　いや、本当か？　彼女が目を瞠っているのは、たぶん無邪気さゆえではないだろう。恐れかもしれない。一刹那《いっせつな》、ミランダの眼差しを通したプロスペローが見える――尊敬する父がとことんイカレていて、おまけに偏執狂だと不意に気づいて、凍りつくミランダ。プロスペローは娘が眠っていると思いこみ、そこにいないだれかと声を出して話しているが、ミランダの耳には聞こえており、怯えている。父は、精霊に命令を出し、嵐を呼び、木々をなぎ倒し、墓を暴き、死者を歩かせることができると豪語しているが、それは現実の世界でのことなのか？　正真正銘の狂気。この気の毒な娘は絶海の孤島に閉じこめられ、島には、男性ホルモンまみれでレイプしてこようとする暴漢と、頭がすっかりどうかしている年寄りの父親しかいないのだ。最初に出会ったまともそうな外見の、自分にふらふら寄ってくる若者の腕に身をなげだしてしまうのも無理はない。**わたしをここから連れだして！**

いいや、違う。本当はファーディナンドにそう訴えている。そうじゃないか？　エアリエルは実在する。フェリックスは自分に強く言い聞かせる。プロスペローは狂ってなどいない。エアリエルは実在する。フェリックスは自分に強く言い聞かせる。プロスペロー以外の人々にもエアリエルの姿が見え、声が聞こえるではないか。魔術は妄想ではない。それを忘れるな。芝居を信じろ。

とはいえ、この劇、信用していいんだろうか？

24 ✦ 当面している問題

二〇一三年一月一八日（金）

〔第一幕第二場、プロスペローの科白より〕

フェリックスはウィルモットの〈プリントプロ〉で、役者たちに配る別版の配役表のコピーを取る。登場人物と役者名だけが印字され、犯罪歴は削除した版だ。それから車でマカシュウェグに向かい、アン＝マリーが三人のルームメイトとシェアしている家の前まで迎えにいく。エステルが裏でこっそり手配したフレッチャー矯正所の入構証を手わたすと、アン＝マリーは自分の車——あちこち凹んだシルバーグレイのフォード——に乗りこみ、フェリックスの車について例の坂道を昇り、施設の外側のゲートを通過して、駐車場に到着する。

車から降りようとしてアン＝マリーは、ブーツを履いた足を片方だけ恐る恐る凍った地面につける。手をさしのべて助けてやるべきか？　いや、やめておけ。キザなことをしても張り倒されるだけだ。アン＝マリーは鉄条網が上に張り巡らされた金網フェンスをじっと眺める。「陰気っぽいね、ここ」

「そりゃあ、刑務所だからね」フェリックスは言う。「たしかに、〝石壁が牢獄をつくるのではない。鉄柵が檻をつくるのでもない〟。しかし、檻のごとき雰囲気を醸しだすのも事実だ」

「それ、どの芝居の科白？」アン＝マリーが訊く。

「芝居じゃない。詩だ〔十七世紀英国の詩人リチャード・ラブレース〕。実際、書いた男は投獄されたが——弱いほうの政治勢力についてしまったんだな。『テンペスト』の科白にあるだろう。〝考えるだけなら自由〔第三幕第二場より〕〟と。残念ながら、三ばかトリオの歌に出てくる言葉だが」

「めっちゃ気が滅入る」アン＝マリーが言う。「最近、暗いことばかり考えていませんか？　冬がこたえませんか？　寒いったらないですよね？」

「この場面の締めの科白はこうだ」フェリックスは言う。「入口だ。気をつけろよ、すべるから」

「こちらはアン＝マリー・グリーンランドだ」フェリックスはセキュリティゲートでマディソンとディランに紹介する。「たいへん高名な女優さんだ」と、嘘をつく。「ご厚意から、うちの劇団にご参加いただけることになった。劇にも出演してもらえるそうだ。入構証も持っている」

「はじめまして」ディランがアン＝マリーに挨拶する。「なにか、なにかトラブルがあったら、おれらを呼んでください」

「それは、どうも」アン＝マリーは〝どうぞお構いなく〟という素っ気ない声で返す。

「これ、ポケベルみたいなやつなんすよ」マディソンが説明する。「このボタンを押すだけ。おれが服に留めてあげま――」

「わかりました。自分で留めます」アン＝マリーは言う。

「じゃ、そのバッグをここに通してください。で、ご自分はこっちを通って。バッグの中身はなんです？　尖ったものとかは？」

「編み針が」アン＝マリーは答える。「編み物のための」

フェリックスは面食らう――アン＝マリーが編み物とは、イメージが狂う――が、ふたりはにやけている。女らしい趣味だなあ、と。「恐縮ですが、それはこちらでお預かりします」ディランが言う。

「えっ、ふざけないで。これで、わたしがだれかを編み殺すとでも？」アン＝マリーは言い返す。

「そういう針が自分に向けられたらどうします」マディソンが辛抱強く説得する。「尖ったものは、なんでも危険すよ。入ってみたら驚くだろうな。中にいるのは危険な男どもばかり。このバッグは、帰るときちゃんとお返ししますから」

「あ、そう」アン＝マリーは言う。「預けている間に毛糸をこんがらがらせないでよ」その言葉に、ふたりはにたっと笑った。いや、たんに彼女に微笑んだだけかも。アン＝マリーがいるだけでうれしいようだから。当たり前じゃないか。フェリックスは思う。寄らば切るといわんばかりの怖さはあるが、彼女がこの薄暗い空間に入ってくるだけでまぶしい光が射すようだ。モノトーンの光景に色がついたように。

フェリックスはさまざまな空き室を指しながら、この専用棟の廊下を案内していく。「劇団はこの三部屋を使用している。加えて展示用の監房も二室。楽屋と舞台裏の代わりだ。それから稽古場」と、付け加える。

「いいね」アン＝マリーは言う。「わたしも一部屋もらえるかな。ダンスナンバーの指導に」

男たちはすでに教室に入っている。フェリックスがアン＝マリーを紹介する。彼女がコートを脱ぐ。コンサバな装い。白のシャツに、黒のカーディガン、黒のパンツ。蜂蜜色の髪はしかつめらしくシニヨンに結っている。耳にはそれぞれ違うイヤリングをひとつ。アン＝マリーは感情の読みとれない顔で、後方の壁あたりにむかってにこっと笑い、フェリックスが指定した前列の席に座る。背筋はぴんと伸び、そのてっぺんに頭がバランスよくのっている。ダンサーの姿勢だ。思わせぶりに前屈みになったりしない。

「初めは、ミズ・グリーンランドは参観だけだ」フェリックスが言う。「そうしてクラスのようすを知ってもらう。稽古が始まり次第、彼女も参加する」

水を打ったような静けさ。アン＝マリーの両サイドの男は、必死でそちらを見ないようにしているが、横目になっている。彼女の後ろに座る者たちは呪文にでもかかったように前を凝視している。アン＝マリーの背中しか見えないのに。気をつけろよ、フェリックスは自分に言い聞かせる。彼女から目を離すな。この男たちのことを知った気になるな。自分があの年頃のときどんなだったか思いだしてみろ、いまじゃ、消えそうな燃えさしみたいになっているが、昔は違ったろう。

「それでは、配役を発表する」騒ぐようなことではないという淡々とした口調で、フェリックスは言う。「ディレクターはわたしで、配役はわたしの決定だ。希望の役がまわってこないかもしれないが、それも人生。役を変えろと迫ったり、役を取り替えっこしたり、文句を言ったりしないこと。演劇界というのは共和国ではなく専制君主制なんだ」

「きみたちはワンチームだとか言ったくせに」ヴァムースが不機嫌な声で言う。

「もちろん」フェリックスは言う。「きみたちはチームだ。けど、わたしはそのチームの王さまなんだよ。決定はすべて覆せない。古株のみんなは知ってるよな？」ベテラン役者たちがうなずく。

そののち、フェリックスは配役表を配る。押し殺した唸り声が聞こえる。

「おれに酔っ払いのインディアンをやれって？」ステファノーに配役されたレッドコヨーテが言う。

「いいや、きみにやってほしいのは酔っ払いの白人だ」フェリックスは言う。

「やりぃ、おれ、道化」ティミEzが言う。「楽勝っすな！」

「ファーディナンドだって」ワンダーボーイが言う。「合ってるかも」と、アン＝マリーの背中のほうに完璧な歯を見せて笑いかける。

「おれには合ってない」と、クランパス・ザ・メノナイトが言う。「こんな役！　ナポリの王さまだと――うめいているだけじゃないか。おれに合うのはキャリバンだ」

「キャリバン役に希望者が多いのは知っている」フェリックスは言う。「しかし役は一つしかない」

「キャリバンは先住民《ファーストネーションズ》がやるべきだろ」レッドコヨーテが言う。「どう考えたってそうだ。自分の土地を盗られた役なんだから」

「違う、違う」Ｐポッドが言う。「キャリバンはアフリカ人だね。とにかく、アルジェってどこだっけ？　北アフリカ？　キャリバンの母ちゃんはそこから来たんだ。地図見てみなって、めんちょい頭め」

「北アフリカなら、イスラム教徒ってことか？　それは、てなし級に違うと思うね」またひとりキャリバン希望者のヴァムースが言う。

「けど、魚臭いビンボー白人ってのもあり得んだろう」シヴが、アイルランド人と黒人の混血のレッグズを睨みつけて言う。「白人の血は半分でも」

「その役はおれがいただきだ」レッグズが言う。「おい、ドロ沼アタマ、決定は決定だって聞いてねぇのかよ。おしゃぶりめ」

「はい、減点、罵倒した」Ｐポッドが言う。

「おしゃぶりは罵倒じゃねぇだろ」レッグズが言う。「ディスっただけだ。てめぇら、よく覚えとけよ、てめぇらの指なんか悪魔にもってかれろ！〔第三幕第二場、トリンキュローの科白より〕」

アン＝マリーが笑いだした。


つぎなるタスクは、シーンスタディである。各場面でどんなことが起きているか、どのように演じるべきか、問題点はなにか？　フェリックスはどの場面にもベテランメンバーが入るよう算段してあった。彼らが手本になってくれる。少なくともそういう目論見だ。

男たちは割り当てられた部屋に移動していく。アン＝マリーは立ちあがると伸びをし、片足を後ろで曲げて、ぎゅっとお尻のあたりに引きつけて言う。「彼ら、そんなに悪くなさそう」

「悪いやつらだと言ったかい？」フェリックスは言う。

「いや、そうは言ってないけど。でも――」きっと彼らの罪状を思いだしているんだろう。

「ここでやっていく気持ちは変わらないかな？」フェリックスは尋ねる。

「それは、もちろん」と答える声には、ややためらいがある。「で、わたし、つぎはなにをしたらいいの？　わたしのかわいいファーディナンドはどこ？　稽古は彼とのベタベタ甘い場面から始めればいい？」

「あいつは舌なめずりしているが、今日はまだ始めずにおこう」フェリックスは言う。「まだ彼らには、役を深く掘りさげ、自分たちで答えを見つける作業が必要だからね。それができたら、わたしが一場面ずつ稽古をつける。というのも、最終版のビデオ、あれは役者たちの準備が整い、衣裳や小道具がそろった場面から撮影していって、あとからモザイクみたいに継ぎあわせるんだ。しかし、きみとわたしだけで父と娘の第一幕第二場をランスルーしてもいい。なんなら、いまから」

そんなわけで、ミランダは声をあげて泣き、請い願い、プロスペローは娘を制し、なだめ、励まし、講釈をたれる。プロスペローが父娘を島流しにした弟アントーニオの裏切り行為を語りだそうとしたそのとき、８ハンズがドア口にあらわれる。

「そんで、おれはだれと稽古すればいいわけ？　ファーディナンドは岩に腰かけて、憂うる顔つきを練習してる。そこにおれが出てきて、音楽であいつを誘いだすんだけど、まだ音楽ができてない。ともあれ、おれの最初のやりとりは先生となんだよ、デューク先生」

「おお、わがエアリエルよ」フェリックスは呼びかける。「いくつか技術面の相談があるんだ。ちょっと休憩にしないか」と、こんどはアン＝マリーに言う。「むこうを見てきてくれ。あっちで坊やたちがどうしてるか」

「ははん、先生、なんか企んでるね？」アン＝マリーはフェリックスに言いながら、８ハンズに笑いかける。「あやかしを見せようというんでしょ？　きみ、魔術師のじいさんに注意しなよ、ぼんやりしてると魔法をかけられちゃうからね」

「わかってるって」８ハンズは言ってにやりとする。「いつものことだ」

フェリックスはアン＝マリーがいなくなるまで待つ。声をひそめて、こう尋ねる。「正味の話、監視システムのことはどれぐらい詳しいんだ、８ハンズ？」

８ハンズはにんまりする。「クールなおれさまだ。必要なものは手に入れる。いろんな道具とか。なにか計画があるってこと？」

「だれにも見られずに、見張りたいんだ」フェリックスは言う。「すべての部屋で。あと、廊下でも」

「それは、先生だけじゃなく、地上のシークレットサービス全員の願いだね」８ハンズが言う。

「買い物リストをわたすから、ものを調達してきてくれよ。それで、ばっちり」

「こちらの希望どおりのものを用意してくれたら」と、フェリックスは言う。「早期仮釈放は確実だ」

「ほんとかよ？」８ハンズは言う。「それ、前から申しこんでるのに、時間がかかってさ。どうやって手をまわすんだ？」
「影響力というやつだ」フェリックスは謎めいた言い方をする。
敵は高いところにあり、と胸のうちでつぶやく。

25 ✦ 極悪ブラザー　アントーニオ

二〇一三年二月六日（水）

時は飛ぶように過ぎ、残り時間はあとわずかだ。ゼロアワーまでたったの五週間。五週間後には、憎きお大臣たちがわが領地に入ってくる。いま蕾《つぼみ》の状態の計画がいきなり満開の花を咲かせるだろう。フェリックスの頭は予感で冴えわたり、目はきらきらして、体まで引き締まってくる。どんと来い。

トニーとサルが近づいてくる。バンケットに出席し、ガラパーティに姿を見せ、バラを投げるがごとく報道陣のインタビューに答えてやり、どこへ行っても撮影タイムの足跡は残しながら近づいてくる。フェリックスはさながら二羽の蝶々に忍び寄る蜘蛛のように、蜘蛛の糸《ウエブ》をつたって、彼らの動静を追っている。ふたりの姿を探して高き宙宇をかきまわす。ふたりは何あやしむことなく、のんきにわが道をゆく。小狡《こずる》く頭のまわるあいつらも、自らの汚れた手で追放したフェリックス・フィリップスにばかりは考えが及ばんだろう。あのフェリックスが闇討ちにしようと手ぐすね引いて待っているとは。だいぶ時間は経ってしまったが、復讐という料理は冷まして食べるのが最高に美味なんだ。フェリックスは自分に言い聞かせる。

カレンダーの数字を一日ずつ線を引いて消し、残り時間を数える。ふたりがフレッチャー矯正所にやってくるのは、三月の半ばだ。芝居を見る気満々で。


とはいえ、芝居のほうの準備ができていない。まるで形になってない。フェリックスは焦れて地団太を踏まんばかりだ。もろもろをスピードアップし、ビデオ撮りを済ませ、それをカットし、磨きをかけ、ひと粒の宝石に仕上げるにはどうしたらいいのか？　視察の予定に間に合わせるには？

トラブルメイカーたちが邪魔立てをする。ゴブリンの端役のうち二名が退団を宣言。うち一人はどうにか慰留したものの、またべつのゴブリンが詳細不明の怪我で養護室へ。なにかの仕返しに爪やすりでやられたようだが、レッグズが言うには、「おれら、だれも関係ねぇし」とのこと。稽古場ではフェリックスが背を向けたとたん、罵り合いや取っ組み合いが始まる。こりゃあ、いつバラバラになってもおかしくないな、と思うが、過去に演出を手がけたどんな舞台も、それは同じだった。

すでに撮影したのは、まだ試し撮りのシーンがいくつかのみ。粗削りもいいところだ。なじみのレンタルショップから電子キーボードを取り寄せているところだが、まだ届いておらず、あれがなきゃ音楽つけようがないだろ、と彼らは言うのだった。インターネットのアクセス権をちょいといじって、ＭＰ３をダウンロードできるようにしてくれなどと言われているが、さすがにそれは無理な相談だ。いくらエステルでもそんな裏技は使えない。「きっとアクセス権を乱用し、ポルノサイトを見たり、脱獄計画を練ったりする」という異議が管理サイドから出るだろう。たとえ、フェリックスが「みんな芝居づくりに夢中ですから、わざわざ逃げようなんて考えませんよ」と言っても通用しない。信用されないだろう。それに、こっちの買い被《かぶ》りかもしれないし。

フェリックスも精一杯がんばり、ミュージッククリップを持ちこんで、クラスのパソコンで流してみるが、彼らは「違う、違う、これ、頼んだバージョンじゃないだろ」などと言って目をむいて見せる。モンキーズの偉大さを知らないのか？

なにか起きるたびにフラストレーションがたまる。恋人役のワンダーボーイとアン＝マリーの仲はすでに暗礁に乗りあげていた。初回稽古はピカイチの出来だったが、二回目でその輝きが失せてしまった。ワンダーボーイの側が、まるで演技になっていないのだ。通りいっぺんの動きをこなしているにすぎない。

「なにがあったんだ？」木曜日、フェリックスはコーヒーを飲みながらアン＝マリーに尋ねた。

「あいつ、プロポーズしてきた」

「そういう役だし、そういう場面だろう」フェリックスはつとめて中立をたもった。

「そうじゃなくて、まじでプロポーズしてきたんだって」アン＝マリーは言った。「ひと目惚れだとか言って。これはただの芝居で、現実じゃないよって、わたしは言ったんだけど」

「そしたら？」フェリックスは尋ねた。彼女はスプーンをいじりまわしている。まだ先があるな、と直感。

「なんていうか、摑みかかってきて、ちゅーちゅーしようとしてさ」

「それで？」

「ぶちのめすつもりはなかったんだよ」アン＝マリーは言った。

「でも、やった？」

「ほんの一瞬だって」アン＝マリーは言った。「傷ついたのは、体より気持ちのほうじゃないかな。ちょっと床をのたうってたけど、すぐ起きあがった。で、わたしは謝った」

なるほど、それで気の入らない芝居をしていたのか。フェリックスは思った。「ひと言、話しておくよ」

「それ、やめて。むこうもやりにくくなるし」アン＝マリーはそう言った。


頼みの綱のエアリエル役８ハンズまでが、ぼろぼろだ。第一幕の二回目の稽古で、「ジーク・ハイル、偉大な下手人さま！〔「オール・ヘイル、偉大なご主人さま」の間違い〕」と科白を嚙んだとたん、突然ヒーヒー笑いだした。考えていたことがうっかり口に出てしまったということか、バツがわるそうだ。

フェリックスが見ていないと、彼らはすぐにさぼる。フェリックスとプロスペローを独自の語彙でボロクソに言う。この芝居をばかにする——まあ、これは例年のことだが——とはいえ、８ハンズだけは自分の役どころを忘れてもらっては困る。プロスペローの共謀者であるエアリエルには、こなすタスクが山ほどあるとはいえ、それにしても。８ハンズにはしゃきっとしてもらわねば。

このあたりの段階は、毎年こんなに大変だったっけ？　フェリックスは振り返る。そうかな、いや、そんなことないだろう。今回はとくにハードなんだ。多くのものを賭けているから。

稽古があと十四回済んだら、もう運命の日だ。なのに、彼らはいまだにぐずぐずと衣裳選びをし、科白もおぼつかず、もごもご言っている。「ティップ・オブ・ザ・タン、トップ・オブ・ザ・ティースだ」フェリックスは早口ことばで発破をかける。「きびきびと！　め・い・か・く・に発音しよう！　声が聞こえないんじゃ、なにを言っても同じだろう！　シー・セルズ・シーシェルズ・バイ・ザ・シーショア！　はい、つかえずに！」

往時、演出を手がけていたプロの劇団だったら、いまごろ怒鳴り散らしているだろう。役者たちを能無し呼ばわりし、もっと深く掘りさげろ、キャラクターの本質を見出せ、おまえの感情がぽきっと折れるまでねじってみろ、そして出た血と痛みを芝居に生かせ、生かすんだ！　しかし、いま目の前にいるのは、傷つきやすいエゴの持ち主たちだ。怒りのマネジメントセラピーを受けている者もいる。ここでフェリックスが怒鳴ったら、悪い見本になってしまう。また、鬱が抜けない者もいる。あまり無理をさせると壊れてしまうだろう。そうして主戦力の役者までがギブアップし、出ていってしまうんだ。前にもあったけれど。

「きみたちには才能がある」フェリックスは語りかける。みんな肩をすくめ、静かな反抗心を見せる。「いまよりもっと出来るはずだぞ！」まったく、どうしろというんだ。牢屋にぶちこむと言って脅せと？　効き目なんかあるか。すでに牢にいるんだから。こちらがなにを言おうと効力なし。

熱源はどこにある？　このぐんにゃりと湿った薪の束を燃え上がらせる火種はどこだ？　おれはどこを間違えているんだろう？　気ばかり焦る。

フェリックスはコーヒーにはこだわってきた。上質なコーヒーに。インスタントの粉など言語道断だ――高くてもコーヒー豆を買い、自分で挽いて、持参する。ディランとマディソンへのお裾分けも忘れない。今朝、クオリティコーヒー・ブレイクをとっていると、スネークアイが寄ってきた。彼の背後にはアン＝マリーもいて、なにやら後方支援をする構えのようだ。ダンスの稽古をする出で立ち。ニットのレッグウォーマー、ピーコックブルーのスウェットパンツ、黒の長袖Tシャツ。それに、タップシューズまで履いているな。フェリックスはそれを目に留め、一戦交える気か、と思う。

「わたしたちで、ひとつ決めたことがあるんだが」スネークアイが切りだす。「うちのチーム・アントーニオで」

「なんだね」フェリックスは促す。

「おたくが、いや、つまりプロスペローが、過去の物語を語る場所があるだろう？　ミランダに。ええと、弟がどうのこうのという――」

「第一幕第二場」フェリックスは言う。「だろう？」

「それだ」

「あの場がどうかしたか？」フェリックスは尋ねる。

「長すぎる」と、スネークアイ。「しかも退屈だ。ミランダまでが退屈だと感じてる。寝落ちしそうだ」

そのとおり、とフェリックスは思う。これまでプロスペローを演じてきたどの役者にとっても、あの場は難関だった。第一幕第二場をどうやって切り抜けるか。プロスペローの陰気な過去を延々と語りながら、観客をぐっと惹きつけなくてはならない。非常に動きの少ない場面だ。

「とはいえ、観客は物語背景を知る必要があるだろう」フェリックスは言う。「あれがないと、観客はプロットを追えない。プロスペローが被《こうむ》ってきた悪行の数々について、復讐を誓う理由について聴いておく必要がある」

「ああ、それはもっともだ」スネークアイは言う。「だから、あの場面はフラッシュバックの形でやればいいということになった」

「現状、すでにフラッシュバックじゃないか」フェリックスは言う。

「まあ、そうだが、あんたもよく言ってるじゃないか？〝語るな、見せろ、締まっていけ、どんといけ〟と」

「それは、そうだが」フェリックスは言う。「で？」

「だから、フラッシュバックらしいナンバーでやろうと思う。語るのはアントーニオだけだ。もう稽古もしている」

ハッ、おれの出番をカットする気か。フェリックスは思う。おれを押しのけて、自分の役をでかくするとは。さすがは、狡猾なアントーニオ。しかしそうしてくれと頼んだのは自分ではなかったか？　芝居を再検討し、再構成せよと。フェリックスはこう言う。「ほう、やるじゃないか。聞いてみよう」

「ほかのメンバーはわたしのバックだ」スネークアイは言う。「チーム・アントーニオだからな。このナンバーは〝極悪ブラザー　アントーニオ〟と名づけた」

「いいだろう」フェリックスは言う。「披露してくれ」

「カウント、忘れないでね」役者たちが位置につく横で、アン＝マリーが言う。スネークアイがフロントで、その後ろにバックダンサーが一列に並ぶ。フィル・ザ・ピル、ヴァムース、そして驚いたことに、クランパス・ザ・メノナイト。あのクランパスからダンスらしきものを引きだせたら、アン＝マリーの奇跡だ。

「よし、じっくり拝見しよう」フェリックスは言う。

「スリーで始めるよ！」アン＝マリーが言って数えだす。ワン、トゥー、スリーで、手を打ち鳴らすと、ダンサーたちは動きだす。

スネークアイはアントーニオのエッセンスに迫らんとしていた。情け容赦なく、完全な利己主義。ふんぞり返り、両手をこすりあわせる。やぶにらみの左目でぎろっと睨み、ひん曲がった口で薄笑いをする。口ひげを生やしていたら、ぴくぴくさせているところ。これでもかというほどの威張りぶり。バックチームはリズムに乗って、足を踏み鳴らし、手を打ち、指を鳴らし、アカペラで息を合わせて歌う。

こりゃあ、なかなかのもんだ。思ったよりずっとずっと出来がいい。すべてはアン＝マリーの指導の賜物か、それとも、ミュージックビデオから拝借してきたのか？　おそらく両方だろう。ドン、ドン、パン、ドン、ドン、パン、パン、パン、ドン、ドン、パチン。と、バックが繰りだしたところで、スネークアイが歌いだす。

主役はおれさま、大公はおれさま、おれがミラノの大公だ
金が欲しけりゃ　言うことききな
むかしのおれさま　こうじゃなかった
ただのアントーニオ　力なかった
チンケで　最悪　頭にくるぜ
マジでむかつく　負け犬人生
なめられ通しの　二番手人生
いつも笑顔で　嘘つき通す
いいね、いいね、いいねの人生
おれの兄貴《プロ》はプロスペロー
こいつが　おえらい大公さまだ

（バックコーラス）
主役はやつだ、大公はやつだ、やつがミラノの大公だ
ウーッア、ハッ！　ウーッア、ハッ！　ドン、パン、パン、ドン、パチンパチン、ドン

ところが　マヌケで　クールじゃねえ
油断一秒　怪我一生
本に夢中で　ガードあまい
弟《プロ》に言わせりゃ
これもトセイだ　ひと芝居打つぜ
兄貴がボス！　ミラノのボス！
なんでも仰せのとおりっす
遣いをやれ！　遣いをよこせ！
お宝ぶんどれ　おニューの服よこせ

やつは本の虫　まわりは無視
杖をふりふり　クソまじない
おれはもらうぜ　好きなもの
欲しけりゃなんでも　おれのもの
そんな生活　すっかり慣れっこ
それでも　やつは気づかない
脇はゆるゆる　ガードあまい

なんてマヌケだ　ユーワク　展開
おれはミラノで　ケンリョク全開
取られっぱなしの　やられっぱなし
おれはゴクアク　悪の道イクぜ
おれが勝つには　それしかないぜ

（バックコーラス）
ウーッア、ハッ！　ウーッア、ハッ！　ドン、パン、パン、ドン、パチンパチン、ドン

組もうじゃないの　ナポリの王さま
王さま　ミラノをコントロール
契約成立　ザッツオール
王位サンダツ　取り分　オーライ
ツイホー　大公　プロスペーロ
夜の夜中に　ふんじばれ兄貴《プロ》
衛兵　金やって　追い払え
やつを放りこめ　穴あき舟

万にひとつも　浮かばねえ
ついでに　ガキも厄介払いで
青いウナバラ　果てまで船出
大公　休暇で　バケーション？
みんなにっこり　トロピカル
ところが　大公　もどらなーい
海でナンパ？　溺れたって？

（バックコーラス）
ウーッア、ハッ！　ウーッア、ハッ！　ドン、パン、パン、ドン、パチンパチン、ドン

オー、ノー！　帰らぬ人か　プロスペロー
あーあ、ひどい！　あーあ、悲惨！
きっと死んだにちがいない
そんなら　おれさまが大公　ミラノの大公だ

（バックコーラス）
イヤア！

主役はやつだ、大公はやつだ、やつがミラノの大公だ。

スタンピティ、スタンプ、スタンピティ、スタンプ、スタンピティ、スタンピティ、スタンプ！

パン、パン、ハアッ！


最後の「ハアッ！」のところで、全員がフェリックスのほうを見る。その表情の意味は知っている。気に入ってくれ、ダメと言わないでくれ、〝その話、のった！〟と言ってくれ。

「どんなもんだ？」スネークアイが尋ねる。いまの全力の演技で力を出しきり、ハアハアいっている。

「たいしたもんだよ」フェリックスは言うが、内心では、こいつ絞め殺したろか、と思っている。おれのお株を取りやがって！　とはいえ、そんな感情は押し殺し、これは彼らの舞台だろうが、と自分で自分を叱る。

「ねえ、たいしたもんどころの騒ぎじゃないよ！　とんでもない傑作でしょ！」部屋の後ろの方で見守っていたアン＝マリーが言う。「なにが起きたかわかるし、ちゃんと要約してるし！　保存版だよ！」

「気が利いてるよ、ノリがいい」フェリックスは言う。

「そのためにわたしがいるんじゃないの」アン＝マリーはにやっと笑って言う。「ミス・お助けマンでしょ？　バックチームとか、ダンスナンバーとか、すごく良くない？」

「いやあ、感謝するよ」フェリックスは言う。

「嫉妬しちゃうでしょ、デューク先生？」アン＝マリーはいたずらっぽくささやき、瞳の奥までのぞきこむ。「あのバックダンサーに交ざりたいんじゃない？」

「ばか、言うな」フェリックスも小声で返す。

「それで、考えたんだが」スネークアイがふたりのやりとりを無視して割りこむ。「さっきのナンバーのあと、舟の場面に飛ぶ。ふたりが乗ってるおんぼろ舟だ。画面にはそれを映す。で、その映像にかぶせて、プロスペロー、つまりあんたの例の科白。ミランダが、三歳の幼子をつれているのでは、どんなに足手まといになったでしょうとか言って、あんたが、いいや、おまえはわたしの守護天使のようだったとか言う。ケルビムだったか？　ともかく、あの場面だ」

「ああ、その場面ならわかる」フェリックスは言う。心臓をもがれる思いがする。

「ムショには、子持ちのやつもいる」スネークアイは言う。「子どもの写真を持ってるんだ。そういう写真は、持ちこむのを許されてる。家族がいれば、家族写真とか。そこで、舟の撮影だが――子ども用のボートを使ったらどうだ。ボコボコにぶっ叩いて、いまにも壊れそうな感じに仕立てればいい。あたりは暗くて、風が吹きつける夜だ。そこで、突然、空にやつらの子どもたちの写真を映しだす。きっとやつらも、子どもが出てきたら、プロスペローみたいに感じるだろう。タフな状況を乗り切るには、ケルビムみたいなものが支えになるって」

こんな申し出に、ノーと言えるだろうか？「やってみようじゃないか」フェリックスは言う。

「８ハンズが言うには、写真をそんなふうに編集するのは簡単だそうだ」スネークアイは言う。

「ビデオに入れこむってことだが。ぴかぴか光らせることもできるとか。一枚につき一秒ぐらいずつ、星みたいに」

「良さそうだ」フェリックスは言いつつ、喉元が締めつけられる。こんな甘ったるいアイデアにすっかりやられてしまうとは、どういうことだ？　センチなお涙ちょうだいじゃないか！　泣きだすんじゃないだろうな？

気をつけろよ、フェリックスは気を引き締める。プロスペローはつねに自制心をたもつ。多かれ少なかれ。

スネークアイの話にはまだ先があるようだ。体を左右に揺らしながら、なにか言いたそうにしている。さっさと吐きだせ。フェリックスはどやしつけそうになる。さあ、二発目を撃て。おれの止《とど》めを刺すがいい。

「あんたも自分のなにかを加えたいかと思ってね、デューク先生」スネークアイはおずおずと言う。「だから、そういう特別な写真なんかあれば、空のシーンに加えてくれていい。一種のカメオ出演かな。劇団のやつらは歓迎してる」

亡くなったミランダ。三歳で、ブランコを宙高くこいで、銀の額縁に納まっている。うれしそうに笑って。あれこそが、おれの心の支えだ。

「いや、いい」フェリックスは叫ばんばかりに答える。「その手のものは持っていないんだ！　それでも、みんなに感謝するよ。ちょっと失礼」

彼らはおれをやりこめるために、こんなことをしているわけじゃない。おれの素性は知るはずもない。おれのことも、おれの悔悟の気持ちも、自責の念も、尽きない悲しみも。

目は涙でくもり、むせび泣きながら、フェリックスは五〇年代の展示房にふらふら入りこむと、寝棚の下の段に倒れこむ。ちくちくする灰色の毛布。膝をかかえて、うなだれる。大海で波にのまれ、あちらこちらを漂う舟だ。朽ちた舟の残骸からは、ネズミたちさえも姿を消している。


〔第三幕第三場、エアリエルのト書きより〕

26 ✦ 巧みな仕掛け

二〇一三年二月九日（土）

陰鬱な気分はすぎさった。状況は上向いている。忙しく動きまわっていれば、気がまぎれるものだ。

その週末、フェリックスは衣裳と小道具を探しにトロントへ出向く。車はマカシュウェグ駅のパーキングに駐めて列車に乗る。トロントの渋滞と駐車場探しの地獄に向きあう気になれないからだ。いまの自分は都会の雑踏には不慣れだ。

役者たちはそれぞれが必要と思う物のリストを作っていた。入手は確約できないが、最善は尽くすと約束してきた。そこに、アン＝マリーがディズニー・プリンセスの人形三体を追加。ほんとならオンラインで注文したいんだけど、クレジットカードがもう限度額いっぱいなんだよね、とのこと。

フェリックスはユニオン駅で列車を降り、探し物の旅に出る。アン＝マリーがスマホで検索し、めぼしい店に印をつけた地図を作ってくれていた。最初の店は玩具店で、地下鉄で数駅。いまでは、この手の店を眺めることができるようになった。ミランダがおもちゃで遊ぶ年齢ではなくなったからだ。正面のウィンドウの前を通り過ぎ、もう一度、通り過ぎる。たかがプラスチックとボール紙の品物が並んでいるだけじゃないか。よし、中に入ってやるぞ。

深くひとつ息をつくと、挫けた願いと失われた希望のひしめくあの世界のドアをくぐる。ひどくまばゆく、きらきらとして、自分には決して手の届かない世界。胸が騒ぐが、必死でおさえこむ。

無事に店内に入ると、ビーチ用品の売り場に向かう。なんにせよ浮くものならそこにありそうだ。あふれかえる原色の商品をつらつら眺めていると、若い女性の店員が近寄ってくる。「なにかお探しですか？」

「ああ、どうも。ボートを二艘ほど買いたいんだ。一つは手漕ぎみたいなやつ、もう一つはたぶんもう少し大きい、ヨットみたいなやつがあれば」いやいや、プラモデルが欲しいんじゃない。実際に水に浮かべられるやつだ、風呂用のおもちゃか、あるいは——

「ああ、お孫さんへの贈り物ですか？」店員は言う。

「孫じゃないんだが」フェリックスは言う。「叔父さんからの贈り物というところかな」店員もいっしょに商品を選ぶ。小さいほうには布切れを張ればいいだろう。大きいほうは嵐《テンペスト》のシーンで見栄えがしそうだ。

「ほかにお求めのものは？」店員が訊いてくる。「小さいお子さま向けの浮き輪類などいかがでしょう？　翼形の浮き輪など——こちらチョウチョの形のものです。女の子さんが付けるとかわいいですよ。それから、ヌードルもたいへん人気です。あ、スウィム・ヌードルといって……」店員はフェリックスがぽかんとしているので付け足す。

「いや、それより」と、フェリックスは言う。「この店には、えーと、その、ディズニー・プリンセスはなにかあるかな？」

「ございますとも」店員は言って笑いだす。「横溢《サーフイツト》しております！」なんだ、この店員は史学専攻かなにかか？　でなければ、「横溢」なんてシェイクスピアばりの言葉を使うわけがない。「こちらです」と案内する女店員は、こちらを可笑しなやつだと思っているようす。けっこう。そう思ってもらったほうが、都合がいい。

「選ぶのを手伝ってもらえないかな？」フェリックスはお手上げという顔をしてみせる。「三つ、必要なんだ」

「姪っ子さんたちは幸せですねえ！」店員は急に嫌味っぽく片眉をつりあげて言う。「すでにお決まりのものはありますか？」

フェリックスはリストを見ながら言う。「白雪姫、ジャスミン、ポカホンタス」

「あら、すごい」店員は言う。「よくご存じですね、女の子の好みを！　きっと姪御さんだけでなく、娘さんもいるんですね！」

フェリックスは顔をしかめる。なにを言う、此処こそ地獄。儂《わし》が抜けだしてきたのではないか〔クリストファー・マーロウ『フォースタス博士』第三場、メフィストフェレスの科白より〕。くそっ、アン＝マリーめ。あいつを連れてきて、自分で買わせるべきだった。フェリックスは購入までの手続きをなんとかやり抜き、未来の女神たちを箱から出して、薄紙で包んで、一つのショッピングバッグに詰めこむよう頼む。プリンセスたちには屈辱だろうが、その後、女神に変身するのだ。

大きなショッピングバッグを二つ抱え、つぎは、アン＝マリーが目星をつけておいてくれたコスチュームとジョーク商品の店を、ヤング・ストリート〔世界一長いストリートとギネスで認定されている〕で探しだす。ウィンドウでは、先の尖ったハイヒールを履き、スパンコールの仮面と、革製のボンデージギアだけを着けて、あとは裸のマネキンが鞭をふるっている。フェリックスは店内に入ると、フェチ野郎に見えないよう努めつつ、バンパイアの牙や、バットマンのマントや、ゾンビのマスクなどを検分しながら進む。カウンターのむこうには、筋肉もりもりで、両耳にクロム合金のピアスをびっしりつけ、上腕にドクロのタトゥーを入れた若い男がいる。

「なにか探しもの?」男はいやらしげな目で訊いてくる。「新しいレザー、入ったよ。すごくいい感じのやつ。うちは特注だから。口かせ、手かせ、なんでも」どうも、マゾだと思われたらしい。当たらずと言えども遠からず、だな。フェリックスは思う。

「黒い翼はないか?　まあ、何色でもいいんだが、白でなければ」

「おれたち、堕天使だもんな?」男は言う。「あるよ、青いやつなら。それで間に合えば」

「黒よりいいぐらいだ」フェリックスは言って、その翼と、青のフェイスペイントをひと瓶、くすんだ緑のフェイスペイントひと瓶、道化師のメイクキット、緑のウロコに覆われたゴジラの被りもの〔頭の上にトカゲみたいな目がついており、上顎の牙がひたいにかぶる形になる〕、ヘビ柄のレオタードを二着。最後の三つのアイテムはキャリバン用だ。それから、狼男のマスクをいくつか。精霊の犬どもに近いのはせいぜいこれしかなかったのだ。

ひだ襟はひとつも売られていないが、ベルベットの短いケープが四枚あったので、貴族らの衣裳にはこれを付ければいいだろう。ライオンだのドラゴンだのが彫られた偽の金貨チェーンをひと摑み、金のスパンコールをちりばめた安手のラップドレスを二着、銀のやつを一着。阿呆どもをおびき寄せる光りものの衣裳だ。青いきらきら入り紙吹雪のパックを二箱。タトゥーシールのシートを何枚か。柄は、スパイダー、スコーピオン、スネーク、いつものやつだ。

翼は持ち歩きにくい。鞄店に立ち寄って、キャリア付きのでかいスーツケースを買い、翼、ボート二艘と、ディズニー・プリンセスと、狼男のマスクと、きらきらのものを、ケースに入れて引いていくことにする。買いこんだ物はうまくおさまったうえに、まだ隙間があって助かる。買い物はまだあるからだ。

つぎは、スポーツショップに行く。スキーゴーグルをいくつか欲しいんだが、とフェリックスは健康そうな若い店員に尋ねる。玉虫色に光るみたいなゴーグルだよ。「ああ、それは当店一番の売れ筋です。プルトナイトです」レンズ部分に青紫の光沢が入ったやつで、ばかでかく、ラップアラウンド型がいい。昆虫の目みたいな感じの。「それは、お客さまがお使いで？」店員は眉をつりあげて訊く。目の前のおじさんがスキーをする姿がどうしてもイメージできないらしい。

「いいや」と、フェリックスは答える。「親戚の若い子にあげるんだ」

「スキーはかなりの腕前ですか？」

「そう願おう」フェリックスは答える。「黒いスキーマスクが十五枚ほど欲しい」

「十五枚も？」

「もし在庫があれば。パーティ用なんだよ」

その店の在庫は八枚だけだったが、ウィルモットのモールにある〈マークス・ワーク・ウェアハウス〉あたりに行けば、残りの枚数は間違いなく調達できるだろう。くわえて、伸縮性のある黒の手袋、十五組も。最終的にいったい何人のゴブリンが必要になるのか定かでないが、多めに用意しておくに越したことはない。

傘やハンドバッグを売っている角の雑貨屋では、アクアブルーの半透明の女性用レインコートを一着買う。てんとう虫、ミツバチ、蝶々の柄がにぎやかに飛んでいる。「いちばん大きなサイズを」と、フェリックスは店員に言う。婦人用のLサイズだが、それでも8ハンズにはきついかもしれない。そういうときは、背中を真ん中で切って、両サイドをシャツに安全ピンで留める。観客に見えるのは正面だけだ。

〈カナディアン・タイヤ〉のアウトレットでは、ブルーのシャワーカーテンと、ホッチキス、洗濯ものを干す紐、プラスチックの洗濯ばさみを買う。最後の二つは、ステファノーとトリンキュローが服をかっぱらっていく場面のため。それから饗宴場面用に、緑色のプラスチックのボウル。これは、差しだされたと思ったら攫《さら》われてしまう。

つぎは、手近な〈ステイプルズ〔大型文房具店〕〉に行き、さまざまな色が詰めあわされた画用紙の大量パックと、包装用の茶色いハトロン紙を一巻と、フェルト・マーカーを何本かゲットする。これらで、サボテンだの、パームツリーだの、そうした孤島の背景を造る。大道具、小道具は少しで足りる。観る者の脳が幻覚をつくりだすから。

さて、最後に寄るのは、女性用の水着のブティックだ。「水泳帽が入用なんですが」フェリックスは店を仕切っている上品な中年女性に相談する。「もしあれば、ブルーのを」

「奥さまがお使いですの？」そのご婦人はにっこりとする。「クルーズにお出かけですか？」フェリックスは思わず、いや、懲役くらってムショに入っている犯罪人が、魔法で空飛ぶ青いエイリアンの役をやるのに使うんですよ、と言おうかと思ったが、思いとどまる。

「ええ、この三月に。カリブ諸島をまわる予定です」と、念の入ったうそをつく。

「いいですねえ」ご婦人はちょっと物欲しげだ。クルーズの支度をしてやるのが彼女の宿命で、自分は決して行かれない。

水泳帽をいくつか見るが、フェリックスはどれも却下する。一つはヒナギクの柄、一つは水色にピンクのバラ模様、もう一つは防水のリボンがついている。「うちのは、うんとシンプルなやつが好みなんです」フェリックスは言う。こうなったら、小鬼《インプ》みたいなキャップに、上からゴム製ウロコでもかぶせるか。「これ、もっと大きなサイズはないですか？」フェリックスは訊く。「いちばん大きいサイズ。うちのは頭囲が広くて、髪の量も多いもんで」と、言い訳せずにはいられない。

「背もお高いんでしょうね」店員は言う。

「ええ、彫像のごとしですよ」フェリックスは言う。

キャップをむりやり伸ばす方法はなにがしかあるだろう。ちっこい青のキャップをマッシュルームみたいに頭にちょこんとのせた８ハンズが、もの笑いの種になるのは避けたいものだ。

〔第一幕第二場、プロスペローの科白より〕

27 ✦ 自分が何者であるか知らぬ

同日

フェリックスはマカシュウェグ駅に列車で着くと、でかいスーツケースをころがして駅の駐車場を進み、自分の車へ。降雪がさらにひどくなっている。自分の小屋につづく道にたどりついたとたん、新しく積もった雪のなか、四苦八苦しながらスーツケースをころがして、やっと戸口までたどりつく。

局地的に吹雪とはいえ、はるか南西ではあんず色の雲のなかへ陽が沈みかけている。積雪した一帯のはずれでは、木下闇が青みを帯びていた。かつて、といってもそう遠くない頃、こんな暮れ時には、ミランダが外に出て、入り日の射すうちに雪遊びをしたものだ。両手にいっぱい雪をつかんでは投げ、雪の天使たちをつくっていた。フェリックスは足跡を探してみたが、見当たらない。最近、外に出てこないな。いやいや、と思いなおす。あの子は足跡など残さないだろう。それぐらい軽やかな足取りだから。

小屋のなかに入ると、熾火《おきび》が消えたときのような、土臭い、灰のような臭いがする。フェリックスはヒーターをつける。回転音がし、温まってきた内部が金属音を発する。「ミランダ？」フェリックスは呼びかける。

初めはいないのかと思ったが、影の濃い一隅にあるテーブルについていた。チェス盤をセットして、レッスンを再開しようと待っているのだ。このところ、中盤戦の展開を教えていた。しかしフェリックスが新品のスーツケースを開けると、ミランダは席を立ち、こちらにやってきて、父親が買いこんだ品々を驚きの眼《まなこ》で眺める。

宝箱のよう――なにしろ、ゴールドのドレスや、青いゴム製の水泳帽や、小さなボートが入っているのだ！　それに、きんきらの綺麗なドレスを着たディズニー・プリンセスたちも。ミランダはたちまち魅せられたようだ。

これも、これも、なんなの？　ミランダは訊いてきた。どこで買ったの？　なにに使うの？　スイエイボウ？　すきーごーぐる？　スイエイってなに？　すきーって？　こういう用具をミランダは知るはずもない。外の世界のことはほんのわずかしか知らないのだ。

「劇に使うんだよ」フェリックスは言う。つづいて、劇とはなにか、演技とはなにか、なぜ人は自分ではないだれかになったふりをするのか、説明することになる。ミランダには演劇について話したことがなかった。実のところ、いまのいままで、父親がみすぼらしい二部屋のどちらにもいない間、いったいどこへ行っているのか、ほとんど興味を示したことがなかったのだ。それが、がぜん熱心に聴きだした。

月曜日、フェリックスが六時間もかけて、第二幕を一場面ずつ大車輪で稽古させた後、フレッチャー矯正所からへとへとになって帰宅すると、ミランダが『テンペスト』の台本を読んでいた。スペアの台本をそのへんに放りだしておいたのがまずかった。読みだしたが最後、引きこまれるだろう。ああ、不注意だった。

ミランダは演劇界からは遠ざけておきたかった。あまりにハードな人生だし、自我を痛めつけられる。あちこちで拒絶され、落胆をくりかえし、何度でも失敗する。鋼《はがね》の心と、鉄面皮と、虎のごとき意志の力が必要だ。女性であれば、なおのこと。ミランダのような娘には、とくにむずかしい職業だろう。心根がじつにやさしく、じつに繊細だ。人間の本性の最も忌まわしい部分にふれないよう守られてきた。そんな最悪の部分に直面させられたら、この子にどう対処できるだろう。この子はもっと手堅いキャリアを選ぶべきだ。医学とか、歯学でもいい。そして、ゆくゆくは生活の安定した愛情深い夫と結婚するんだ、もちろん。あやかしの――はかない虹のような、はじける泡《あぶく》のような、雲の上まで聳《そび》える塔のような〔第四幕第一場、プロスペローの科白より〕――世界で、自分を切り売りするなどもってのほかだ。父の轍《てつ》を踏むな。

ところが、蛙の子は蛙、ミランダにも演劇の血が流れていた。わたし、もう決めた、どうしてもこの劇に参加する、と。あまつさえ、ミランダ役をやりたいと言いだす。自分はこの役に合っていると思う、と父に言うのだ。考えただけで、わくわくする！　ファーディナンド役の人と会うのが待ちきれない。わたしとその人、最高のコンビになるはずよ。

「おまえにミランダ役はできない」フェリックスは精一杯きっぱりと言う。「無理だ」なににつけ、娘に真っ向から反対したのは初めてだ。父にしかその姿が見えていないことを、どうやって伝えたらいいのか？　決して信じてくれないだろう。万一、信じたとしても、やむなく信じることにしたとしても、この先、この子はどうなってしまうだろう？

どうしてだめなの？　と、ミランダは食いさがる。どうしてわたしはミランダになれないの？　お父さんのいじわる！　わかってないのよ！　わたしがまるでただの――

「気まぐれで言っていると？」父は娘の言葉の先をつづける。

ふくれっ面か？　腕なんか組んで反抗の印か？　でも、どうしてなの？　と、ミランダはさらに問いつめてくる。どうしてわたしにはできないの？

「ミランダ役の女優はすでに決まっているんだよ」父は言う。「すまないね」

それを聞いて、娘は悲しそうな顔をする。それを見た父も悲しくなる。この子の気持ちはぜったいに傷つけたくない。胸が締めつけられる。

ミランダは消えてしまう――外に出て、暗い降雪のなか歩いているのだろうか？　ティーンエイジャーによくあるように、自分の部屋に閉じこもり、ベッドですねているのだろうか？

とはいえ、あの子には自分の部屋などないじゃないか。自分のベッドも。あの子は眠らないのだから。

28 ✦ 鬼婆のこわっぱ

二〇一三年二月二五日（月）

〔第一幕第二場、プロスペローの科白より〕

試着する衣裳もそろうと、役者たちはますます活気づいてきた。芝居が現実味を帯びてきたのだ。〈二号室〉、現在は〈楽屋〉と改名した部屋の鏡の前に立って、さまざまな角度から自分の姿を眺めたり、おかしな顔をしてみたり、科白を言ってみたりして、いつまでも過ごしている。あるいは、フェリックスが教えたウォームアップのエクササイズをやったり。

ティップ・オブ・ザ・タン、トップ・オブ・ザ・ティース。発声練習の声が聞こえる。**アール、アール、アール、レペンタンス**〔悔悟〕！ **エル、エル、エル、ロス**〔喪失〕！ **リバティ！ エス、エス、エス、スウィート・スプライツ**〔妖精〕！ **ピー、ピー、ピー、パーフェクション！** 歌のパートがある役者たちは、アン＝マリーから教わった声のウォーミングアップをする。**オム、オム、オム！ ボーンズ！ ゴーン！ ディン・ドン・ベル！**

キーボードが届く。セキュリティゲートでしばし押し問答ののち、通過の許可が出る。フェリックスは〈四号室〉を音楽室に指定する。そこでは、アン＝マリーがダンサーたちを指導中。毎回、稽古が始まる前には、ウォームアップがある。腕立て伏せやマット運動。フェリックスが自分の小さな王国の廊下を巡回し、聞き耳をたてていると、こんな声が聞こえてくる。

「ビートにのって！　ワン、トゥー、トゥーでヒティッ、シェイキッ、シェイキッ、ブレイキッ！　体の芯から！　カウント！　その腰を動かす！　そう！」

８ハンズはある日、ケーブルと格闘していたかと思うと、つぎはミニ・カメラをいじりだす。それが済むと、小さなマイクとスピーカーのとりつけ。壁に穴を開けるのはご法度《はっと》なので、ワイヤレスのタイプを使う。

フェリックスはメインルーム――上演ビデオを観るのに使う部屋――の一角に、折り畳み式の衝《つい》立《たて》を設置した。衝立の裏には、パソコンのディスプレイとキーボードが載ったデスクが一つ。椅子が二脚。一脚は８ハンズ用、もう一脚は自分用。これで、領地のどの場所でも覗き見られるようになった。

「まずは、楽屋」と８ハンズは言って、楽屋の映像をディスプレイに映しだす。「つぎ、音楽室。展示房、古いほう。で、もう一つのほう。各部屋のラベルはここだよ、いいか？　これがオーディオとビデオ、両方の録音・録画機能はここ」

「まさに、わたしが求めていたものだ」フェリックスは言う。「わがすばらしき精よ！」

「これ、ぜんぶ許可とってるんだろうね？」８ハンズがいささか不安そうに尋ねる。罰を食らいたくないのだ。早期仮釈放が遠のきかねない。

「心配するな。どれもこれも、芝居に欠かせない。わたしが全責任を負う。すでに当局には話をとおしてある。むこうもわれわれの活動は了解している」半分は事実だ。半分本当なら充分だろう。

「なんであれ、問題が起きたら、こっちにまわしてくれ」

「了解」８ハンズは言う。

アン＝マリーとワンダーボーイは――ふたりとも殊勝なことに――絡みの場面をちゃんと稽古していた。アン＝マリーは生娘らしく潑剌《はつらつ》と、ワンダーボーイは子犬みたいな目をして、愛ひとすじに。後者は劇の外でも子犬みたいな目をして、愛ひとすじだったが、アン＝マリーは気づかないふりをしている。彼女はカブスカウトのお母さん役みたいなキャラに徹しており、劇団メンバーから、劣情よりも親孝行のような気持ちを引きだそうとしていた。そのために、焼き菓子を焼いてきたりもした。稽古場に、焼き型いっぱいのブラウニーや、チョコチップクッキーや、シナモンパンを持参し、休憩時間にみんなにまわすのだ。ディランとマディソンも試作品をもらい、これ、中にヤクが入ってるんでしょ、劇団ではそういう遊びをしているんでしょ？　などと冗談を言う。ワイルドな狂乱の乱交パーティをさ？　アン＝マリーはおりこうな九歳の子どもを相手にするように、鷹揚に微笑みかける。

驚いたな。フェリックスは思う。こんなにスレンダーで少女っぽい外見の女性が、こんなに貫禄たっぷりの寮母さんのように見えるとは。はるかむかしに彼女を見出した自分の目に狂いはなかった。アン＝マリーはすぐれた女優だ。

三女神の役を取り仕切っているのも彼女だった。白雪姫は伝令の女神アイリスにしよう。ポカホンタスは豊穣の女神シアリーズ。ジャスミンは結婚の守り神ジュノー。「でも、こんなクソなものは着せられない」フェリックスに人形を渡されるとそう言って、きんきらのドレスを剝ぎとりだした。

「そりゃそうだろうけど」フェリックスは言った。「でも、どこで女神の衣裳なんて入手……」

「うちの編み物友愛会がプロジェクトとして請け負ってもいい」

「きみが編み物友愛会に入ってるなんて、いまだにイメージできんよ」フェリックスは言った。編み物友愛会なんて、かつては伝道団のおばさまがたや、第一次世界大戦時に戦場にいる息子たちに靴下を編む兵士の母たちが入ったもので、ヒップな若い女優が寄りつくとは思えない。

「気持ちが落ち着くんだよ、編み物してると。先生もやってみたら。男性も入ってるよ」

「いや、やめておこう」フェリックスは断った。「で、その友愛会がこんなこと請け負ってくれると思うのか？　人形に着せる衣裳だぞ？」

「きっと食いつくね。めっちゃ喜ぶよ。アイリスはレインボーカラーだな。フルーツとトマトとかくっつけて。実りの女神シアリーズはあれだよ、麦の穂とか穀物。ジュノーは孔雀の羽根のデザインでいこ」アン＝マリーは言った。

「うーん、女神にウールの衣裳か？　もこもこした感じにならないかね？」フェリックスは言った。バッドテイストすれすれだが、自分の好むバッドテイストではない。

「見たら驚くよ」アン＝マリーは言った。「それに、もこもこなんかに見えないって。約束する」

「問題は」と、フェリックスは言った。「その女神の登場場面の直後に、わたしのここ一番の長科白があるってことだ。『もはや余興は終いだ〔第四幕第一場〕』という――」ここで、そのくだりを吟じずにはいられなかった。

「いま演じた役者たちは
先に述べたとおり、みな精霊であり
大気に、淡い大気に、融けてゆく。
礎《いしずえ》なきこうした空中楼閣のように、
雲の上まで聳える塔も、絢爛豪華な御殿も、
はたまた荘厳な大寺院、巨《おお》きなこの地球さえも、
そう、そこに受け継がれたものはすべて、いずれ融けて無に帰す
この実体なき芝居が消えゆくように
あとには一片の残骸も残さずに　われわれはそうした
夢とおなじもので出来ているのだ　人のあっけない人生は
円《まど》かなる眠りをもって幕を閉じる」

「うへっ、いまも現役だね」フェリックスが口を閉じると、アン＝マリーは言った。「だから、ずっと先生の芝居に出たかったんだ。これぞ、巨匠。泣きそうになっちゃった」

「かたじけない」フェリックスは言って小さくおじぎをした。「けっこう良かったろう？」

「けっこうだって？　ファック！」アン＝マリーは言って、涙をぬぐった。

「じゃあ、〝けっこう〟は抜かすとして」フェリックスは言った。「この長科白が、ウールの衣裳を

着たディズニー・プリンセスが出た後だと、なんというか……」なんと言えばいいんだろう？「その、プロスペローの科白が白けないだろうか？　ディズニーの人形が出てくると、ただのお茶らけに見えたりしないかな？」

「ネットで『テンペスト』をいろいろ検索したし、舞台も三つぐらい観てるけど、あの女神の場面は人間がやっても、決まってお笑いぎりぎりだよ」アン＝マリーは反論した。「女神を背景幕に映写したやつもあったし、ゴム風船を使ったのもあったし、何年か前は、スティルツを履かせたやつなんかも。でも、うちらがやるからには、ぜったいディズニー・プリンセスには見えない出来になるから！　わたしが顔にもペインティングするし。ほら、〈グロ・イン・ザ・ダーク〉とか、暗闇で光る蛍光塗料があるよね。仮面みたいな感じに仕上げるよ。この女神たちってエアリエルの傀儡《かいらい》なんだから、日本の文楽のテクニック使ってもいいよね。それか、ブラックライト当てるとかさ。黒いスキーマスクと手袋つけた役者が人形を操るのはどう？　どのみち、マスクも手袋もたっぷりあるんだし。声はボイスチェンジャーで、精霊っぽい不気味な感じにすればよくない？」

「試してみる価値はありそうだな」フェリックスは言った。

二〇一三年一月二七日（水）

あと二週間で、運星たちが集まり、嵐《テンペスト》が解き放たれる。すでに冒頭の嵐の場面は撮影を終えた。沈みそうになる舟、そして水泳帽にスキーゴーグルをつけた８ハンズ。これが、驚くばかりにうまく撮れている。フェリックスは自分の初登場シーンは、来週撮るつもりだ。エアリエルとの場面だが、８ハンズが技術面の作業で忙しく、科白が仕上がっていないのだ。

今日は、キャリバンの場面を撮影する。長科白をしゃべるキャリバンのクロースアップ・ショットだ。引きのショットは後日撮る。レッグズが衣裳をフルセットで着るのは、今日が初めてだった。例のゴジラの被りものは、目と牙を取り除き、背びれは顔のまわりに付け替えてびらびらと垂らした。レッグズの顔もメイクで汚す。脚には、トカゲの皮のようなペイントをし、腕には、スパイダーとスコーピオンの柄を即席タトゥーでびっしり貼りつける。フェリックスがこれまで数々見てきたキャリバンの出で立ちと比べても、いい勝負だったり、むしろ勝っていたり。

「準備はいいか?」フェリックスが声をかけると、

「おう」と、レッグズから返ってくる。「この場面、ちょい付け足しがあるんだ。アン＝マリーが手伝ってくれた」

フェリックスはアン＝マリーのほうを向き、「だいじょうぶなのか? 遊んでいる暇はないぞ。時間が足りないんだ。さくさく進めないとな」役者たちには、ぜひ自分なりの言葉を足すよう促してあるから、文句を言うわけにもいかない。

「尺は三分半」と、アン＝マリーは言う。「ちゃんと計ったから。それに、すんごく良いんだよ、これが! わたしが嘘いうと思う?」

「ひとまず、答えずにおこう」フェリックスは言う。

「テイク・ワン、鬼婆のこわっぱ」ティミEzが言う。「出演、キャリバンと鬼婆の倅たち。最初に語り手がちょっと出てくるけど、そこは後で撮ればいいですよね。『キャリバンがやってきたぞ、岩牢からお出ましだ。くたばるまで奴隷の身、それでもなにがあろうと、彼奴《きやつ》には彼奴の言うことがあるはずだ』みたいなやつ」

フェリックスはうなずく。「よし、わかった」

「呼吸法を忘れないでね」アン＝マリーがレッグズに言う。「横隔膜を使って腹式呼吸よ。怒りについて、わたしが言ったことも忘れないで。怒りは燃料のようなものよ。見つけて、使って！　いまこそ、吠えるチャンスだ！　ロケットみたいに飛んでいけ！　ワン、トゥー、ゴー！」

レッグズは後ろ足で立ちあがると、背を丸め、こぶしを振りたてる。ティミＥｚ、Ｐポッド、ヴァムース、そしてレッドコヨーテが離れたところで、手を打ち鳴らしてビートを刻み、そこへ「ウ・オ」「ウ・オ」とシンコペーションで低い掛け声が入る。レッグズは咆哮するように、チャントする。

名前はキャリバン　ウロコだらけ　長いツメ
魚くせぇ！　人間じゃねぇ！
鬼婆っ子　奴はそう呼んで　たぶらかし
鬼呼ばわり　ウロコ呼ばわり　だまくらかし
毒い　ばっちい　ゴクドーもの
行儀がわりぃって　トーゴクもの

けどな　おれは鬼婆っ子だ！

おかあの名はシコラクス　なのに世間じゃ魔女呼ばわり
青い目の鬼婆　ゴクアク　ビッチ
そのうえ　おやじはジゴクのアクマ
だから　おいらはダブルでヨコシマ
なんたって　アクマとオニババの倅！

おかあはしくって　島流し
姥捨て　シャレになんねぇぜ
おいらが生まれて　おかあがオダブツ　だから島はおいらのもの
ここは王国！　おいらは王さま！
シンラバンショーの大王さま
鬼っ子キングと呼んでくれ！

そこへ登場　プロスペローとチビのビッチ
おれさま　なにさま　むかしはリッチ
はじめは　ゼンリョー

あとから　ドロボー
おいらは飼われて　奴隷もドーゼン
あの娘《こ》に飛びついて　暴行スンゼン
うまくいってりゃ　おいらのガキだらけ
島じゅうまるごと　鬼っ子だらけ！

やつにつねられ　黒アザ　青アザ
おいらはロードー　あいつは高イビキ
魔法ざんまい　つまんない
バトーかまして　つねられまくって
ひき攣《つ》り　つりつり　イテテテテ
それでも　おいらは鬼婆っ子！

隙あらば　やつの魔の本　ブッちぎる
ショーバイ道具も　ブッ壊して　爆ショー
脳みそ　ブッ潰せ　やられたブンだけ　ブン殴れ
あの娘は　おいらの鬼っ子クイーン
泣こうが　わめこうが　おいらのクイーン

わめくほど　ボケツ　泣くほど　ドツボ
ひざまずけ　そのうちよくなる　はまるぜ　ドツボ
めそめそすんな　目ぇ剝くまでやったろ
なんたって　おいらは鬼婆っ子！

これだけは　よくよく覚えとけ
おいらは　おいらは　鬼婆っ子！

レッグズは詠じあげた。肩で荒い息をしている。

「よっしゃ、キマッたぁ！」アン＝マリーが言って、拍手を始める。バックチームも、そしてフェリックスも。

「まあな、科白ばっちし覚えたからな」レッグズは謙虚に言う。

「それどころじゃないって！　これまでで最高のランスルーだったよ」アン＝マリーは言う。「スクリーンに映してあげるから、見てみなって。じゃ、本番はつぎの撮影日にしよう！　バックチームの衣裳も要るし、例のおそろいのトカゲ帽子もかぶらなきゃだから」それから、フェリックスに言う。「先生、こんなのいままで見たことないでしょ！」

「そのとおりだ」フェリックスは言う。「見たことない」なんだか胸がつまる。やってくれるじゃないか、レッグズ。いやいや、おれのためじゃない。レッグズはアン＝マリーのためにがんばったんだ。もちろん、芝居のためにも。レッグズはこの劇のためにここまでやってくれたんだ。「おお、すばらしき新世界よ、そこにこんなすばらしい人々がいるとは〔第五幕第一場、ミランダの科白より。オルダス・ハクスリーの『すばらしい新世界』はここから〕」フェリックスは言う。

「おまえには目新しいだろう〔続くプロスペローの科白〕」アン＝マリーは笑いだす。「かわいそうなフェリックス！　わたしら、先生の芝居をめちゃくちゃにしちゃったよね？」

「いいや、わたしの芝居じゃない」フェリックスは言う。「わたしたちの芝居だ」本当にそう思っているのか？　もちろん。いや、どうかな。そうとも言えないかも。

いや、わたしたちの芝居さ。

29 ✦ 近づく

二〇一三年三月二日（土）

土曜日の午ごろ、起きるとひどい二日酔いだった。そんなはずがない。このところ酒は飲んでいないのだから。頭脳の消耗、エネルギーの消耗が原因だろう。考えること、教えること、観ることが多すぎる。考えのアウトプット、発話、外に出すものも多すぎる。十四時間も寝ていたが、まだ体力は回復する気配がない。

長年の着用ですり切れた屈辱的な寝間着のまま、フェリックスはよろよろと居間に入っていく。

窓から陽が射しこみ、外の雪の照り返しでいつもより格段に明るい。フェリックスは目をしばたたき、ヴァンパイアのように後じさる。なんで窓にカーテンがないんだ？　カーテンまで付ける気がしなかったのだ。だれがこんな小屋の中を覗く？

おもてに出ているときのミランダぐらいだ。外から覗いてきて、老父が無事でいるのを確かめる。ところで、あの子はどこだ？　朝は彼女の活動時間ではないし、ましてや、陽がいちばん高い午ごろは現れない。まぶしい光で姿が薄れてしまう。あの子が輝くには黄昏《たそがれ》の光が必要だ。

馬鹿ものが。フェリックスは自分を叱る。いつまでこんな〝点滴〟に頼るつもりだ？　生きていくのに必要最低限の幻。思いきって、はずしたらどうだ？　きらきらのシールや、切り絵細工や、色とりどりのクレヨン、そんなものは捨ててしまえ。純然たる、ありのままの、埃をかぶった現実と向きあえ。

いや、現実にこそまばゆい色がついているんだ。自分の頭の違うところから声がする。現実はありとあらゆる色合いで出来ている。人間には見えない色までふくめて。万象とは火のごとし。あらゆるものは形をなし、花開き、色あせていく。われわれはゆっくりと流れる雲であり……

フェリックスは首を振り、頭をかきむしる。血よ、めぐれ。血よ、めぐって、この頭の中でしなびゆくクルミの実を蘇らせてくれ。ここはコーヒーの出番だな。電気ケトルで湯を沸かし、挽いた豆に湯を注ぎ、フィルターで濾過したら、アルコール依存でラムをがぶ飲みするみたいにごくごく飲む。ニューロンが発火しだす。

服を着る。ジーンズとスウェットシャツ。朝食用シリアルをどろどろに煮込んで粥にし、備蓄ボックスの底に残っていた野菜くずなどであり合わせのものを作る。そろそろ食糧の買い出しに行って、在庫を補充しなくては。強烈な幻覚にとりつかれて食べるのも忘れ、餓死して何か月もしてから干からびて発見されるような隠遁者になるわけにはいかん。

よし。リストア完了。準備完了だ。


フェリックスはパソコンの電源を入れると、トニーとサルを検索にかける。あるある。三百マイル離れたところにいるトニーとサルと、彼らの発言引用映像《サウンドバイト》。お仲間を引き連れている。セバート・スタンリー、カナダ復員軍人大臣。むかしっから、気骨のないイエスマンだが、支持者はこの男を信頼している。なぜなら、彼の叔父を知っているからだし、代々スタンリー家の候補者に投票してきたからだ。

じきに三人が雁首そろえてやってくるとは、なんとおいしい！　おれに気がつくだろうか？　最初、ゴブリンたちが活躍しているうちは、やつらの視界に入らないところにいるから、気がつかないだろう。やつら、自分の命が風前の灯火だと知ったら、どう反応するだろうか？　悶絶するか？　そりゃあ、するだろう。二重にねじれた苦悶だ。その点は間違いない。

カレンダーで来週一週間の予定を確認する。フェリックス自身のシーンの撮影もせまっている。ビデオ撮りはワンテイク、多くてツーテイクまでだ。最初のランスルーでなるべくうまくやらなくては。科白はがっちり入ってる――いまや、骨の髄に刻まれているぐらいだ――と自信があるが、うぬぼれじゃないだろうな？　立ち位置は、ジェスチャーは、表情づくりは？　勢い、正確さ。ああ、稽古しなくては。ティップ・オブ・ザ・タン、トップ・オブ・ザ・ティース。シー・セルズ・シーシェルズ・バイ・ザ・シーショア。

フェリックスは大きなたんすを開ける。魔術師の衣裳が入っている。たくさんの目が光を反射している。フェリックスは衣裳をとりだして、埃と細かいクモの巣をはらう。十二年ぶりに、マントを羽織ってみる。

一度脱ぎすてた殻のなかにもどるような感覚。マントを着ているのではなく、マントに着られている感じがする。小さな鏡で身なりをととのえる。胸を張って、横隔膜を引きあげ、下っ腹を広げろ。肺の動く場所をつくれ。ミ・ミ・ミ、モ・モ・モ、ム・ム・ム。Sagacious《サゲイシャス》〔賢しらな〕、Preposterous《プリポステラス》〔荒唐無稽な〕、Tempestuous《テンペスチュアス》〔大嵐の〕。Malicious sprite《マリシャス スプライト》〔よこしまな妖精〕。こら、つばを飛ばすな。

つぎは小物の点検だ。シルバーフォックスの頭がついた杖はひょいと手になじむ。それを高く振りあげると、手首に痛みがぴりっと走る。

「近う寄れ、わしのエアリエルよ、来い〔第一幕第二場、プロスペローの科白より〕」フェリックスは抑揚をつけて言う。

声がどうもウソくさい。あの堂々たるピッチは、ほんまもんの声音はどこへ行った？　どうしてこんな無茶な役を仮にも演じられると思えたのか？　プロスペローには矛盾が多すぎる！　大公であるはずの貴族にして、つましい世捨て人？　知恵ある老魔術師にして、復讐に燃える老いぼれ？　癇癪もちのわからず屋にして、優しく思いやりある男？　サディスティックで寛容な？　あまりに疑り深く、あまりに信じやすい？　語句ひとつひとつの意味と意図の繊細な色合いをどうやって伝えろというんだ？　無理だろ、これ。

何世紀にもわたり、この芝居をやる劇団はなんとかごまかしてきたのだ。長科白をカットしたり、ところどころ編集したりして、自分たちが設定した枠のなかにプロスペローを押しこめようとしてきた。この人物の像を一つにまとめようとしてきたのだ。うまく納まるように。

いまになって役を投げだすな。フェリックスは思う。どれだけのものが懸かっていると思うんだ。

さっきの科白をもう一度やってみよう。命令らしく言うべきか、誘いかけるように言うべきか？この科白を言うとき、エアリエルはどれぐらい離れたところにいると思う？　遠くに呼びかける感じがいいか？　囁くような声か、叫び声か？　これまでに、このシーンを演じる自分を幾度も幾度もイメージしすぎて、実際どういう演技をすべきかわからなくなっていた。構想ばかりが高められ、演技が追いつけていない。

「近う寄れ、わしのエアリエルよ」聞き耳を立てるように、身を乗りだしてみる。「来い！」

すぐそばでミランダの声がする。囁きにもならないような声だが、フェリックスには聞こえる。

ご機嫌よろしゅう、やんごとなきご主人さま、やあやあ！　参上
仕りました　あなたさまのお役にたてますよう　空も飛びます
たとえ　火のなか　水のなか　乗れと言われれば
巻き雲にも乗りましょう　あなたさまの仰せのとおりに

エアリエル　腕によりをかけて　お仕えします。

フェリックスは火傷でもしたかのように、杖をとりおとす。いまのは本物の声か？　そうだ！　たしかに聞こえたぞ！

ミランダは決めたのだろう。エアリエルの代役《アンダースタディ》として稽古すると。それなら、フェリックスも異議の唱えようがない。

なんと、賢いのだろう。文句のつけようがない！　アンダースタディ――稽古にすんなり融けこめる唯一の役割をこの子は見つけたのだ。その姿がときどき見え、声が聞こえるのは、父だけだ。ほかのだれの目にも映らない。

「わがすばらしき精よ！」フェリックスは声をあげる。ハグしてやりたいところだが、それはできない。プロスペローとエアリエルは決して触れあわない。精霊に触れることができようか？　いまは姿すら見えない。声だけで満足するよりないのだ。

第四部

荒ぶる魔術

〔第五幕第一場、プロスペローの科白より〕

30 ✦ 魔術のあやなす幻

二〇一三年三月四日（月）

月曜日の朝、早くに目が覚めたが、夢が頭を離れなかった。あれはなんだったのか？　音楽が流れていた。だれかが自分のもとを離れ、木々の間に姿を消す。待ってくれと呼びかけようとするが、話すことも動くこともできない。

クラスでもホワイトボードに、ＤＲＥＡＭと書くべきだったな。まさにこの作品の基調となるものだ。**まるで夢のなかにいるように、すっかり力が抜けてしまった**〔第一幕第二場、ファーディナンドの科白より〕。『テンペスト』の劇中、いったい何人の人間が突如、眠りに落ちたり、夢のことをしゃべりだしたりするだろう？　**われわれはそうした夢とおなじもので出来ているのだ。**〔第四幕第一場、プロスペローの科白より〕とはいえ、夢はなにで出来ているんだ？　**円かなる眠りをもって幕を閉じる。**ここは「円か」がミソだ。**この巨きな地球さえもの、**地球の丸さと掛けているわけだ。シェイクスピアはいつも明確な意識のもとに書いていたんだろうか？　それとも、ときどき夢遊病のようになって書いていた？　言葉が迸《ほとばし》るままに？　トランス状態で書いていたのだろうか？　自分で自分のかけた魔法にかかって？　エアリエルは女神のような姿ではないのか？　これまでとまったく違う『テンペスト』が浮かんできたぞ。それは……

やめろ！　フェリックスは考えを打ち切る。現時点でリミックス版になっているんだから、もうなにも付け足すな。劇団員たちはもうすでに手一杯だ。

朝一番のコーヒーを飲みながら、フェリックスは窓の外に目をやる。雲が低くたれこめ、凍える寒さだ。白い息が窓ガラスに渦巻き模様を描いている。寒冷前線が通過しているんだろう。夜のうちにみぞれが降ったようだ。停電があるかもしれんな。路面の凍結もあるだろう。あれは、ぱっと見わからないので油断がならない。でも、砂まき車が通っているはずだから、ゆっくり運転すればだいじょうぶだろう。

今日は、第一幕、エアリエルとの最初の場面を撮る。衣裳もフルに着けて。フェリックスは例の獣のマントを緑色のごみ収集袋につめ、そこにキツネ頭の杖もくわえる。そののち、こんどは自分が防寒具の中に入りこむ。キルティングのコート、フリースの内張りのブーツ、分厚い手袋、てっぺんにポンポンのついた赤と白の毛織〔化繊〕のキャップ。キャップは、アン＝マリーによれば、マカシュウェグの〈ヴァリュー・ヴィレッジ〉で二ドルで買ったとのこと。先生のオツムが冷えると困るから、と言ってプレゼントしてくれた。「そのオツムにつまってるガラクタが、うちら必要だからね」とは、彼女特有のぶっきらぼうな物言いで、感傷というものを軽蔑しているそうだ。

「ワンダーボーイとは仲直りしたのか？」フェリックスはさり気なく尋ねてみた。「むこうはまだつきまとってくる？」

「わたしのペンパルになりたいんだってさ」アン＝マリーはそう答えた。「劇が終わったら、手紙を書くって」

「それは、まずい！」フェリックスは語気を強めた。「手紙を書くのに住所を訊くだろう。いずれ出所したら、きっときみのところへ――誘いは断ったろうね」

「まあ、なんとかするよ」

「その気にさせているんじゃないのか」フェリックスは言った。「フェアじゃない」

「うちら、例の大ラブシーン、まだ撮ってないよね」アン＝マリーは言う。「先生、ディレクターでしょ。『おお！』ってなるシーンを撮りたい？　それとも、『はぁ？』ってなるシーンがいい？ここでわたしがきっぱり断ったら、『はぁ？』になるよ」

「容赦ないな！　倫理にもとるんじゃないか」

「お説教はよしてよ。最高の手本に学んでるんだから。なにより芝居が優先、でしょ？　これ、十二年前に先生が言ったことだからね。わたしの記憶によれば」

とはいえ、当時は当時だ。今日も同じことが言えるだろうか？　フェリックスは考える。「あいつと話しておくよ。話を整理しておきたい」

「先生さ、わたしの実の父じゃあるまいし。自分でなんとかできるって。だいじょうぶ。信用してよ」アン＝マリーは言う。

彼女はその日の撮影のため、いつも結っている髪をおろして、風に吹かれたようなスタイルに仕上げ、紙で作った花を何本かさしていた。ドレスも彼女の手作りだ。色は白だが、裾はぼろぼろにしてあり、毛糸で編んだ撚り紐をサッシュ代わりにしていた。片袖をオフショルダーにし、足はもちろん素足だ。こんがり焼けた肌に見せるクリームを少し、頬紅を少しのせているが、やりすぎない程度。全体に、露に濡れたような瑞々しさ。

くだんのラブシーンは、なにもかもがフェリックスが望むような出来だった。アン＝マリーのほうは純真無垢な少女に徹し、目を瞠ってうっとりと魅入られている。ワンダーボーイも非の打ちどころがなかった。気高くも、必死に愛を乞う。恋い焦がれる心をみごとに体現していた。例の「おお、あなたは奇跡そのものだ！〔第一幕第二場〕」とミランダに言って、触れようとするかのように手を伸ばすものの、その手がガラスに阻まれたように宙で止まるところなど、鋼をも溶かすだろう。真に迫ると言うだけでは足りない名演だった。

アン＝マリーがこの男の心を壊さないといいが。フェリックスは思った。とはいえ、やつは詐欺師だからな、忘れるなよ。役者を演じている詐欺師なんだ。これは二重の〝うそ〟なんだぞ。

フェリックスは最後にもう一度、鏡を見て点検する。先週一週間で体重が落ち、ちょっとばかり窶《やつ》れて見える。目には、檻に入れられた鷹のような弛《たゆ》まぬまなざしがあるが、これは自分の出番に生かそうじゃないか。このまなざし、睨み。獲物を狙いつつも、心乱れ、狂おしくなっている。顔の向きを変え、横顔もチェックする。怖さをもう一掬《いっきく》わえるか。ドラキュラ風味を少し？　いや、やめておいた方がいい。

マフラーを襟元に巻いて外に出ると、自分の白い息を追いかけるようにして車までたどりつく。奇跡的にエンジンがかかる。これは縁起が良い。いまは縁起を担ぎたい気分だ。

ミランダは決意を忘れてはいなかった。やはり、劇に参加するつもりらしい。車までついてきた――気配をすぐそばに感じる。左肩の後ろあたりに――最初は乗りこもうとしない。怖いのだろうか？　最後に車に乗ったときのことを思いだしているのではないか？　三つのとき、高熱を出して毛布にくるまれ、病院に運ばれていったことを。そうでないことを祈る。

手遅れだったのだ、すでに。なぜおれはもっと早く気づかなかったのか？　頬の紅潮、速い呼吸、だるそうな様子などに。なぜなら、そばにいなかったからだ。いや、いたとしても、不可解な芝居の計画かなにかにどっぷり浸かっていたからだ。おれが上の空になっていたのは、『シンベリン』の舞台にかまけていたからだろうか？　それを最愛のわが子より大切に思って？　おれのせいだ。おれの最も忌まわしい過ちだ。

フェリックスは娘に「車」のなんたるかを、ゆっくり、ていねいに説明する。飛ぶように移動できる魔法の機械なんだ。船にちょっと似ているが、車は車輪がついていて地面を走る。そう言って、タイヤを指さす。あと、ここから煙が出てくるが、火事じゃないんだよ。エンジンから出ているんだ。エンジンというのは、車を前に進めるものだ。車のことは、父さんに任せてくれればいいから、なにも心配いらない。ただ乗っていればいいんだよ。父さんの真後ろの席に座って。もしきみが劇に参加したいなら、そうやって移動するしかない。言うなれば、宙を切って飛んでいくような感じだよ。

幸いあたりは無人なので、大声で話していてもじろじろ見られないし、車の後部座席のドアを開けて居ないだれかを乗せるようすを見つかることもない。

車が走りだしたとたん、ミランダはこの体験が気にいったようだ。木立、点在する農家、納屋などがびゅんびゅん通りすぎていく。その一々に興味をしめす。ああいう家には人が住んでるの？　そうだ、人が住んでる。とってもたくさん人がいるのね！　木もとってもたくさんある！　「気に入ったろう、マイ・バード？」フェリックスは尋ねる。うん、気に入った。でも、その劇ってどこにあるの？

「だんだん近くまで来ているよ」フェリックスは言う。

ふたりを乗せた車はガソリンスタンドを過ぎ、フレッチャー矯正所近くのモールを通りすぎる。クリスマスの飾りがまだ残っていてとってもカラフル！　飛んで走る機械が、ほかにもあんなにたくさん！　さて、車は坂道をあがり、外門を通過する。フェンスを巡らせてあるのは、中の人が外に出ないように、外の人が中に入らないようにするためなんだ。あそこに警備員もいるだろう、フェリックスは言う。ミランダは「どうして」とは訊かず、警備員はわたしを止めようとするかな、とつぶやく。「きみの姿は見えないよ」フェリックスは答える。「見えないままの姿でまいれ〔第五幕第一場、プロスペローの科白より〕」と言うと、ミランダにかなりうける。

セキュリティゲートでは、ミランダも一緒にスキャナーを通過するが、ピッと音が鳴ることもない。**それでこそ、抜け目ないわが精**〔第一幕第二場、第五幕第一場、プロスペローの科白より〕。フェリックスは心で語りかけながら、無言でミランダに微笑みかける。声を出さずにミランダも笑う。こんなに楽しそうな娘の姿を見ると、こちらもうれしくなる！

「調子はどうですか、デューク先生？」ディランが尋ねてくる。

「いろいろと問題をやっつけているよ」フェリックスは答える。「ところで、明日はクラスは無い日だが、出勤するよ。ちょっと機材を届けに。これ、使う段までロッカーかなにかに仕舞っておいてもらえないかな？」

「おやすい御用だ、デューク先生」マディソンが言う。フェリックスが持ちこむ物はなにからなにまで用途（とされるもの）を説明しないとならない。秘密の裏用途については、口を閉ざしておく。いたとえば、あの黒い衣裳一式――スウェットシャツ、パンツ、スキーマスク、手袋――の場合。いうなれば、操り人形だよ。日本のメソッドなんだ。ブラックライトを使ってね。と、やり方まで説明した。文楽みたいな感じで。

「まじかよ」マディソンは驚いて言った。デューク先生、演劇用のしゃれた素材をたくさん知っているんだな。

　不意にディランが言う。ふたりはそう思っているだろう。「その袋の中身はなんです？　なんか捕まえたんですか、デューク先生？」

「いや、わたしの衣裳だよ」フェリックスは言う。「魔術師のマントと、魔法の小道具だ」

「ハリー・ポッターみたいなやつかあ。クール」ディランが言う。

　杖は持ちこみ禁止と言われるかと思ったが、言われない。フェリックスの運はまだつづいているらしい。

全員がすでにメインルームに集まり、指示を待っていた。アン＝マリーが大きな紫色のタペストリーの編み物バッグに入れてきたのは、新しいウールの衣裳を着た三体の女神だ。「どう、これ、いけそう？」と、フェリックスに訊いてくる。

「みんなの判定をあおごう」フェリックスは劇団員たちに呼びかける。まず、アイリスを掲げる。そのレインボーカラーのドレスは、毛糸を長くなわ編みにしたもので、上から下までビーズが縫いこまれていた。顔はオレンジにペイントされ、脱脂綿で作った雲のような被りものを着けている。

「おっ、めんちょ！　レインボー・ネーション〔アパルトヘイト撤廃後の民主主義の南アを表す〕じゃんか」レッグズが言うと、みんな笑いだす。

「いまのは〝いいね〟の意味とみなす」フェリックスは言う。

つぎはシアリーズ。ブドウの葉っぱを組み合わせたドレスに、あちこちにコブのくっついた被りもの——たぶん、毛糸で編んだリンゴとナシのつもりだろう。顔はグリーンにペイントされ、ひたいにミツバチのシールが貼られている。

「こういうストリッパー、前に見たことあるぜ」またレッグズが言う。さらなる笑い声と、「脱がしちまえ！」という低い声。

「さて、最後はジュノー、結婚の守護女神だ」フェリックスは言う。ジュノーの出で立ちは、ニットの看護師服に、ニットの小さな採血瓶。顔はしかめ面を描かれており、口には小さな牙を追加されていた。首元には、ドクロのネックレス。

役者たちはジュノーにはあまり好意的ではない。「赤死するやばさ。うちのかみさんにそっくりだ」と、シヴが言う。同意のつぶやきが広がる。

「てなし級に不細工」レッグズが言う。

「最初からやり直しだな」スネークアイがたたみかける。

「ごたごた言うな、オタンチンが」アン＝マリーが言い返す。「だったら、自分らでクソ女神を作りゃいいだろう。あと、もうクッキー無し！」

くすくす笑いが起きる。「悪態、悪態！　減点食らえ！」レッグズが言う。

「べつにわたしは点数貯めてないからね。クソ食らえ」アン＝マリーが言うと、みんな笑う。

「どんな赤死クッキー？」と、Ｐポッドが言う。「それはしゃぶってもＯＫなやつ？」

「わかったから、静粛に！」フェリックスは言う。「人形遣いのキャストは稽古場に行って練習。キャリバンと鬼婆っ子たち、今日、もっといいアングルで撮れるかもしれないから、きみたちのナンバーをリテイクする。まずは、第一幕第二場、わたしとエアリエルの場面からだ。いますぐ撮影に入る」

エアリエルの衣裳を着けた８ハンズ。顔もすでに青くメイクされている。レインコートをぴんと伸ばし、ウロコ状の飾りのついた水泳帽を被りなおし、ゴーグルをさげ、青いゴム手袋をはめる。８ハンズは頭の科白「ご機嫌よろしゅう、やんごとなきご主人さま」から一度通して撮ってみる。８ハンズは科白の覚えは完璧だが、固くなっている。

「わるい、もういっぺんいい？」８ハンズは言う。「なんだか気味わるいハウリングみたいなのが聞こえてんの。おれと同時に科白言ってるやつがいるみたいな。ちょっと邪魔つうか。録音マイクのせいだと思うけどね」

フェリックスは心臓が飛びだしそうになる。きっとミランダがプロンプターの真似をしているのだ。「男の声、それとも女の声？」

「どっちとも言えない。たんに自分の声かも。あとでマイクチェックしとく」

「かもしれんな。テンションが上がると、自分の声が聞こえるという役者はいるから」フェリックスは言う。「リラックスして、深呼吸。じゃ、つぎのテイク」

フェリックスはミランダに〝脇科白〟で言う。「そんなに大声出すな。あと、科白がとんだときだけ教えてやればいい」

「え、なに？」８ハンズが訊く。「もうちょい抑えたほうがいい？」

「いやいや、すまない。独り言だよ」フェリックスは言う。

31 ✦ 恵み深き運命の女神は、いまや私の恋人のごとく

〔第一幕第二場、プロスペローの科白より〕

二〇一三年三月七日（木）

時計は容赦なく進んでいく。運星たちの集結が近い。

パームツリーやサボテンも準備済みだ。子ども用の安全バサミを使って、紙から切り抜いた。プ

ラスチックの手漕ぎボートとヨットはボロボロの感じに仕上げて、ずぶ濡れにし、シャワーカーテンの海を渡っている。劇中の歌は、歌っては、ボツにし、リライトしては、また歌ってみる。これの繰り返し。各々の歌声について、役者たちの間で罵倒が飛び交う。

見せ場のチャントもちゃんとこなし、足は踏み鳴らされ、ダンサーは軽い怪我を負う（長いこと使っていなかった筋肉を使ったため）。自信喪失あり、恨み節あり、しかし傷ついた心は癒される。フェリックスも初めは、こんな絶望的な仕事を請け負った自分の狂気を呪うが、やがて、自らの慧《けい》眼《がん》を讃えるようになる。闘志が萎えては、飛翔し、また萎える。

要は、通常の生活ということ。

『テンペスト』の劇はすでにほぼ全編、撮り終えている。だが、撮り残しがあと数場面、さらに編集作業あり、各種効果を加える箇所あり、声が鮮明でないシーンはリテイクか、吹替の必要も出てくるだろう。三女神はビデオに撮ると驚くほど見栄えがしたし、黒ずくめの人形師たちが新たな地平を切り拓いていた。つまり、この女神たちは幻であり、だれか別な人物のシナリオを演じているのだ、という解釈。Ｐポッドが女神たちが出てくるときのＢＧＭを作曲してくれた。不気味な口笛のような音にチャイムとフルートの音が織り交ぜられている。混乱のうちに三人が姿を消す瞬間には、８ハンズが映像の多重合成を導入してくれた。像がいくつもダブって見え、動きがスローダウンしていくので、女神たちが空に融けていくように見えるのだ。まったくもってけっこうな効果で、フェリックスは８ハンズを褒めたたえた。

ゼロアワーまで一週間を切っている。いつもだったら、フェリックスはいまごろ余裕をかましているだろう。最後の磨きをかける時間はたっぷりある、と。ところが、今回はまだまだやることがあるのだ。

フェリックスはふたたびトロント行きの列車に乗る。酔っ払い執事ステファノーと、道化ものトリンキュローの衣裳を手に入れるためだ。前者には、くたびれたディナージャケット、後者には赤いモモヒキと山高帽、双方に白塗り用のドーラン。トリンキュローの赤い肌着とモモヒキは安売りストア〈ウィナーズ〉のメンズ下着売り場で、ステファノーのディナージャケットは〈オックスファム〔貧困断絶を目指す国際協力団体〕〉の中古衣類店で調達する。鬼婆っ子役たちに、ゴジラの被りものもいくつか追加で購入した。

買い物が完了すると、フェリックスはユニオン駅の目立たない一隅で、おだやかな物腰の、メガネをかけた四十がらみの、韓国人とおぼしき人物と接触した。これはリスキーな行為だ――この男が尾行されていたらどうする？――が、通勤客らの人混みに紛れていたはずだ。渡りをつけてくれたのは、ありがたい8ハンズ。フェリックスとは兄弟みたいな信頼関係だから安心しろと、事前に伝えておいてくれたのだ（8ハンズのメッセージを録音してフェリックスが不正に持ち出したメモリスティックを介して）。

金銭の授受がおこなわれ、フェリックスはジェルカプセルの錠剤をひと箱、パウダーひと箱、皮下注射器一本と、いたく厳密な指示を受けた。

「やりすぎないこと」接触相手は言った。「あんただって、だれかを死なせたり、頭パーにさせたりしたくないだろう。このジェルカプセルはミスタ・サンドマン〔同題のポップスより、睡眠薬の意〕だ。割って、中身をカップに空ける。ジンジャーエールだと溶けが速い。飲んでる最中にさっそく効果が表れる。だが、長続きはしない。十分ぐらいだな。それで間に合うか？」

「やってみないことには」フェリックスは答えた。

「もう一つのは、マジック・ピクシー・ダスト。ティースプーン一杯の水にこいつをティースプーンきっちり四分の一だ。ブドウに入れすぎるな」

「気をつけるよ」フェリックスは言った。「入れすぎたら、具体的にどうなる？」

「あんたが言ったみたいに、やってみないことには。トリップするのは間違いない」男は言った。

「でも、害はないんだろう？」フェリックスは訊く。「後々まで残るような害は？」だんだん不安になってきた。これを持ち歩いているところを捕まったらどうなる？　実のところ、なんなんだ、これは？　おれは無鉄砲なことをしているんじゃ……？　そうとも、この計画じたいが無鉄砲なんだ。

「なにかあっても、この場のことはなかったことに」男は小さいながら力強い声で念を押した。

　今日は自宅で作業をしている。朝食にゆで卵を食べると、すぐパソコンの電源を入れた。毎日、トニーとサルのやんごとなきご巡行を追跡している。ふたりはつぎつぎと資金集めのディナーを食べ歩き、便宜を約束し、献金を懐に入れ、扇動者や反乱分子に後で処罰を下すよう目をつけてまわっていた。壁には地図が貼られており、そこに赤い虫ピンを刺してふたりの行動経路をチャート化している。敵がだんだん近づいてきているのを見ると、まるで自分の舞台の渦にふたりが巻きこまれていくようで、しめしめという気になる。

しかし日々のGoogle活動の前に、メールチェック。いまも二つのメールアドレスを使い分けている。一つは、フェリックス・フィリップス名義、税金その他の用途のため。もう一つは、ミスタ・デューク名義。フレッチャー矯正所に緊急用として届けてあるのも後者で——これまで緊急連絡などなかったが——、エステルには本名を知られているが、彼女にもこちらのアドレスを教えてある。

エステルからは絶え間なく情報が入ってきた。あなたは本当に希望の星だ、幸運を呼ぶレディ・ラック〔シェイクスピア作品に出てくる言い回し〕だ、などとフェリックスはもちあげる。彼女はそういうお世辞が大好きだから。フェリックスとこの演劇プログラムから真に求められていると感じたいのだ。この演劇活動の陰の立役者となることで、大いに悦に入りたいのだ。

今日はこんなメッセージを送ってきていた。**大至急、面談の必要あり。突如、問題発生。ランチは？**

喜んで、とフェリックスはメールを打ち返す。

ふたりはいつもの店、ウィルモットの〈ゼニス〉で落ちあう。エステルはいつにも増して着飾ってくれている。しかし、なぜそれがおれのためだと思うんだ？　毎日こうして着飾っているのかもしれない。髪の毛は染めなおしたばかり、爪もマニキュアを塗りたてのようだ。耳には、ショッキングピンクでラインストーンを鏤《ちりば》めた、ミニチュアのミラーボールみたいな地球形のイヤリングをつけている。スーツも同様にピンクで、競走馬とトランプの柄がついたエルメスのスカーフを巻き、豊穣《コルヌコピア》の角を象ったピンで留めている。マスカラはちょっとつけすぎなんじゃないか。フェリックスが椅子を引いてやると、エステルは腰をおろす。

「さて、マティーニから？」フェリックスは訊く。彼女との会食はマティーニで始めるのが習いになっていた。暗黙の誘いを感じとってエステルは喜ぶ。

「まあ、誘惑しちゃだめよ、いけない人ね！」と、いたずらっぽく返してくる。

「誘惑したくて仕方ないんだ」と、フェリックスは危ない返しをしてみる。じゃ、彼女のお咎めに応えて、もう一つ。「それに、あなたも誘惑されるのが好きだろう。ところで、急ぎのニュースとは？」

エステルはさも謀りごとをするように身を乗りだしてくる。香水はフローラルな香りがいっぱい、フルーツの香りが濃厚。右手をフェリックスの手首にのせてきて言う。「動揺しないでほしいんだけど」

「なんだ、わるいニュースか？」

「内部のつてから摑んだ情報なんだけど、あのプライス民族遺産相とオナリー法務相がフレッチャー矯正所のリテラシープログラムへの援助を打ち切ろうとしているらしいの」エステルは言う。

「その件でふたりはすでに合意したと。このプログラムはぜいたくであり、納税者の財布から金を奪い、リベラル派のエリートにおもねり、犯罪行為に報いるものである、という公式見解を示すつもりだとか」

「なるほど」フェリックスは言う。「無慈悲なやつらだ。しかし、フレッチャーに来ることは来るんだろう、今年の公演を観に？　前に確約したとおり」

「それはもちろん」エステルは言う。「そうすれば、実際に劇の上映も観たうえで判断した、と言えるものね。可能性を充分に勘案したうえで、やはりつづける価値がない、と……それにね、大臣がふたりも視察すれば、刑事司法にうけがいいでしょ。矯正所職員のみなさんにも注意を向けていますよってアピールになるし。だから、あの……撮影会はやりたいって」

「たいへんけっこう」フェリックスは言う。「ふたりが来るなら問題ない」

「がっかりしてないの？　プログラムが打ち切りになること」

それを聞いて気落ちするどころか、昂揚していた。その一撃があってこそ、団員たちは一致団結するだろう。見てろよ、自分たちの劇団がつぶされると聞いたゴブリンたちがどう出るか！　闘志満々だろう。

「わたしだって火を噴くぐらい頭にきてるわよ」エステルが言う。「これだけ一生懸命やってきたのに！」

「救いの道はなきにしもあらず」フェリックスは言葉を選びながら言う。「かもしれないぞ。ただし、あなたの手助けが必要だ」

「あなたに頼まれたら断れないって承知のくせに」エステルは言う。「わたしにできることなら、やりますよ」

「そのご一行には、どこのだれが随行するんだろう？　大臣ふたりのほかに。知っているかい？」

「よくぞ、訊いてくれました」エステルは銀ラメの洒落たデザインのバッグに手を入れる。「奇遇にも、ここにリストを持ってるわ。これはわたしの手に渡るはずのものじゃないんだけど、ちょっと計らってもらって。他言無用よ！」と、マスカラつけすぎの睫毛のわりには、だいぶがんばってお茶目なウィンクをする。

フェリックスとしては、どんなことを「計らって」もらったのかなどと尋ねる気はない。エステルが自分に個人的好意の光線を浴びせつづけているうちは、それで充分だ。渡された氏名リストを食い入るように見る。サル・オナリー、チェック。トニー・プライス、チェック。それから、なんとなんと、懐かしのロニー・ゴードン。いまもマカシュウェグ・フェスティバルの理事会議長の肩書がついているが、どうやら、コンサルティング業務にも手を広げ、地元の政党資金調達の先頭にも立っているらしい。「おや、ここに復員軍人省のセバート・スタンリーが入りこんでいるな」フェリックスは言う。「どうして、わざわざお出ましになるんだ？」

「噂によるとね――噂以上に確実らしいけど――スタンリーは党首の座を狙っているのよ。この六月の党大会で総裁選挙があるでしょ。この人、信頼のおける名門の出だし、財力はあるし」

「サルだって打って出るだろう」フェリックスは言う。「あれも野心家だからな。学生時代の彼を知っているが、当時からいけすかないやつだった。ということは、ふたりはライバル関係か？」

「そういうことね。セバートの内輪のあだ名は〝ふにゃちん〟よ。裏の策士たちが言うには、セバートはとてもそんなタマじゃないって。失礼」エステルは自分で自分のいけない言葉遣いにくすくす笑う。「一方、サル・オナリーは敵をごまんとつくってきた。なんでも、もう使い道がないと思った相手は平気で切るんですって」

「そのようだね」フェリックスは言う。

「けど、彼につぶされた数々の人たちは党内に友人がいるわけ。ご友人がたは、彼のそういう振舞いは気に食わないでしょうね。というわけで、両候補とも難点がある。わたしが思うに、僅差の勝負ね」

「で、いんちきトニー野郎は？」フェリックスは訊く。「あのフィクサーはどっちのバックについてるんだ？　もちろん、自分の私利私欲で風向きをうかがっているんだろうな。候補者の趨勢《すうせい》を見極めて有力なほうに力を傾注し、ご褒美を刈り入れる」

「どう転ぶかわからない」エステルは言う。「トニーはどちらの靴底もすっかり舐めているようだけど。わたしの情報筋によると」

「ずいぶん湿った舌をもってるんだな」フェリックスは言って、指をページの下へと走らせる。

「このフレデリック・オナリーというのはだれだ？　大臣の親戚か？」

「サルの息子よ」エステルは答える。「これが、期待はずれの息子で。国立演劇学校の大学院生なんだけど、目下、フェスティバル劇場でインターンをやってる。サルは息子が採用されるよう、ロニーに裏で糸を引かせたのよ。いまのロニーには、ノーとは言えないわよね。この息子は演劇界入りを希望していてね、父親のアンチ芸術ぶりを考えたら、とんだお笑い種《ぐさ》だって、民族遺産省の情報筋は言ってる。それがサルの……彼の癇に障っているんでしょう」

「まともにできると思っているのか?」フェリックスは言う。「この倅に演技が?」噴飯ものだな！　お坊ちゃん育ちの洟垂れ小僧が、パパのコネで演劇界に食いこもうだと！　星と青の妖精《ブルー・フェアリー》〔『ピノキオ』より〕に願いをかければ、本物の役者になれるとでも思っているのか。せいぜい大根役者が関の山だろう。

「役者じゃなくて」エステルは言う。「演出家志望なのよ、その坊やは。今回の視察への随行も自分から強く希望したとか。ところで、彼はあなたが施設でこれまで手がけた劇のビデオも見ていて――外部に出回るべきものではないんだけど、わたしがオフレコで見せたのよ――彼いわく、この役者たちは〝真の天才〟だって。このプログラムはラディカルに革新的で、先鋭的で、大衆のための演劇の輝ける見本だと言ってる」

その小僧へのフェリックスの評価が急にあがった。「けど、彼はわたしがわたしだと知らないんだろう？　わたしが、つまり、その、フェリックス・フィリップスだと」本当なら、〝あのフェリックス・フィリップス〟だと言いたいところだが、もはや〝あの〟と冠される存在ではないだろう。

エステルはにっこりする。「わたしは口に封をしてきましたからね。この数年間。あなたの秘密は守っているし、ちょっとしたカモフラージュも加えておいたわ。われらが栄えある視察団に関するかぎり、あなたは鳴かず飛ばずで落ちぶれたデューク先生という年配講師よ。そういうストーリーをばら撒いているし、みんなそれをすっかり信じてる。だって、鳴かず飛ばずで落ちぶれた講師でもなけりゃ、フレッチャーみたいな将来性もないところで劇団なんてやるわけないでしょ？　わたしはマティーニをもう一杯いくけど、いかが？」

「いいとも！　イカのフライも頼もう」と、フェリックス。「豪気にいこう！」マティーニは何杯目だっけ？　気分は最高だ。サルの倅もご登場となれば、じつに満足のいく幕切れになるだろう。少なくとも、それがフェリックスの切なる願いだ。「逸材のなかの逸材だな、あなたは」と、エステルに言う。いつのまにかふたりは手をとりあっていた。酔いのせいだろうか？「これ以上のベスト・レディ・ラックにはめぐり逢えないだろう」

「これからも離れないつもりよ」エステルは言う。「出会ってしまったのよね。わたしなりの言い方をすれば。マカシュウェグでやったミュージカルの『ガイズ&ドールズ』はすごく良かったわねえ。あら、もう十五年ぐらい前かな、覚えてる？」

「それは、わたしが着任する前だ」と、フェリックスは言う。「けど、その演目には一度出たことがあるよ。若いころだが」

「いまでも若いわよ」エステルは息をはずませる。「ハートが若いもの」

「きみのほうが若いじゃないか」フェリックスは言う。「春よりも若く〔ミュージカル『南太平洋』の劇中歌の題名〕、だ」こりゃ、間違いなく酔っ払ってるな。「レディ・ラックはすてきなご婦人になれるだろう」ふたりはグラスをカチンと合わせる。

「とてもすてきなご婦人にもなれるわよ」エステルは言う。「あなたがお気に入りでいてくれるかぎり」と言って、マティーニをひと口飲む。ひと口というより、がぶ飲み。「なにを企んでいるのか知らないけど、例のワルい顔になってる。劇団に関することなら、どこまでも力になるつもりよ」

32 ✦ フェリックス、ゴブリンたちに演説す

二〇一三年三月一三日（水）

その日がやってきた。崖っぷちに立たされている。まもなく雷が轟くだろう。だが、まずは戦いの前のスピーチだ。

フェリックスは更衣室で、ぬいぐるみの獣をつけたマントを羽織りなおす。往時、思い描いていたものは実現できなくても、金色のスプレーを軽く吹きかけただけで、ずいぶん甦った。キツネ頭の杖を左手でついてみるが、右手に持ち替える。鏡を覗いてみる。そうわるくないぞ。好意的な目で見れば、「いかめしい」と形容できなくもないだろう。ヒゲをなでつけ、髪をくしゃくしゃに乱し、衣裳の襟元を正し、歯をチェックする。入れ歯もしっかりはまっている。「ティップ・オブ・ザ・タン」と、鏡の中の自分にむかって言う。

そののち廊下を歩みだし、楽屋をちらりと覗いて、ブドウが置かれているのを確認。早朝から出かけるまでかけて、一粒一粒に皮下注射器で薬を慎重に注入しておいた。ブドウは見とがめられることもなくセキュリティを通過していた。だって、金属が入っているわけではないのだから。プラスチックの鎮痛剤の瓶につめた謎のピクシー・ダスト錠やジェルカプセル同様におとがめなしだった。フェリックスは大事なものを入れたポケットに手を入れて確認する。すべて計画どおりだ。

メインルームはキャストが集合してごった返している。アン＝マリーはミランダの衣裳を着ている。シンプルなオフショルダーの白いドレスに、裸足、髪の毛には紙で作ったヒナギクとバラの飾り。Ｐポッド、シヴ、ティミＥｚ、レッグズ、レッドコヨーテはそろって水夫の衣裳に、黒いスキーマスクをまくりあげてキャップのように被っている。そのほかの部分は、部屋にいるみんなと同じく黒ずくめだ。

８ハンズが折り畳み式の衝立の後ろにいて、そこにはパソコンのディスプレイと、コントロールパネル、センターマイク、ヘッドホン二セット（一セットは８ハンズ用、もう一セットはフェリックス用）が隠れている。

緊張感が漂っている。フェリックスには過去、何十回と経験してきた公演初日の夜のあれだ。ダンサーでいえば、出だしのワンステップをもう用意している感じ。飛び込みの選手なら、もうスプリングボードで、膝を折って両腕をあげている恰好。サッカー選手なら、ホイッスルが鳴る直前の構え。要は、スタートのピストルが鳴る直前の競走馬みたいなものだ。フェリックスはみんなを励ますように微笑みかける。

「いよいよその日が来たな。満を持して」ここで控えめな拍手が起きた。「いま一度、言っておくが、今日来るやつらは、われらがフレッチャー矯正所劇団を叩きつぶそうという政治屋たちだ」低い声でブーイング。

「恥知らずめ」ベント・ペンシルが言う。

「まったくだ」フェリックスは言う。「やつらはこれを時間の無駄だと思っているんだ。きみたちそのものが時間の浪費であると。やつらはきみたちの教育のことなんかどうでもいいんだ。むしろ無知のままでいさせたい。想像の世界にも興味はないし、芸術による更生の力なんか理解できやしない。最悪なのは、やつらがシェイクスピア自体を時間の浪費と考えていることだ。シェイクスピアに学ぶことはなにもないと考えていやがる」

「ダブル恥知らずめ」フィル・ザ・ピルが言う。先週いっぱい、フェリックスがみんなに何度も念を押してきた秘密の指示のせいで緊張している。フィルはずっと異議を唱えていたが――「おれたちがやろうとしてることって、法律に反するんじゃないか？」と――クラスの大半は賛成だったので、彼も同調するようになった。とはいえ、フィルはゴブリンのリーダーには据えてはいない。途中で度胸がくじけ、魔法が解けてしまう心配があったからだ。

「だが、みんなで一致団結すれば、プログラムの打ち切りを撤回させられる」フェリックスは言う。「われわれには曲がったことを正す力がある！　今日われわれが行うのは――やつらが考えなおすとびきりの理由を示してやることだ。演劇とは強力な教育ツールであることを見せてやろう！　どうだ？」

同意のつぶやきと頷きが広がる。「おう、もちろんよ」レッグズが言って、「野郎ども、油虫にたかられろ！　水膨れだらけになりやがれ！」と、毒づく。

Pポッドが言う。「やつらも、めんちょ考えなおすさ。おれたちがやり切ったら」

「やったろうじゃないか」レッドコヨーテが言う。「月のうすらトンカチどもめ、思い知れ」

「ありがとう」フェリックスは言う。「よし、じゃ、準備はいいな。まず、水夫たちがやつらをここへエスコートしてくる。やつらが入ってきて座ったら、飲み物をお出しする。青のカップと緑のカップがある。色を間違えるなよ！　緑のカップはオナリーの親父とロニー・ゴードン用だ。青のカップはトニー・プライスとセバート・スタンリー用。ポップコーンは全員に出す。忘れるなよ！」

「宮殿《パレス》のついた聖杯《カリス》は、毒のとっくり〔コメディ映画『宮廷道化師』（邦題『ダニー・ケイの黒いキツネ』）のやりとりから〕」と、ベント・ペンシルが言うが、だれもなんの洒落だかわからない。

「透明なカップはわれわれと、オナリーの息子フレディー用だ。みんな、黒い手袋は持ってるな？」フェリックスは言う。「よしよし。イヤホンは？　それは目につかないところにしまっておけ。スクリーンが暗くなったらすぐイヤホンを着け、スキーマスクを被り、手袋をはめろ。これで、姿は見えなくなる。床につけた印をよく見てくれ。８ハンズがブラックライトを点けたら見えるようになるから。ティミＥｚ、ポケベルの取り外しはきみが頼りだぞ」

「怖がることはねぇぜ。この島はおまわりだらけだ〔第三幕第二場、キャリバンの科白のもじり〕」ティミＥｚが言う。

「いいか、きっちり打ち合わせたとおりに」フェリックスは言う。「わたしは衝立の裏で、８ハンズと一緒にいる。われわれの合図を聞き逃すな。みんなの声は聞こえるようになっているから、だれか困った事態になったら、応援を送りこむ。トラブル発生の暗号は、〝イロコい化け物〟だ。いいな？」

一同、うなずく。「怪我人が出ないといいが」ベント・ペンシルが言う。彼は最初からこの点にこだわっていた。〝ひったくり〟みたいなやり方は自分の流儀じゃない、と。

「髪の毛一本たりとも傷つかないさ〔第一幕第二場、プロスペローの科白のもじり〕」フェリックスは言う。「むこうがけんかでも仕掛けてこないかぎり。やつら、そんなことはしないだろう。とはいえ、いざとなったら、Ｐポッドとレッグズとレッドコヨーテがやつらを制圧する態勢でいる。三人は殴りかかるんじゃなくて、あくまで押さえこめ。いくらむかっ腹が立っても、過剰な暴力はだめだ。約束してくれるな？」

「オッケー」と、Ｐポッド。

「まかせろ」と、レッドコヨーテ。

「つぎに、部屋の割振りだが」フェリックスは説明をつづける。「三十分後、更衣室は更衣室ではなくなる。プロスペローの住む岩屋になるんだ。五〇年代の展示房は、岩屋の前で丸太運びをするファーディナンドの試練の場になる。よって、オナリー・ジュニアはここに入れられる。旧式便所がついているほうの房だ。坊やのお世話はアン＝マリーがしてくれる。とても慣れているからね」

「倫理的に見て、ほんとやばくない？」アン＝マリーが言う。「いろいろ仕返ししてやりたいのはわかるけど、オナリー・ジュニアは先生になんにもしてないじゃない」

「それはもう話しあったろう」フェリックスが言う。「あの息子は傷つけない。忘れるなよ、彼の父親は十二年前、きみのキャリアを封じた張本人の一人なんだぞ。パームツリーはもう所定の位置に据えてある。大丈夫だな？」

「大丈夫だって」ワンダーボーイが言う。「あと、マーメイドもね」なんだか機嫌がわるそうだ。

アン＝マリーがほかの男と監房に閉じこめられるので、もやもやしているんだろう。

「もう一つの展示房、九〇年代のほうは、アロンゾーとゴンザーローの昼寝の場とする――失礼、オナリーとロニー・ゴードンって意味だ」フェリックスは言う。「サボテンがあるほうの房だ。入れる房と人を間違えるなよ。やつらが上映会場に入ったら、われわれが映写のスタートボタンを押す直前に、シヴが外の廊下に出て、各房のドアに表示を貼っておく。パームツリーとか、サボテンとか」

「オッケー」Ｐポッドが言う。

「けっこう。タイミングがすべてだ。ゴブリンズ、きみたちが頼りだ。この芝居はゴブリンズなしにはなにも成立しない」

「こんぐらい、やっちまえるでしょ？」ティミＥｚが言う。「セキュリティはどうなってるんですかね？」

「心配ない。警備はいっさい気づかないだろう」フェリックスは言う。「ポイントは、お偉方たちを無事この棟にエスコートなしで連れてこられるか、だ。その点は、顔がきくわたしの友人が手をまわしてくれた。ビデオを再生する間、われわれはここでお大臣たちとインタラクティヴな芝居を繰り広げる。一方、所内のほかの人々は例年どおり当劇団の上演ビデオを観ることになる。もし悲鳴が聞こえても——聞こえないはずだが——芝居の一部だと思うだろう」

「クッソ天才かよ」レッグズが言う。禁句の罵倒語を使っても咎める者はいない。

「これも、エアリエルの、８ハンズの協力なしには成し得なかった」フェリックスは言う。「彼は——じつにめざましい働きをしてくれた。彼だけじゃない、ここにいる全員がだ」そう言って、腕時計を見る。「よし、行くぞ。じきに幕が開く。メルドだ、諸君」

「メルド、メルド、メルド」と役者たちは言いあう。「メルド、兄弟《ブロ》、メルド、デュード」と言って拳をぶつけあう。
「『テンペスト』第一幕第一場」フェリックスは言う。「頭から」

〔第一幕第二場、プロスペローの科白より〕

33 ✦ 時は来れり

同日

視察団は〈フレッチャー矯正所〉の名がはっきり見える正面玄関の外で、ポーズをとっている。国政のリーダー候補がふたり、胸を張り、にっこり歯を見せながら、写真内でいちばん見栄えのするポジションをめぐって小競り合いをする。他の者たちはふたりを取り囲む。

法務大臣 サル・オナリー氏、民族遺産大臣 アントニー・プライス氏、復員軍人大臣 セバート・スタンリー氏、ゴードン・ストラテジー社長兼マカシュウェグ・フェスティバル理事会議長 ロニー・ゴードン氏、随行員としてオナリー大臣子息 フレデリック・オナリー氏。

サルは年ごとに腹が出てきている。トニーは特注の洒落めかしたスーツに身を包み、いまも髪の毛がふさふさだ。セバート・スタンリーはいつ見てもアザラシのようだったが──頭は小さく、あるかなきかの耳、小さい目、瓢箪《ひょうたん》形のボディ──いまもまったく変わらない。フレディー・オナリー坊やはハンサムと言っていい──黒髪に真っ白な歯を見せてスマイル──が、なぜかそっぽを向いている。まるで、一緒にいる一団が気に入らないかのよう。その一人は実の父親だが。

その中央グループを挟んで、政府内の取り巻きや使いっ走りの群れ、フレッチャーの上役たちがつめかける。大臣の視察なんてめったにないから——じつのところ初めて——上役たちも失禁ものだろう。

エステルも後列に、半分隠れるようにして立っている。こういう場では、あまり目立ちたくないんだけど、と言いつつ、邪魔ものは片づけておくとは約束してくれていた。まんいち、所長のグループがなにか気にしだしたら、安心させ、注意をそらす。手下の見張り番とも連動し、二種類のビデオが同時に流れるようにする。「わたしのことは潤滑油だと思ってね。ものごとが滑らかに運ぶよう計らうから、安心して」エステルはそう言ってくれた。

「どうお礼をしたらいいものか」フェリックスは恐縮した。

「その話はのちほど」エステルはにっこりした。

正面玄関のドアがひらく。視察団が入ってくる。ドアが閉まる。

上映会場では、フェリックスが衝立の後ろにスタンバっている。「Ｐポッドのマイクにつないでくれ」と言って、ヘッドホンを着ける。

ざわざわと話す声がする。大臣たちの一行がセキュリティゲートを一人ずつ通っているのだ。例外なく、みなさんにそうしていただいてます。と、ディランとマディソンが丁重に説明する。それはけっこう、とサル・オナリーの声がする。きみたちが任務をまっとうしているのを知って安心したよ、ハハハ。

やたら陽気なふるまい。エステルから聞いたが、やつらはここに来る前に、地元後援会の接待嬢を呼んだパーティに出席しているのだ。たっぷりもてなされ、いくらか酒も飲んでいるだろう。予定をつぎつぎこなす途中で、社会不適合の底辺生物を入れた檻にちょっと立ち寄っただけで、これから雪になりそうだし、早く済むに越したことはない。へたをすると、ブリザードになりそうだ。些事に与《あずか》る下っ端たちはすでに、腕時計とにらめっこでそわそわしているだろう。

サルはほろ酔い加減だ。とりあえず上面ばかり、この演劇だかなんだかを鑑賞することにしよう。なんといっても、息子のフレディーが観るとがんばっているし、父にしてみれば、大いに自慢の息子には違いない。本当はいかれた役者なんかより弁護士にでもなってほしいが、まあ、ここは調子を合わせておき、オタワにもどり次第、この過剰サービス、「リテラシーなんとか」なるものの打ち切りを発表するつもりだ。刑務所とは監禁と処罰のためにあるもので、根っから教育しようのないやつらを教育しようというインチキな試みなど無用だ。あの名言はなんだった？「生まれか育ちか」とかなんとかいうやつ。劇中の科白だったかな？ あとでトニーに訊いてみよう〔起源は中世にまで遡り、十九世紀のイギリスの博識家フランシス・ゴルトンが広めたとの説もある〕。演劇畑の出なんだから。サルは心に留めておく。

いや、フレディーに訊くほうがいいか。あの子も父からこう通告されたら、がっかりするだろう。「もう散々遊んできたんだから、ロースクールに進むか、さもなければ月々の小遣いは無しだ」。厳しく感じるかもしれないが、サルは最良のものだけを求めているし、あの子は芸術の世界では芽が出ないだろう。行き止まりだ。しかもサルはたまたま知っているが、トニーが仕切っている以上、ますます見込み薄なのは目に見えている。

「中には携帯電話は持ちこめません」ディランがサルに言う。「申し訳ありませんが、こちらでお預かりします」

「まあ、それはそうだろうが」と、サルはごねだし、「わたしは法務大……」と言いかけるが、フレディーの視線を感じて口をつぐむ。この子は父親が地位を笠に着るのを好まない。とはいえ、笠に着られないのならなんのための地位だろう？　とは思ったが、おとなしく携帯を警備員にわたす。

そのときトニーはべつのことを考えている。自分はいま党首の有力候補ふたりと一緒にいる、と。サルとセバート、どちらもトニーの後援を欲しがっている。サルはこれまで自分がトニーのキャリアに与えてきた助力を考えれば、当然あいつは自分のものだと思っているだろう。フェリックス・フィリップスの地位簒奪が第一歩だった。あれ以来、トニーはガス風船みたいに上へ上へと昇ってきた。演劇人生から、人生劇場へ。そう言ってもいいだろう。その際、梯子《はしご》となってくれたのはサルだ。だが、梯子も昇りきったら、あとはなんの役に立つ？　二度と下へ降りる気がないなら、蹴飛ばしてしまえ。自分にとっては、なんの恩義もない候補のバックにつく方がいいに決まってる。そうすれば、逆にむこうに貸しができるじゃないか。サルを振り落とし、セバートを形勢有利にもっていくには？　長期的に見てどう立ち回るべきか？

携帯電話をとりあげられると、サルはポケットも裏返して見せ、〝レザーマン〟のポケットナイフと爪やすりも引きわたす。「これで、赤子のごとくクリーンだ」と、警備員たちに言うと、満面の愛想笑いが返ってくる。警備員の一人がポケベルをベルトに装着してくる。使う機会があるわけじゃないですが、とディラン。例外なくみなさんに着けてもらってます。はい。

トニーは気さくにおどけながら両手をあげて、エックス線スキャナーを通過する。セバートはしかつめらしい顔で通り、通った後は、小さな頭の髪をなでつける。ロニーは、刑務所みたいな場所に、セキュリティチェックなんてものが必要だということが嘆かわしいといった悲しい顔をして通る。フレディーは目を見開き、ぎこちなく通る。こんなこと、いままで考えたこともない異世界のできごとみたいなのだろう。

視察団全員が通過すると、合図を受けたかのように、角のむこうから男たちの一団がやってくる。なんの扮装だ？——海賊か？

「ようこそ、紳士のみなさん」リーダー格の一人が言う。「ようこそ、すてきな〈テンペスト〉号へ。それがこれからお乗りいただく船の名前。わたくしは水夫長、この者たちは水夫でございます。さあ、海原を越え、絶海の孤島へおつれしましょう。多少おかしな音がしてもご心配なく。それも、劇の一部です。また、これはインタラクティヴ演劇ですので、実験的な要素がございます。その点、先にご注意申し上げます」男はへつらうように流し目をする。「さあ、こちらへ」

「案内してくれ」サルは言う。好感がもてると言ってもいい態度で。この男たちが受刑者であることはもちろん忘れていないが、所長と警備員たちがすぐ後ろに控えて、にこにこ笑っている。所長は「観劇後にまたお会いしましょう。どうぞお楽しみを。われわれも同じものを二階で鑑賞しています」と言っているし。

「楽しいひとときを」と言ってきたのは、エステルなんとかいう女だな。祖父が上院議員で、あちこちのパーティで見かける。なんとか委員会のメンバー。まるで、こっちが船にでも乗りこむみたいに、にこにこして手を振っている。要は、万事予定どおりということだ。サルは水夫長について廊下の左側を歩いていく。

その後ろをトニーとセバートがぴったりついていき、その後ろをロニーとフレディーがぴったりついていく。ロニーとフレディーのすぐ後ろには三人の水夫がつき、青くてきらきらした――なんだ、これは？――紙吹雪を撒いている。「水しぶきですよ」水夫長が言う。「だって、嵐でしょう？」

「ああ、なるほど」サルは言う。刑務所内でこんなおふざけをするとは、どういうつもりだ？　こいつら、いくらなんでも楽しみすぎだろう。

一行が進んでいく後ろでスライド式のドアが閉まり、カチリと錠のおりる音がする。そりゃ、そうだろう。サルは思う。当たり前じゃないか。警備体制の一環だ。むしろ安心できる。

遠くで、雷鳴が低く轟く。

「さあ、こちらですよ、紳士のみなさん」と、水夫長が言って、一行をメインの上映会場に誘導する。

「よくやった、Ｐポッド」フェリックスはマイクに向かって小声で言う。ここでまた腕時計をチェックする。

部屋の前方には、大型のディスプレイ用スクリーンがある。黒ずくめの水夫がさらに出てきて、客人をそれぞれの席に案内し、お辞儀と恭しい手ぶりで座るよう促す。四人の水夫が青と緑のプラスチックカップに注いだソフトドリンクと、〝わが家のおやつ〟みたいな小さな袋入りのポップコーンを配ってまわる。三人の大臣とロニーは前列に座っている。その後ろの一列は水夫たちの席だ。フェリックスはパソコン画面を見ながら、ティミＥｚが二列目の真ん中にいるのを確認する。真ん丸なムーンフェイス。頭からっぽな感じでにこにこしており、すばしこい指は袖に隠れているが、照明が消えたとたん、警備用のポケベルを持ちあげようとかまえている。

ほかの連中はどうしたんだ？　サルは不思議に思う。ああ、そうだった。所長と誰それと一緒に二階にいるんだ。あの見た目の良い女、エステルも。ちょっとケバいが、見るからに人脈に恵まれていそうだ。そのうち昼食にでも連れていかねば。デスクチェアにもたれかかると、直前の接待で飲んだ酒の酔いを感じる。

「一丁、劇を片づけよう」サルはトニーに言って、時間を確認する。「少なくとも、腕時計は取られなかったな」にやりとして、ポップコーンの袋に手を入れる。塩みたっぷり、好みの味だ。ジンジャーエールをもうひと口、ぐいっと飲む。緑色のプラスチックカップから。なんだか、喉が渇く。ジンジャーエールを出すとは気が利くな。アルコール抜きなのは残念だが。

フレディーは三列目、アン＝マリーの隣に座っている。「やあ」と、アン＝マリーに話しかける。「フレッド・オナリーだ。きみはもしかしてミランダ？　劇の役のことだけど」

「ええ。アン＝マリー・グリーンランドです」

「えっ、本当？」フレディーは驚く。「あのアン＝マリー？　〈キッド・ピボット〉で踊ってる、いや、踊っていたよね？」

「そのとおり」アン＝マリーは言う。

「すごいな！　あなたのダンスビデオ、もう百回は観たはずだ！　演出家として言わせてもらうと、もっと動きを入れて、クロスオーバーを――」

「あなた、演出家なの？」アン＝マリーは言う。「やるわね！」

「いや、演出家というか……」フレディーは言う。「まだ自分で演出した公演とかはないんだ。まだ修業中の身というか。でも、そろそろ行けるかも」

「じゃ、〝そろそろ〟に乾杯」アン＝マリーは言って、透明のプラスチックカップを掲げる。フレディーも自分のカップを上げ、アン＝マリーの大きく瞠られた青い瞳の奥をじっと覗きこむ。

「すてきなドレスだね。役にぴったりで……」と、こんどはむきだしになった肩を見つめている。

「ありがとう」アン＝マリーは袖をちょっと引きあげるが、肩が隠れてしまわないように微調整する。「自分で作ったんだ」

部屋の前方にある衝立の奥から、コツコツコツと鋭い音が三回する。フェリックスがキツネ杖で床を打つ音だ。８ハンズがプレイボタンの上で、人さし指をかまえている。パソコン画面の明かりに照らされ、その細面は小鬼っぽく見える。

フェリックスはパソコン画面に映った暗い客席にもどかしく目を走らせる。わが実の娘のミランダはどこだ？　いたいた。８ハンズの左肩の後ろあたりで幽《かす》かに光っている。

時は来れり。ミランダが囁きかけてくる。

34 ✦ テンペスト

客席の照明は落とされ、観客は静かに待っている。

大型のディスプレイ用スクリーン――黒い背景に黄色のくたびれたレタリングがあらわれる。

> **テンペスト**
> 原作――ウィリアム・シェイクスピア
> 出演――フレッチャー矯正所劇団

スクリーン――手刷りの字幕をカメラに掲げる語り手。紫のベルベットの短いマントをはおっている。もう片方の手には、鵞《が》ペン。

字幕　突然の嵐

語り手　これからご覧に入れますは、荒れ狂う海の嵐。

風は咆哮《ホーコー》、水夫は叫喚《キョーカン》。

乗客はマジやばくなってきたんで、水夫たちを罵倒《バトー》。

悲鳴があがって、もろ悪夢ってやつだ。

ところが、ここで見るものは見た目どおりとは限らない。

なんてね。

（にやりと笑う）

そいじゃ、芝居のはじまり、はじまり。


語り手、鷲ペンで合図をする。場面切り替え――〈トルネード・チャンネル〉から借りてきたスクリーンショット。漏斗雲に稲妻が光り、雷鳴がとどろく。大海原の資料映像《ストックショット》。雨のストックショット。唸りをあげる風の音。

カメラ、ズームイン。風呂用のおもちゃのヨットが波に翻弄されている。海は青いビニール製のシャワーカーテン、その上に魚が点々と置かれている。カーテンを下から裏方が揺らして波を起こす。

水夫長のクローズアップ。黒いニット帽をかぶっている。舞台袖から水をぶっかけられ、ずぶ濡れになる。

水夫長　おまえら、もっとてきぱき働け。でないと、難破だぞ！
がんばれ、がんばれ！
蹴っぱれ、蹴っぱれ！　抜かるな、抜かるな！
とにかくやれよ、
とりかかれよ、
帆をととのえ、
暴風とたたかえ、
鯨と泳ぎたくなけりゃ！

声（オフ）　一同、王とともに沈むのだ！
水夫長　あっちに行け！　遊んでる暇はねえ！
（水夫長、バケツ一杯の水を顔にかけられる）
声（オフ）　聴けと言ったら、聴け！
おれらは貴族さまだって忘れたのか？
水夫長　蹴っぱれ、蹴っぱれ。大海の知ったこっちゃねえ。

風は唸り、雨はたたきつけ、
なのに、ぽかんと眺めているだけってか！
声（オフ）　酔っ払いめ！
水夫長　痴《し》れ者め！
声（オフ）　破滅だ！
声（オフ）　沈没だ！

大気の精エアリエルのクロースアップ。青い水泳帽をかぶり、虹色のスキーゴーグルをかけ、彼の顔の下半分には青いメイキャップ。てんとう虫とミツバチと蝶々の柄のついた半透明のビニール製レインコートを着ている。左肩の後ろに妙な影がある。声をたてずに笑い、青いゴム手袋をはめた右手で上を指す。稲妻がひらめき、雷鳴がとどろく。

声（オフ）　お祈りをしよう！
水夫長　なんだって？
声（オフ）　みんな沈む！　沈んじまいますよう！
王さまにも二度とお会いできないんじゃ？
船端から飛びおり、岸まで泳げー！

エアリエルはうれしそうに顔をのけぞらせて笑っている。青いゴム手袋をはめた左右の手に、それぞれ高性能の懐中電灯を点滅モードにして持っている。
スクリーンが真っ暗になる。

観客1の声　どうしたんだ？
観客2の声　電源が落ちたのか？
観客3の声　ブリザードのせいだろう。どこかで送電が切れたとか。

完全な暗闇。部屋の外から、人々がざわつく物音。叫び声。発砲の音。

観客1の声　なにごとだ？
部屋の外からの声　囚人たちを拘禁しろ、拘禁！
観客2の声　ここの担当官はだれだ？

さらに三発の銃声。

部屋の中の声　動くな！　おとなしくしろ！　頭を伏せるんだ！　いまいる場所から動くな。

35 ✦ 尊い貴重な宝物

〔第一幕第二場、エアリエルの歌より〕

黒いウールの手がフレディーの両目を覆い、その頭部にすばやくフードを被せ、座席から体ごと抱きあげる。「なにすんだよ?」フレディーはわめく。「離せ!」

「どうぞ、船の外へ」と、声がする。「地獄は空いてるよ。悪魔は全員ここにいるみたいだからな!〔第一幕第二場、エアリエルが引用したファーディナンドの科白より〕」

「刑務所内の暴動だ!」トニーの声。「落ち着け。彼らを挑発するんじゃない。ポケベルのボタンを押すんだ。待て——」

「どのポケベルだ?」セバートの声。「ないぞ!」

「待て! 待てったら!」フレディーの叫び声。「離せ! おまえ、なんでぼくをつねるんだ? イテッ!」その声は部屋の後方に消えていく。

「フレディー!」サルの叫ぶ声。「おまえ、なにをする? それはわたしの息子だぞ! 殺してやる! 息子を返せ!」

「静かにしろ」暗闇で声がする。「わめくやつは疫病でくたばれ! 頭をデスクにつけ、両手を首の後ろで組め! 早くしろ!」

ドアが開閉する音。

「息子を人質に取ろうというのか！」サルが声高に言う。「フレディー！」

銃声。「ああ、息子が殺されたぁ！」サルは泣きわめく。

「おまえは一緒に来てもらう」と、声がする。「立て。さあ、おまえもだ」

あたふたと動く音。「目が見えない！」パニックを起こすサルの声。

「おまえたち、この償いはしてもらうぞ」トニーの平然とした冷たい声が響く。

唸る波と風の音が高まり最高潮に達する。

声はしだいに退いていく。そこへ、耳をつんざくような雷鳴。混乱した人々の叫び。

「船が裂けるぞ！」「神さま、お慈悲を！」「裂けるぞ、裂けるぞ、まっぷたつだ！」〔第一幕第一場〕

フレディーは背中にまわした両腕を乱暴につかまれて、暗闇のなかをよたよた歩いていく。左右をだれかに挟まれ、追いたてられる格好で。「なにかの間違いだろ」フレディーは言う。「話しあえないか？　うちの父さんは法務――」フードの上から、口を手でふさがれた。

「ああ、おまえの父ちゃんがだれかは知ってるよ。法務大臣な。めんちょ！　赤死病でくたばれ！　いまや、死んだも同然だろうけどさ」

「クッソ死んでますね」

「それな。終わってる、やられてる」

フレディーはしゃべろうとするが、口に布地を押しあてられていて声が出ない。

ドアが開く音。フレディーは中に突き入れられる。左右から肩に手をかけられ、無理やり座らされる。

ドアが閉まる音。フードを脱げるだろうか？　脱げるだろう。両手は自由になる。被りものは取れた。

ここは監房らしい。明かりは裸電球ひとつ。座っているのは、寝棚のひとつで、ちくちくする灰色のウールの毛布が敷かれていた。四方の壁は、素人が作ったようなボール紙のパームツリーや、貝殻や、イカで飾られている。片隅に、プラスチックのレゴブロックの箱が一つある。海辺を描いた下手くそな絵があり、恐ろしげなマーメイドみたいなものが描かれている。胸が巨大で、髪は緑の海藻のようで、ピンナップのポーズをとっている。「海のニンフ」と絵の下には書かれていた。

一体、どういうことなんだ？　暴動なのか。やつら父さんを殺したのか。ぼくを取引の人質として監禁しているのか？　こんな紙のパームツリーとレゴでいっぱいの部屋に？　一体、なんなんだ？

さらに重要なこと。ちびったりしてないだろうな？　いや、ありがたいことに、ほとんどセーフ。ここにはトイレも付いているし。そこへ膀胱に溜まったものを出し終えたところで、ミュージカルナンバーがちっこいスピーカーから流れだす。ほら、あそこだ、天井のスプリンクラーのそばにある。歌い手は二人だろうか、あるいは三人？

父は五尋《いつひろ》海の底に横たわる
その骨はいま白珊瑚、

かつての二つの目は真珠、
その身はどこも朽ちはてず、
海はすっかり変えるもの、
いまでは尊い貴重な宝物。
横たわる、横たわる、横たわる、横たわる、
変える、変える、変える、変える、
尊い、尊い、尊い、尊い、
貴重な、貴重な、貴重な、貴重な……

ドラムとフルートの音色。これは、これは。フレディーは驚く。『テンペスト』の歌じゃないか。これは、趣味のわるいジョークなのか？　この歌を二十四時間休みなしにエンドレステープで流しつづけ、監禁した者を発狂させるという拷問か？　そういうのは聞いたことがあるぞ。精神が破壊されてしまうんだ。じゃ、こうやってぼくの士気を挫こうとしているのか？　しかしなんでまた？　音楽が小さくなっていき、ドアがひらいて、アン＝マリー・グリーンランドがするりと房に入ってくる。片肌を脱いだセクシーなミランダの衣裳を着たまま。アン＝マリーは片隅にフレディーを手招きし、屈みこむよう身ぶりで伝えたのち、耳に囁きかけてくる。

「こんなことになって、ごめんね。怪我はない？」

「ないよ、でも――」

「シーッ！　この房は盗聴されてる」アン＝マリーは小声で言う。「あの電球のそばにマイクがある。わたしの言うとおりにすれば、大丈夫だから」

「一体、どういうことなんだ？」フレディーは言う。「暴動なのか？　うちの父さんはどこだ？　やつらに殺されたのか？」

「さあ、それはわからない」アン＝マリーは言う。「ここには頭のおかしい人がいるんだよね。満月の夜の犬ぐらい狂ってるやつが。自分がプロスペローだと思ってる。ほんとだって。『テンペスト』を再演しようとしてる。あんたはファーディナンド役だよ」

「かんべんしてくれ」フレディーは言う。「こんなバカバカしい――」

「シーッ！　必要なのはシナリオに忠実にやること。あんたの科白を持ってきてあげた。この台本でマーキングしてあるところ。ここ、このモノローグをやればいいから。あの照明の近くなら、むこうに声が聞こえる。これやらないと、あの人、ぶちキレるかも。怒りっぽいんだ」

「きみもこれの一味なんだろう？　どうして――」

「あんたを助けようとしてるだけだよ」アン＝マリーは言う。

「ていうか、あの人ってだれなんだ？」フレディーはつぶやく。「いや、ともかく感謝するよ。きみが面倒に巻きこまれないといいけど」

「いつもこんなもんだし」アン＝マリーは言う。「あの人、いかれてんの。たったいま、重要なのはそのこと。むこうに調子を合わせないと。科白、ここからね」

フレディーは第一幕第二場のモノローグを朗読しだす。

まるで夢のなかにいるように、すっかり力が抜けてしまった。
父上を亡くしたこと　いま味わっている無力感
友がみな海の藻屑と消えたことも　大したことではない。
この牢獄から日に一度でも　この乙女を見ることができるなら。
あとは地上の隅々まで　好き勝手に使ってくれ　わたしは
此処、こんな牢獄で　じゅうぶん生きてゆけるのだ

「わるくない」アン＝マリーは言う。「もうちょっと感情入れたほうがいいかも。わたしに恋をしたと思ってやってみて」

「けど」と、フレディーは言う。「本当に恋してるかも。おお、あなたは奇跡そのものだ！」

「上出来」と、アン＝マリーは言う。「その調子で」

「いや、まじめな話だよ」フレディーは言う。「ていうか、恋人はいるの？」

アン＝マリーは小さくクスッと笑う。「それって、処女かどうかって意味？　劇中でもファーディナンドが同じように訊くよね？」

「だから、劇じゃないって。それで、恋人はいる、いない？」

「いない」と、アン＝マリーは答えて、まっすぐに見返す。「ほんとの話」

「だったら、仮にぼくが好きになったとしてもかまわない？」

「と思うよ」

「だって、本気みたいなんだ」フレディーはアン＝マリーの両腕をとる。

「注意して」アン＝マリーは低い声で言って、彼がつかんだ手を離す。「じゃ、芝居の科白にもどるよ」そう言って、フレディーを照明の下に引っぱっていくと、手を固く組み、うっとりした目で彼を見つめながら、ミランダの科白を始める。「この地上であんなに気高いかたは見たことがありません！」

「愚か者が！」スピーカーから声が轟く。「たいていの男に比べれば、こいつはキャリバンじゃわい！〔第一幕第二場、プロスペローの科白のアレンジ〕」

「ほらね？」アン＝マリーはひそひそ声で言う。「めっちゃいかれてるでしょ！　ところで、あんた、チェスはできる？」

36 ✦ 迷路を歩くがごとく 〔第三幕第三場、ゴンザーローの科白より〕

オナリー法務相、プライス民族遺産相、スタンリー復員軍人相、そしてゴードン・ストラテジー社長のロニー・ゴードンは気がつくと、廊下とおぼしき場所を屈辱的な恰好で無理やり歩かされていた。どこを歩いているのか見えない。あたりは真っ暗で、ただ、床でなにか白いマークが光っているのが目に映る。

一行を引っ立てているのは何者なのか？　見分けがつかない。全員が黒ずくめの格好をしている。まわりでは、風が鳴り、波が唸り、雷が轟いているので、自分の話す声すら聞こえないだろう。聞こえたとしたら、どんなことを口にする？　罵倒したり、命乞いをしたり、おのが運命を嘆いたり？　ぜんぶやるだろう――フェリックスはヘッドホンから聞こえてくる大音を聞きながら思う。

一行の列は角を曲がる。また角を曲がる。三つめの角を曲がる。もともといた場所にもどっているのか？

暴風の唸りはますます激しくなる。と、急に音がすべてやむ。

ドアの開く音。四人とも、中に突きこまれる。ここも真っ暗だ。〝ここ〟がどこにせよ。と思うと、頭上の照明が点灯する。四人がいるのは、四台の寝棚がある監房だ。下に二段、上に二段。四方の壁には、褐色の包装紙を切り抜いたサボテンが飾られている。

四人は顔を見あわせる。動揺して血の気の失せた顔。「われわれ、少なくとも生きているようですね」ロニーが言う。「その点は感謝せねば！」

「そのようだな」トニーが目をまわしてみせる。セバート・スタンリーはドアを開けようとするが、ロックされている。小さな頭をなでると、鉄格子の入った窓から外を覗く。むこうには廊下が見える。

「廊下は真っ暗だ」セバートは言う。

「さっき銃声が聞こえた。フレディーが撃たれたんだ」サルが言う。寝棚の下段に、打ちひしがれたようすで座りこむ。「聞こえたぞ、銃声が。もう人生おしまいだ！」と、自分の体を抱きしめ、上半身を右左に揺らす。

「いやいや、まさか」と、ロニーがなだめる。「彼らだって、そんなことしてなんになります?」

「獣みたいな連中だぞ!」サルは叫びださんばかりだ。「残らず、檻に入れるべきだ。全員、死んじまえばいい!」

「そう、リテラシープログラムなんかで甘やかさずにね。例えて言えば」トニーが冷静な声で言う。

「だれかほかの人を撃ったのかもしれないですよ」ロニーが言う。「あるいは、そう、威嚇射撃かも……良い方向に考えましょう。事態が明確になるまでは」

「どうやって?」サルが言う。「良い面など見当たらんじゃないか! わたしはフレディーを亡くしたんだぞ! 実の息子を!」サルは両手に顔をうずめる。彼の嗚咽らしき押し殺した声が聞こえる。

「つぎはなにが起きる?」セバートが低い声でトニーに問いかける。

「ようすを見ましょう」と、トニー。「とはいえ、選択肢は他にあまりないですが」

「彼もしっかりしてほしいものだね。いたたまれないよ」セバートが言う。「じきに然るべき管理者が踏みこんできてくれるといいが」と言って壁にもたれ、自分の指をしげしげと眺める。

「だれが管理者か知りませんけど」トニーが言う。十歩行っては十歩もどる、を繰り返している。

「もし本当にあの倅が撃たれたとすると、上層部の首が飛ぶな」

「元気をお出しください、オナリー大臣」ロニーがサルに言う。「まだしも良かったではありませんか! われわれは無傷で、まともな暖かい部屋におり、それに――」

「あいつ、あの調子で何時間でもしゃべってそうだ」トニーがセバートだけに聞こえる声で言う。

「相変わらず、死ぬほど退屈なやつ」

「もしわたしが刑務所のシステムを再編するとしたら」と、ロニーはまだ話している。「受刑者の自由を減らさず、むしろ増やしてみたいですね。所内のことは彼らの投票によって、彼ら自身が決められるようにする。たとえば、自分たちでメニューを考案するとか。それが、将来に生かせる有益なスキルにもなるでしょう」

「寝言いってろ」トニーは小声で言う。「隙あらば、スープに毒を入れるだろうよ」

「やめてくれ」サルが言う。「こんなときに！　もう話しかけないでくれ！」

「あなたの気を紛らそうと思っただけで……」ロニーは傷ついて言う。

「もう、うんざりだ」と、サルが言う。その声はしわがれて、眠たげだ。彼はそのまま寝台の上にのびてしまう。

「へんですね」ロニーが言う。「わたしも眠気が。時間があるうちに寝ておいたほうがよさそうです」と言って、もう一つの寝棚の下段で横になる。ふたりとも、あっという間にすやすや眠ってしまう。

「これは、どうも妙だ」セバートが言う。「わたしはちっとも眠くない」

「ぼくもだ」トニーが言って、寝落ちしたふたりのようすをチェックする。「爆睡だな。となると――」と、ここで声をひそめる。「こんどの党首争いの目算は？　現時点の」

「世論調査では、サルがリードしている」セバートが言う。「五分五分に持ちこめるかは、なんとも」

「ぼくがそちらの陣営なのはご存じですね」

「ああ。ありがたいね」セバートは言う。「感謝するよ」

「それに、サルが出馬しなければ、あなたが当選する、そうでしょう?」

「だろうね。それがなにか?」

「歩いていく先に邪魔ものがいたら」と、トニーは言う。「ぼくなら退《ど》かしますね。そうやってこのキャリアをスタートさせた。前に立ちふさがるフェリックス・フィリップスを蹴り飛ばしたんだ。マカシュウェグ・フェスティバルでね。あれが最初の確かな足場となって、ぼくは階段を昇りだした」

「オーケイ、わかった」セバートは言う。「しかし、サルをひょいと退かすなんて無理だよ。彼には弱みがない。秘密のスキャンダルもないし、リスクの高いレバレッジ投資などもやっていない。本当だとも、わたしだって石をひっくり返すようにして調べた。あらゆるところを見てみた。ともあれ、証拠立てられるものはなにもなかった。そこへきて、今回の暴動で息子が殺されたとなったら——同情票が集まるだろう!」

「キーワードはそれですね」トニーが言う。「暴動」

「なにを言いたいんだ?」

「暴動ではなにが起きます?　人々が死ぬ。混乱のさなかにね」

「わからないな——きみはこう言いたいのか——」セバートは小さな耳たぶをいじり、ひねりまわしている。

「では、はっきり言わせてもらいますよ」トニーが言う。「二百年前なら、混乱に乗じて、サルを始末し、それを暴動者のせいにしたはずだ。そう、ロニーも始末することになるな。目撃者はゼロに。だが、こんにち効果を倍増させるのは誹謗中傷というやつです」

「というと?」

「人はリーダーになにを求めるか?」トニーは言う。「リーダーシップでしょう。われわれは――もちろん渋々とながら――サルが危機に際してすっかり腑抜けになってしまったことを世に語ればいい。腑抜けになって死んだ、と。トイレの便器で溺死させられた。やつらがやりそうなことだ。犯罪には厳罰をと言っていた大臣が、犯罪者のなすがままになって」

「とはいえ、現実問題、彼は腑抜けになったわけではない。少なくとも、すっかりは。さらに、やつらは彼をトイレで溺死させてもいない」

「生存者がぼくら二人だけだとしたら」トニーが言う。「真相はだれにもわからない」

「本気で提案しているんじゃないだろうね?」セバートがぎょっとして言う。

「一理論として考えてみてください」トニーはセバートの目をまっすぐに見据えて言う。「思考実験として」

「そういうことなら、オーケイ。思考実験だね」セバートが言う。「その思考実験において、ロニーはどうなる?」と、ためらいがちに言う。「どこかに捨てるわけにも――」

「この思考実験で、ロニーは心臓発作を起こすでしょう」トニーは言う。「そうなる要因は充分すぎるほどある。ぼくらはたとえば、思考実験としてこの枕なんかを使ってもいい。なにがしか疑問が出たら、暴動者たちがやったと言うのでは。お気の毒に。だが、相手が相手だけに、こういうことはあっても不思議じゃない。連中は衝動的であり、怒りのマネジメントスキルなど持っていないのだから。生来、そういうことをする連中なのだ、と」

「ちょっとした思考実験としてね」セバートは言う。

「すべて録音できたか?」メインルームの衝立の後ろにいるフェリックスは言う。「期待をはるかに上回る収穫だ!」トニーは本領を発揮。こうした裏切り行為をしばらく前からつらつら考えていたに違いない。ついにチャンスが到来して突破口がひらいた。やつらにとっての致命傷になるかもしれない。

「くっきり、はっきり」8ハンズが答える。「ビデオもオーディオも両方」

「たいへんけっこう」フェリックスは言う。「そろそろ次にいこう。ふたりがロニーじいさんを枕で窒息させないうちに。ボタンを押して、起床コールを流せ。曲はなにを選んだんだ?」魔法の島の音楽チョイスは、プロスペローもエアリエルに任せていたようだし、8ハンズに任せてあった。リクエストされたMP3を集めてくるところだけ協力した。

「メタリカの〝ライド・ザ・ライトニング〟。むちゃくちゃ音がでかいやつね」

「それでこそ、抜け目ないわが精!」と、フェリックスは言う。

「うわっ！」寝ていたサルがガバッと起きる。「なんだ、この地獄みたいな騒ぎは？」

「なにごとですか？」ロニーが目をこすっている。

「雄叫びが聞こえたぞ」トニーが言う。「暴動者が――やつらがまた荒れ狂っているんだろう！かまえて！　枕をつかんで、顔の前に掲げるんです。撃ってくるかもしれない！」

「頭がへんな感じだ」サルが言う。「なんだか二日酔いのような。べつに叫び声は聞こえなかったが」

「ざわざわ言っているのが聞こえたぐらいですね」ロニーも言う。

37 ✦ わたしの魔法は解けぬ

〔第五幕第一場、プロスペローの科白より〕

ドアが勢いよくひらく。外の廊下の照明がいっせいに点く。

「こんどはなんだ？」トニーが言う。

「なにかの罠だろう」サルが言う。

ロニーが用心しながらドアに寄り、外を覗く。「だれもいません」

「では、荘厳な楽の音を」フェリックスが８ハンズに言う。「楽屋から流せ。フルーツボウルはまだあそこにあるな？　ブドウを盛ったやつ」

「あるはず。確認しとこう」と、８ハンズは言ってパソコン画面を覗く。「オッケ、ちゃんとある」

「よくやってくれたな、ゴブリンたち」フェリックスは言う。「あの下のはねぶたがうまく作動するといいが」

「あれは、念入りにチェックしてあるから。さて、この場面には、レナード・コーエンのナンバーを選んだ」と、８ハンズ。「〝バード・オン・ア・ワイヤー〟。これをハーフテンポに落としてある。ちなみに、シンセ使って自分で録音した」

「じつにふさわしい曲だ」フェリックスは感心する。

「チェロの音、使ったわけ。テルミンのバッキングみたいなのを入れて」８ハンズが言う。「あのウーウーいうやつ」

「ウーウーはいいな〔英語のwooは求愛するの意〕」と、フェリックスは言う。「楽しみだ。ボタンを押してくれ」

「廊下からなにか聞こえてくる」セバートが言う。

「〝バード・オン・ア・ワイヤー〟じゃないか？」

「これも罠に違いない」サルが言う。

「おれなりのやり方で自由になろうとがんばってきた、か」ロニーが歌詞を引用する。「わたしたちを救助しようとする何者かからのメッセージでは？　ようすを見にいってもいいのではありませんか。ここで手をこまねいているよりいいでしょう」

「よし、行こう」セバートが人さし指を噛みながら言う。

「ふたりを先に行かせましょう」トニーがセバートに囁きかける。「銃撃にそなえて」

「やつら、ドアの外に出たよ」８ハンズが言う。「四人とも。廊下の監視ビデオは画質がイマイチだけど、見えることは見える。ほら、いるだろ。廊下を歩いてる。楽屋に入っていく」

「ロニーまでこんな目に遭わせるのは気が咎めるよ」フェリックスは言う。「だが、どうしようもない。結局、つきあう相手が悪かったってことだな。例の小型スピーカーは、やつに装着してあるな？」

「もちろん」８ハンズは言う。「襟に着けてあるよ。作動中だ。使う段になったら、ここまでスクロールして、リターンキーを押せばいい」

　パソコン画面には、四人の男たちが楽屋のドアに近づいてくるさまが映しだされている。ドアの両サイドには、地球外生物っぽいTレックスの切り抜きがテープで壁に貼られ、一行を部屋の中へと招じ入れている。

「かくもすばらしい無言の語りかけ〔第三幕第三場、アロンゾーの科白より〕だな」フェリックスは独り言《ご》つ。

「なんなんだ、これは。幼稚園のまねごとか？」セバートが言う。「さっきはパームツリー。こんどはこれ！」

「ここの運営責任者はだれだ？」サルが言う。「改革の必要あり！」と言って、ひたいに手をあてる。「これは恐竜か？　気分がわるい。熱が出てきたようだ」そんなことを言いながら、四人はドアをくぐり中へ入る。

「なんだ、ここは?」トニーが言う。「まるで劇場の楽屋じゃないか！　いまいましい果物のボウルまである！　もっともブドウだけか。クラッカーとチーズのプレートがないと感じが出ないな」

「妙なる楽の音ですなあ」ロニーが言う。「『魔笛』の曲ですか?」

「そんなところだろう。腹が減った」とサル。体がゆらゆらしている。

「食べないのもアリ、食べるのもアリ」セバートが言う。「ブドウをお一つ、いかがです」

「ブドウには触るな」ロニーの耳元で小さな声がする。男性の声。聞き覚えがあるような声。

「えっ?」ロニーはつぶやく。「だれだ?」と、襟に触ると、小さなスピーカーが手に触れた。ロニーが傍観するなか、三人はブドウをむしゃむしゃ食べる。

「変な味がするぞ」と、サルが言いだす。「食べないほうがいい」

「もう食べてしまった」セバートが言う。

「なんだか気分が」トニーが言う。「座らせてくれ」


「ブドウはもういいだろう」フェリックスは言う。「効いてきたようだ。あのブツになにが入っているのか知ってるかい？　わたしが注射したあれだ」

「これをちょっと、あれをちょっと」８ハンズが言う。「イモリの目ん玉、ケタミン〔全身麻酔薬〕、サルヴィア〔サルヴィア・ディビノラム。幻覚作用がある〕、マジックマッシュルーム。うまいこと混ぜると、すごいのが出来るんだ。速攻で効くけど、すぐ覚める。ここいらで、おれも一発キメたいところだ」

「雷鳴、キュー」フェリックスは言う。

轟音が響きわたり、停電する。しばらくして電気が点く。果物のボウルは消えている〔第三幕第三場のシーンのアレンジ〕。壁に恐ろしげな影が。巨大な鳥が両翼を広げ、閉じる。

「お、いい感じじゃないか」フェリックスが８ハンズに言う。

「だね。ばっちりの翼を選んでくれたよ」

そこに、歌声。いささか調子っぱずれの。

おまえら三人は罪深い
どこから話せばいい？
ずっとわるいことばかり
おれを悲しませてばかり
気が狂う理由はそこにあり！
フェリックスおまえらに潰された
青い海原に流された
サルは息子を亡くしたぜ
これでリューイン　びしっとさがるぜ
おまえら　これから嘆いてもらうぜ！
カイシュンしなよ　おわびしな

ハッピーエンドにしたいなら
そうだ……おまえらの……ことだ！

「あいつはどこに行った？」トニーが言う。「翼のはえたあの化け物は！　あの悪魔は！　あっ、あそこに！」

「わたしがなにをしたって？」サルが言って泣きだす。「死んだ方がましだ！　聞こえたぞ！　フレディーはやつらに殺されたと。それはわたしのせいだと！　フェリックスにした仕打ちのせいだと！」

「これは、まずい」セバートが言う。「毒を盛られたんだ！　わたしの身体はどこだ？　わたしが蒸発していく！」

「みなさん、どうしちゃったんです？」ロニーが言う。

「じつにひどいポエムだったが、連中、引っかかったな」フェリックスは言う。「加えて、ブドウの力で」

「よーし、キタ！」8ハンズが言う。「完全にイッてるっぽい！　あの混ぜ薬、ほかになにが入ってんのか調べとこ」

「さて、三人はバッドトリップさせておいて、ファーディナンドとミランダのようすを見よう」フェリックスは言う。「彼らのビデオ録画を止めてくれ。おふたりさん、どうしてるかな？」

「巻き戻してみるよ」８ハンズは言う。「オーケイ、ふーん、レゴをずいぶん積みあげたね。先生の指示どおり。でもって、例のべちゃべちゃに甘い長科白を言いあって、いまはチェスをしてる。

アン＝マリーが言うには――」

「よしよし」フェリックスは言う。「シナリオどおりにやってるな。大した絵になるふたりじゃないか」

「こいつら、マジっぽいね」８ハンズが言う。「真実の愛とかそういうやつ。エレガントしちゃってやんの。画質はあんま良くないけど」

「充分だ」フェリックスは言う。「楽屋にもどろう」

38 ✦ 苦しい顔はおしまい

〔第五幕第一場、プロスペローの科白より〕

楽屋の雰囲気は穏やかでない。

サルが部屋の片隅で、両膝を抱えて丸くなっている。頬には涙が流れている。絵に描いたような苦悶の図だ。なにやら、床とインタラクティヴなやりとりをしている模様。「暗い。そこは真っ暗だ」と、ぶつぶつ言っている。「なぜそんなに暗いんだい？　あそこに行ってやらなくては。真っ暗なあそこに。息子を見つけなくては！」

トニーは宙を殴りつけている。「下がれ！　下がれ！」と叫びながら。「おれに近寄るな！」

セバートは虫だか多足類の生き物だかに集《たか》られていると思いこんでいるらしい。「こいつらを追い払ってくれ！」などと、口走っている。「クモめ、クモめ！」

正気のロニーだけがテーブルの後ろに隠れ、三人に近寄らないようにしていた。

「これ、マジでやりすぎじゃないと思う？」８ハンズが言う。「ブドウの件。なんつうか、限界超えてるんじゃないの？」

「指示どおりにやっただけだ」フェリックスは言う。やつを苦しませたかった。それはいま実現している。だが、薬剤で発現させた苦しみは本物の苦しみと言えるのか？　それに、どんな副作用があり、それらはどれぐらい残るものなのか？「オフィシャル・ビデオの残り時間は？」フェリックスは尋ねる。

８ハンズは時計を見て答える。「各房と所長室で流しているやつだ」

「いま、全体の三分の二ってとこだね」

「だったら、作業を急がないとな」フェリックスは言う。「ステファノーとトリンキュローにキューを出せ」

「ゆけ、三人がお待ちかねだ」８ハンズが合図を出す。

楽屋のドアがひらき、フルコスチュームを着けたレッドコヨーテとティミＥｚが勇んで乗りこんでくる。顔は白塗り、道化師の口が描かれている。レッドコヨーテは〈オックスファム〉で買った例のくたびれたディナージャケットを着用し、ティミＥｚは上下セットになった赤いフランネルの肌着とモモヒキを着て、山高帽を小粋にかしげて被っている。

「バッドトリップの最中に見たい光景じゃないな」8ハンズが言う。「おれ的には」

「あのお偉いさんたちも嫌がってるみたいだね」フェリックスは言う。事実、サル、トニー、セバートの三人は壁際に後じさり、おびえて目を見開いている。

「おおお、見よ」と、ティミEzが三人を指して言う。「まるで化け物！　まるで化け物！　えーと、それに、なんとも魚臭い！」

「魚の化け物か」レッドコヨーテが言う。「くんくん……腐敗の臭いがするぞ！」

「見世物にして儲けてやれ」ティミEzが言う。「たわ言をしゃべり散らすもの狂い、浮浪者、中毒者、社会のクズども。もってこいの笑い種だ」

「こいつなら見物料もたんまりとれる」レッドコヨーテが言う。「法務大臣、ドラッグを摂取してメルトダウン。とっておきの新聞見出し！」

「鬼婆っ子ダンサーズにキューを出せ」フェリックスが指示する。

「よし、ゆけ」8ハンズがキューを出す。

たちまち、キャリバンがバックダンサー二人を率いて楽屋に入ってくる。みんなそろいの改造ゴジラの被りもの。このシーンのナンバーは、彼らが新しく書きおろした。8ハンズが伴奏のボタンを押すと、ビートが部屋にあふれだす。キャリバンがチャントする。

おまえらに　化け物呼ばわりされてきたおれ
だが　おまえらのほうが　だれより化け物

くすねる　だます　袖の下　嘘八百
だれかれかまわず　蹴っ飛ばす
おまえらに　クズゴミ呼ばわりされてきたおれ
悪人　ろくでなし呼ばわりされてきたおれ
だが　おまえらこそ　ホワイトカラーの如何様師《いかさまし》
粉飾決算　血税ポッケへ　こっちはぜんぶお見通し
なんたって　化け物はおまえら
なんたって　化け物はおまえら
その上をいく化け物　いるわけない

化け物め、化け物め、見世物にしてやろうぜ
化け物め、化け物め、頭のてっぺんから足の先まで
化け物め、化け物め、そうすりゃ世間も
おまえの正体　知るだろう！

こっちはぜんぶお見通し　ホワイトカラーの如何様師！
ホワイトカラーの如何様師！　こっちはぜんぶ　お　見　通　し　！

「悪魔どもめぇ！」トニーは金切り声をあげる。

「ああ、わたしは化け物だとも！」サルが泣きわめき、両手で顔を覆う。

「どうして知ってるんだ？」セバートが言って、半狂乱で部屋を見まわす。「だれが言った？　あれは必要経費だ！」

「みなさん、みなさん」と、ロニーがテーブルの陰から呼びかける。「どうか落ち着いて！」

「やつらがクズ野郎なのも、フレッチャー劇団をつぶそうとしてるのもわかるけど、これはおれから見てもキモすぎる」８ハンズが言う。「バッドトリップ、通りこしてるよ。あいつら、クソも出ないほどびびってる」

「これも計画のうちさ。ともあれ、身から出た錆だ」

「あわれに思わないわけ？」と、８ハンズ。

　こうしている間ずっと、ミランダは父の後ろあたりに浮いていた——父の影として、光の揺らぎとして——が、ひと言も発さなかった。プロンプトすべき科白はなかったから。しかしここで低く父に語りかける。わたしが人間なら思ったことでしょう、だんなさま。と、エアリエルの科白を〔第五幕第一場〕。なんて、心の優しい子だ。

　８ハンズには彼女の声が聞こえたろうか？　いいや、でも、おれには聞こえた。「空気にすぎないおまえに……」と、フェリックスはプロスペローの科白を返す。「彼らの苦しみがわかり、感ぜられるなら、同種であるわたしはそれにも増して憐れを催してしかるべきではないか？〔第五幕第一場〕」

「え、また劇にもどるのか？」８ハンズが言う。「おれが『わたしが人間なら思ったことでしょう、だんなさま』って言うところ？」

「いやいや、いいんだ」フェリックスは言う。「ただの独り言だよ。だが、きみの言うとおりだな。復讐は充分にはたした。苦しい顔はおしまい、だ。そろそろキャストを引きあげよう。ゴブリンズにキューを出せ」

彼らを連れてまいります。ミランダがささやく。わたしが愛しいでしょう、だんなさま？〔第四幕第一場、エアリエルの科白より〕

39 ✦ 陽気に、楽しく

〔第五幕第一場、エアリエルの歌より〕

黒ずくめのゴブリンズ歩兵部隊にがっちり囲まれながら、捕虜たちは廊下を歩かされ、上映会場のメインルームにもどってみると、そこは青みを帯びた薄明かりに照らされている。四人はどうにかその場に落ち着く。もう泣き声も、わめき声も、怒声も、唸り声も聞こえない。ブドウに注入されたのがなんだったにせよ、効力が薄れてきているに違いない。

残りの役者たちもすでに集結しているが、アン＝マリーだけはまだフレディーと監房に引きこもっている。８ハンズは、衝立の奥のパソコンのむこう。フェリックスもその隣で、出番のタイミングを待っている。

四人のお偉いさんたちを恭しく前列の椅子に座らせ、まんいち暴れて逃げだそうとしたときのためにゴブリンズが取り囲むと、８ハンズがドラムロールとトランペットの音を流し、室内の照明を消して、金色のスポットライトを点灯する。ジャ・ジャ・ジャーン！

　フェリックスが衝立の後ろから、ぬいぐるみの獣を付けた魔法の衣を華々しくまとって進みでる。キツネ頭の杖を宙にふりかざし、もっと自然力《エレメンタル》を感じさせる音楽を、とキューを出す。このシーンに８ハンズがチョイスしたのは、〝虹の彼方に〟だった。原曲をマイナーに転調し、バスサックス二本とチェロ一台をフィーチャーして、スローテンポで演奏したもの。

「荘厳な雰囲気、これぞ乱心を慰むに最適のもの。その頭蓋骨のなかで沸き立ち、役立たずになった脳みそを癒してくれよう〔第五幕第一場、プロスペローの科白より〕」フェリックスはもったいつけて言う。照明がすべて点く。「厚意に感謝するよ、ロニー。少なくともきみは過去に敬意をもってわたしに接してくれた。サルや、とくにそこにいるトニーとは違ってね」

　四人は狂人を見るような目で、というより、狂人のような目で、フェリックスを凝視する。「フェリックス・フィリップスか？」サルが言う。「夢を見ているのか、わたしは？　一体、どこから来た？」

「そう、同一人物だ」フェリックスは言う。「もっとも、ここでの名前はミスタ・デュークだがね」

「とんとお見かけしないので、亡くなったものと思っていましたよ」ロニーが言う。

「これはどういうことなんだ？」サルが言う。「フレディーになにをした？　おまえ、実物なのか？」

「良い質問だ」フェリックスは言う。「この魔法の島が見せるあやかしの像かもしれないぞ。そのうちわかるさ。ようこそ、友人のみなさん！」

トニーは白けた顔をしている。「これも、あんたのせいか」と言う彼の声は、効き目が覚めきっていないドラッグのせいで、まだしゃがれていた。「あいかわらず仕掛けまで派手だな。むかしからあんたは誇大妄想症だと思ってたよ！　大事な〈文学を通じてリテラシーを〉プログラムにキスしさよなら、だ」そこで言葉を切り、いつもの調子をとりもどそうとする。「ブドウにヤクを仕込んだんだな。違法行為じゃないか」

「フレディーに、もしものことがあったら」サルが言う。「ただじゃおかんぞ。訴えてやる――」

「そうはいかないだろうね」フェリックスは言う。「サル、法務大臣《ジャスティス・ミニスター》のきみに、正義《ジャスティス》を求めたい。一つ、マカシュウェグ・フェスティバル劇場のわたしの仕事を返してもらおう。わたしは不当に解雇され、トニーに職を奪われた。よくご存じのように、トニーときみによる陰の企みによってね」

「どうかしてる」トニーが言う。

「問題はそこじゃない」フェリックスは言う。「ともあれ、いまきみたちが体験したのは〝アーティスティック・イマージョン〟と呼ばれるものだ。サル、きみは世間にこう話すことになるだろう。フレッチャー矯正所劇団はじつに独創的なインタラクティヴ演劇を上演した。その豊かな実りを味わうことで――もちろんブドウも――当該プログラムの教育的可能性をよく理解できたので、これからもしっかりと支援していきたい、と。民族遺産大臣のトニー、きみはむこう五年間の資金援助を確約すると発表する。言っておくが、助成金は増額。それを発表したら、トニーには辞職してもらう。家族との時間をもっと持ちたいのでと言えばいい。セバートに関しては、総裁選挙の候補から降りてもらう」

「正気の沙汰じゃない！　なぜこんなことを――」トニーが言う。

「ぜんぶ録画させてもらった」フェリックスは言う。「残らずだ。サルが隅っこで、メソメソ嘆いたり、おいおい泣いたりする姿もね。見るからにラリっておかしくなっている。それから、セバートが〝身体が解ける〟とかなんとか叫んでるところも。トニー、完全にイッちまった状態で、見えない悪魔たちにわめき散らしているきみのようすも。三人ともこうした動画は少しでもネットで拡散されたくないだろう。もしそうなったら、汚名返上は望めないから、要求されたとおりに行動すべきだ」

「卑劣な真似を」トニーが言う。

「これでおあいこだな」フェリックスは言ってから声をひそめて、トニーだけに話しかける。「ところで、サルとロニーが眠っている最中の、きみとセバートの魅惑的な会話も録音されている。忠誠というものについて学ぶことの多い対話だ」

「所内を捜索させる。その動画を必ず見つけだし、破棄させて――」トニーがそう言いかけると、フェリックスが、

「力を無駄に使うな」と言う。「動画はすでにクラウドに保存されているんだ」これははったりだった――録画はポケットのメモリスティックに保存されており、チャンスがあればアップロードす

るつもり――が、フェリックスの真に迫った声に、トニーは気圧《けお》される。「なら、ぼくたちに勝ち目はないってことか」

「わたしの読みではそうなるな」フェリックスは言う。「セバートはどうだ？」

「おびき寄せて、われわれをはめたのか」セバートが言う。

「わたしは時間と空間を用意しただけだ。それをきみたちは好きなように利用した」フェリックスは言って、サルの方に向きなおる。「それからもうひとつ。うちの特殊効果技師を早期仮釈放にしてほしい。では、以上の条件がすべて整うなら、きみたちを赦し、過ぎたことは過ぎたこととして水に流そう」

沈黙が流れる。「条件を呑もう」この取引による恩恵が最も大きいサルが言う。トニーとセバートは無言のままだが、目つきで人を殺せるなら、こっちが十回も死んでいるところだ。フェリックスはそう思う。

「いいだろう。三人とも同意してくれてなによりだ。ちなみに、この契約場面もビデオに撮ってあるからな。さらなる予防策として」

「つまり、あの暴動は、囚人の拘禁《ロックダウン》は――」ロニーが言う。「あれはぜんぶ――現実ではなく、劇の一部だったと？」

「それはそうと、フレディーはどこだ？」サルが言う。「本当に殺されたのか？　あの子の悲鳴が聞こえたぞ。銃声も！」

「お気の毒さま」フェリックスは言う。「わたしは先の嵐《テンペスト》で娘を亡くしたんだ。悔やみきれない」

「けど、それは少なくとも十二年前のことでは……」ロニーが言う。

「いっしょに来てくれ」フェリックスはサルに言う。サルは立ちあがり、フェリックスは腕を組む。「見せたいものがある」

「来た、来た」アン＝マリーが声をひそめて言う。「フェリックスとあなたのお父さん。驚いたふりをするんだよ」彼女とフレディーは監房の床にあぐらをかいて座り、チェスの対局をしていた〈第五幕第二場のシーン〉。「すぐにあの窓からふたりが覗いてくるからね。科白、わかってる？」

「すっかり頭に入ってる」フレディーもささやき返す。

「いま、ズルをなさいましたね、愛しいかた」アン＝マリーがとびきり愛嬌のある声で言う。

「いやいや、とんでもありません、愛しい人」フレディーも言う。

房のドアが勢いよくひらく。「フレディー！」というサルの叫び声。「おまえ、生きていたのか！」

「父さん！」フレディーも同じように叫ぶ。「父さんこそ生きてたんだね！」

「神よ、感謝します！」ふたりはひしと抱きあう。

この場面を見て、フェリックスは思う。〝ザ・バード〟《シェイクスピア》はここで父子をもっと雄弁に語らせているが、まあ、要点はカバーしているだろう。

歓声、ハグ、背中を叩きあうなどがひととおり済むと、フレディーは言う。「父さん、ぼくの新しいパートナーを紹介するよ。アン＝マリー・グリーンランド。以前は〈キッド・ピボット〉で踊っていて、今回の劇ではミランダを演じたんだ」

アン＝マリーはあわてて立ちあがる。その際に片袖がずり落ちて肩が丸出しになり、紙の花が曲がってしまう。いたずらっぽく笑って握手の手を差しだすが、サルのほうは手を出さない。サルは目を細めて彼女を見ながら、「仕事のパートナーか、それとも恋愛の？」と、息子に問いかける。

「両方だよ」フレディーは答える。「少なくとも、ぼくは――」

「ちょい待ち！」アン＝マリーが言う。「まだちゃんと話しあってないじゃない！　考えさせてって言ったよね！」

「なら、今夜、ディナーでも？」フレディーは言う。

「そうね」アン＝マリーは言って、片袖を引っぱりあげる。顔が赤くなっていた。

フェリックスはサルの方を向く。「トゥルー・ロマンスだな。抗っても無駄だ。ともあれ、これが一番の収穫のようだ」

役者たちに別れを告げたお大臣たちはまたエスコート付きで廊下を行き、二重ロックのドアをいくつも通って、レセプション会場に到着する。警備用のポケベルが魔法のように再現し、ベルトに装着されている。

彼らはこの特別レセプションで、所長や上層部の面々と一杯やりながら、段取りずみの撮影会を行うことになっている。爪楊枝をさしたソーセージ（ブドウと違って毒性のないやつ）や、クリームチーズをのせたクラッカーや、アルコールも一、二杯、出るだろう。エステルも参加して、あらゆることに聞き耳を立てるだろう。あとでようすを報告するわね、と言ってくれた。

まんまと一杯食わされた、などという話は出るだろうか？　それはないだろう、とフェリックスは考える。いわゆる暴動や拘禁に関する話は出ないはずだ。奇妙な幻覚の話も。ミスタ・デュークの裏話も。要するに、視察団の面々にとって不面目となる話はいっさい出ない。

それどころか、フレッチャー劇団の劇作品がいかに高水準に達しているかについて、所長にお世辞をたらたら述べるだろう。さらに、演劇プログラムの続行と交付金の増額を請けあい、まもなく公表すると約束するだろう。そののち、握手と乾杯。祝福の言葉があちこちから飛ぶ。

サルは苦もなく嘘をつくだろう。年季の入った政治屋だ。トニーとセバートはきっと口を引き結んだままだろう。黙っていれば、動画拡散で汚辱にまみれることなく、少なくとも面子をたもつことはできる。そうすれば、政界を引退したあとも、種々の会社役員のポストにありつく望みは残るだろう。そうするうちに、上院議員に担ぎあげられることだってあるかもしれない。なにかの口利きの見返りとして。

フレディーとアン＝マリーも所長のレセプションに参加したが、その前に、アン＝マリーはフェリックスのヒゲ面にキスをして言った。「先生、やっぱ最高。本当のお父さんだったらいいのに。きっといろいろうまく行くのに」

「じつにすばらしい演技だった」フェリックスは讃える。

「ありがとう。でも、フレディーのおかげだよ。こっちの言うことをたちまち理解して、役に入りこんでくれた」アン＝マリーは顔を赤らめている。

若き恋の力だな。フェリックスは羨む。顔色まで生き生きしてくるんだから。

フェリックスはあとに残り、８ハンズが機材を撤収するのを手伝う。小型マイクを回収し、スピーカーをとりはずす。特殊ライトもとりはずす。これらはぜんぶひとまとめにして箱に入れなくてはならない。あとでレンタルショップに返却するからだ。

フェリックスがせっせと仕分け作業をする横で、８ハンズが最後の録画のクオリティをチェックする――メインルームでの一幕で、サルが条件を呑む場面が写っている。将来、なにがしかの事情で、この動画が決定打となることもないとは言えない。

「あれっ、これ、ラジオ局かなにかかな？」８ハンズが言う。「ヘッドホンから聞こえてくる。なんか、歌ってるみたいな」

「どんな歌声だ？」フェリックスは尋ねる。

「微かな音だけど……待って。うん、聞こえる。〝陽気に、楽しく〟って」

「〝ほがらかに、ほがらかに、暮らしていきます、大枝に咲く花の下〟か？〔第五幕第一場、エアリエルの歌〕」フェリックスは言う。ミランダがまたプロンプトをしているに違いない。エアリエルのヘッドホンに入りこんで歌うとは、やるじゃないか！　とはいえ、台本の歌詞に戸惑っているようだ。「この場面はもう済んでいるんだよ、録画で」と、ミランダに向けて付け足す。結局、エアリエルの歌はオリジナルのまま採用したのだった。「しゃぶる」「吸う」という語を避けるために若干手直しはしたが。ミツバチがうなる《バズ》ところで、わたしもうなる《バズ》、と替えたのだ。

「いや、違う」８ハンズは言う。「そういう歌詞じゃないね。〝陽気に、楽しく、陽気に、楽しく、人生はただの夢〟」

背筋に冷たいものが走り、うなじの毛が逆立つ。「むかしよく歌ってやった歌だ。あの子が三歳のころ」フェリックスはつぶやく。こんなに経っても覚えているのか？　三歳だったときのことを？　自分が四歳にならなかったことを？　だとするなら……。

「それは奇遇だな」フェリックスは言いつくろう。「結局は使わなかったが、嵐の回想場面に、その歌を使おうかと思っていたんだ。おんぼろ舟で、プロスペローが幼いミランダにこの歌をうたってやる。子どもが怖がったらそうするだろう。歌をうたってやるだろう」

病室で子どもの熱っぽい手を握り、ひたいをなでてやるときも、そうするだろう。なのに、どんなに手を尽くしても、子どもはその手から静かに身を引き、後じさって暗き過去の淵へと、時の淵底へと姿を消してしまうのだ。

「この歌、知ってるよ。嵐の場面に入れればよかったのに」８ハンズが言う。「あと、早期仮釈放の約束とりつけてくれて、まじで感謝する。あの取引は天才的だった」

「お役に立ててなによりだ」フェリックスは言う。「今回の計画は、きみなしでは二進《にっち》も三進《さっち》もいかなかったろう。歌声はまだ聞こえてるかい？」

８ハンズは耳を澄ます。「いや、止まったみたいだね」

「ヘッドホンを貸してもらえるか？」

８ハンズはヘッドホンを手わたす。フェリックスは耳を澄まして、聴き入るが……。なにも聞こえない。なんの歌声も。ひたすら無音。わがミランダはどこに？　なにを伝えようとしているのだろう？

外はすでに暗い。フェリックスはとぼとぼと車へ歩く。予想されたブリザードはもう吹きすぎていった。そんなにひどくはなかったのだろう。白い雪の小さな吹きだまりが舗装に模様をつけているていどだ。

フェリックスは黙りこくって坂道をくだる。もしこれが本物の舞台の初日なら、役者とスタッフはみんなで町へ繰り出し、どこかで飯を食い、励ましあい、劇評が出るのを待つだろう。今夜のフェリックスは夕食にゆで卵をひとつ食べるだけになる。独りで。ミランダが一緒に祝おうと出てきてくれればべつだが。気配はないが、車のどこかにはいるに違いない。

「ともあれ、成功だ」フェリックスは独り言つ。「少なくとも、しくじりはしなかった」なのに、なぜ落ちこんだ気分になるんだろう？

わたしは復讐心より高潔の心に従おう〔第五幕第一場、プロスペローの科白より〕、という言葉が頭のなかで響く。ミランダだな。わたしのプロンプトをしてくれているんだ。

第五部

闇から生まれた此奴

（第五幕第一場、プロスペローの科白より）

40 ✦ 最終課題

二〇一三年三月一五日（金）

演劇コース最終日の前夜、フェリックスは〈ミス・ヴィッキーズ・シー・ソルト・ポテト・チップス〉を二十袋購入する。剃刀《かみそり》を使って、袋の裏側の圧着した閉じ目のちょっと下に小さな切れ込みを入れる。その切れ込みから、十五本のタバコを一本ずつ差し入れる。銘柄はマルボロを選んだ。人気のようなので。あまり早くにこの作業をやってしまうと、タバコがポテト臭くなってしまうし、逆もまたありなので、直前にやる。

入れ終わると、ハンディタイプの加熱圧着器で切れ込みに封をする。フレッチャー劇団の打ち上げの際には毎年欠かさず、袋入りポテトチップスにこうして細工をしてきた。

これらの袋を〈マークス・ワーク・ウェアハウス〉の買い物袋二つに入れ、最善を願う。

翌日、アン＝マリーと駐車場で落ちあう。特別な要望により、彼女も最終セッションに参加することになっていた。これ、キャストのための打ち上げだろ、とレッグズは主張した。あいつもキャストの一員なのに、なんでハブるんだよ？

「ここまで付き合わせてすまない」フェリックスは礼を言う。

「こんな機会は逃せないよ」アン＝マリーは言う。「フレディーも来たがったんだけど、今回はやめた方がいいって言ったの。劇団のお祝いなんだからって」ということは、フレディーは彼女に引っかけられたままなのか。お互いさまのようでもあるが。フェリックスは笑みこぼれる。

「フレディーはワンダーボーイに妬《や》いたりしないのか?」と、いじわるな質問をしてみる。「あの恋人たちの場面は激烈だからな」

「熱烈って意味? うん、そうだよね。でも、フレディーは見てないし。わたしとチェスやってたんだから」アン＝マリーは言う。「どっちみち、ワンダーボーイはもう引きさがったよ。そういうことでいいんだって」

「どういうことでいいんだ?」フェリックスは尋ねる。

「たんなるお芝居でいいって意味」アン＝マリーは言う。


ポテトチップスの袋はセキュリティチェックをすいすいと通過。だれがこんなスナックの袋に密輸品が入っていると疑うだろう? ディランとマディソンは疑りそうなものだが、もし疑っても目をつむってくれているのだろう。劇団員たちはあんなにがんばったんだから、少しぐらいごほうびがあるべきだと思っているのかもしれない。

「すんごいビデオだったなあ、デューク先生! あの『テンペスト』とかいうの!」ディランがフェリックスにポケベルを着けながら言う。「あんなのとは思わなかったな。戦闘シーンとかぜんぜんなくて。でも、めちゃくちゃ引きこまれましたよ」

「みんなのめりこんでたよな」マディソンが言う。「すげえイケてた！」

「先生の言うとおりでしたよ。フェアリーなんか出てこなかった」ディランが言う。「あの青いエイリアンかなんかみたいなやつ、あと、あの鬼婆っ子のラップナンバー、ヤバかったな！　あっ、あなたも神でしたよ、ミス・グリーンランド。あのミランダは超絶セクシーだった！」

「ありがとう」アン＝マリーはいささか素っ気なく返す。

「バッグの中身はなんです？」ディランが訊く。

「尖ったものは入ってない。劇団のみんなに焼いてきたチョコクッキーと、お人形がいくつか。前にも見たでしょ」

「クッキーに変なもの入ってないですよね？」ディランがにやにやしながら訊く。

「だったら試食してみて」アン＝マリーは言って、ふたりにクッキーを一枚ずつ配る。

「人形たちはなにに使うんだろう？」マディソンが尋ねる。

「今日はキャストの打ち上げで、この子たちもキャストなの。ビデオに出演したし。観たよね？」

「あ、そうっすね」と、マディソンはディランに、〝さすが、いかれたアーティスト〟という目配せをする。「ともかく、ちゃんと持って帰ってもらえます？　お人形さんたちに、わいせつ行為なんかされたらいやでしょ」

「来年はどんな劇やるんですか、デューク先生？」ディランが訊いてくる。

「まだ決めてないよ」フェリックスは言う。

「まっ、なんにしろ、メルドっす」マディソンが言う。

「みごとなパフォーマンスだった」フェリックスは集まったキャストに語りかける。「文句のつけようがない！　これ以上ない出来栄えだ！　インタラクティヴ演劇の力を完璧なまでに見せつけた、舞台芸術の実効的用途を鮮やかに示すパフォーマンスだった」ここで相好をくずし、満腔《まんこう》の笑顔を見せる。「そしてなにより、ここにいるみんなのお陰で、当プログラム〈文学を通じてリテラシーを〉はむこう五年間の続行を保証された。フレッチャー矯正所劇団は安泰だ」自然と拍手が湧きおこり、こぶしをぶつけあう。

「てなし級にファンタスティック！」レッグズが言う。

「みんな、自分に五つ星をつけてくれ」フェリックスは言う。「これで、次世代の役者の卵たちもこの特権的なプログラムを受講できるし、きみたちと同様、演劇の諸スキルを先輩から受け継ぐことができる。しかも、付言《ふげん》しておきたいが、今回の『テンペスト』はわたしがこれまで手がけたなかで最上のものだった」一回しか手がけていないことは知らせる必要はない。「これ以上ない出来だ。だから、わたしはこの芝居に限ってはもう金輪際、試みるつもりはない。さて、すでにメインキャストには個々に祝辞を述べたが、チームワークにも触れなくてはならない。卓越したゴブリンズ・チームはこれ以上望むべくもない仕事をしてくれた。これはひとりひとりへの賛辞だ！」

ひかえめな歓声があがり、再度こぶしをぶつけあう。

「それから、果敢なるミランダ、ミズ・アン＝マリー・グリーンランドにも、みんな、拍手を。たいがいの女優はねつける条件でミランダ役を引き受けてくれた。まったく、果敢な女性だ！」ひときわ大きな歓声と拍手と〝イヤァ！〟と〝すげえ！〟の合唱が起きる。

レッグズが挙手をし、フェリックスからの承諾の頷きを得て語りだす。「メンバーのみんなを代表して言わせてくれ。ありがとう、ミスタ・デューク。あんた、最高だよ。なんつうか……」そばかすだらけの顔が本当に赤くなっている。

「どちゃくそ最高！」８ハンズが言う。さらなる拍手。

フェリックスは小さくお辞儀をする。「どういたしまして。さて、ここで最終課題だ。評価比率は全体の十五パーセントだぞ。自分が演じたキャラクターの〝その後〟についてプレゼンしてもらう」フェリックスは言う。「そのあとの打ち上げでは、おやつを配ろう。ポテトチップスのような軽食もある。準備はきっちりできている」こう言うことで、タバコが無事に持ちこまれたことを暗に伝える。「では、トップバッターはチーム・エアリエル」フェリックスは合図をして、８ハンズを教室の前に呼びだすと、自分はアン＝マリーの隣の空いているデスクの席に座る。

41 ✦ チーム・エアリエル

８ハンズは緊張してあがっているようだ。右、左と足の重心を移し替え、咳払いをする。いつにもまして幼く見える。

「これからチーム・エアリエルのレポート発表をやる。メンバーは、おれと、ワンダーボーイと、シヴと、Ｐポッドと、ホットワイアー。共同制作ってやつだ、アイデアを出しあって。最高だぜ、みんな」８ハンズはチームメイトを讃える。

「劇が終わった後、チームのメインキャラクターがどうなるか考えるってのが課題。うちのチームのメインキャラはエアリエルだ。コースの初めに、エアリエルは外宇宙から来たエイリアンだってことにしたけど、おれたち、考えを変えたんだ。デューク先生が言ったように、この劇って心変わりがテーマなわけ。それに、プロスペローの気持ちを復讐から赦しへ変えるのがこのエアリエルだろう。プロスペローはクソみたいな目に遭わされたけど、いたぶられた悪者たちを見て、かわいそうになった。苦しみはもう充分だって。だったら、おれたちも考えを変えてかまわないと思って」

８ハンズは教室を見まわす。頷く顔。親指を立てている者も何人か。

「どうもどうも。というわけで、エアリエルは宇宙から来たエイリアンじゃないことにした。もしその手のエイリアンだったら、宇宙船かなんかの迎えがこなきゃへんだし、でなければ、『スタートレック』みたいに転送してもらうとかね。だから、おれたちはべつなアイデアで行くことにした。エアリエルは、なんていうか、ホログラフィーの映像みたいなものなんだ。だから、あんなに速く移動したり、姿を消したり、分身の術みたいなことをやったりできる。な、これですっかり説明がつくだろ?」８ハンズはにっこりする。「え、ホログラフィーってなんだかわからない? えーっと、くわしく説明したほうがいいかな?」と、フェリックスに尋ねる。

「簡潔に頼むよ」フェリックスは答える。

「オーケイ。３Ｄみたいなものなんだけど、メガネをかける必要はない。けど、エアリエルが映像なら、だれが投射してるのか？　プロスペローか？　エアリエルはプロスペローの頭の中から出てきたのか？　それはあり得ないって、おれたちは思うわけ。だって、プロスペローが〝大気のなかへ自由に飛んでゆけ〔第五幕第一場、プロスペローの科白より〕〟と言って、エアリエルをお役ご免にすると、彼はあっさり消えてしまうだろう。抹殺されてしまうんだ。プロスペローのためにあんなに活躍をしたのに、それはないだろうって話でさ。

　だから、おれたち元素のこと調べて、デューク先生の注釈があって助かったけど、エアリエルは、なんていうの、気象をホログラフィー映像にしたようなものだって解釈することにした。彼は大気の精だけど、火と水の担当も兼ねてるから、そういうのも自由に扱えるわけ。〈ウェザー・ネットワーク〉で、塵旋風とか水上竜巻の映像が見られるよね。雲が電気を発するようすとかも――エネルギーの発生源はそこなんだよ。プロスペローのためにあれこれやるときに、エアリエルが使うエネルギーの。エアリエルの仕事って大量のエネルギーが要るだろう。とくに稲妻を光らせる時とか。

　というわけで、劇が終わったあとのエアリエルは、迎えにきた宇宙船に乗ったり、はるか、はるか、彼方の銀河のお花畑を散歩したりしない。たぶん、ちょっと休暇はとると思う。キバナノなんとかかんとかを手に――休暇ぶんぐらいは働いたろう？　でも、その後も地球に暮らして、空に飛んでいっては気候変動と戦うんだ。『Ｘ－ＭＥＮ』のストームみたいに。ただし、あんな白い目ん玉じゃないし、女でもないけど。そういう仕事をするのが心底好きなんだよ。人助けしたい性分で、いつも人助けをしてきたし、つねに言われたことをこなしているだけじゃ嫌なんだ。自分で考えたプロジェクトがないと。エアリエルはプロスペローが思っていたより、魂だって気持ちだってちゃんとある。それは、劇のなかでも言ってるけどね。

このように考えるとばっちりだと、おれたちは思う。すべてのつじつまが合う。

以上署名、８ハンズ、ワンダーボーイ、Ｐポッド、シヴと、ホットワイアーでした」

８ハンズは緊張した面持ちで待つ。教室じゅうに頷きやつぶやきが広がる。

「じつにユニーク！　じつに独創的だ！」フェリックスは言う。「わたしも自分で思いつきたかったなあ」これは嘘ではない。けっこう本気で思っている。シェイクスピアの時代に気候変動なんて概念が知られていなくてもかまわないのだ。フェリックスは独自の解釈をするよう言ったし、彼らはそうしてきた。「異議のある人は？」異論は出ない。今日はコースの最終日で、みんな機嫌が良い。「満点だ」フェリックスは言う。

チーム・エアリエルの面々はにんまりする。８ハンズは自分の席にもどり、チームメイトたちに肩をたたかれる。「では、つぎはチーム・邪悪な弟《ブロ》アントーニオ。アントーニオの運命がどう展開するか見てみよう」と、フェリックスは言う。

42 ✦ チーム・邪悪な弟《ブロ》アントーニオ

スネークアイがクラスの前に、肩で風を切って登場する。まるで、外套の襟を立て、フェドーラ帽を斜めに被ったマフィアのよう。脇の下あたりには、拳銃でも隠れているんじゃないかという図だ。顎をつきだし、眉をしかめ、口の片端をあげて見せる。まだ役になりきっているのか？　フェリックスには見分けがつかない。スネークアイがこれまで演じてきたのはどれも悪役。悪すぎるぐらいの役だ。ほとんどコメディすれすれの線だが、決してお笑いにはならない。ここにいるだれもが抱える闇の分身なのだ。それぐらい恐ろしい。自然と静まりかえる。

「さて、チーム・アントーニオのメインキャラは、言うまでもなくわたしだ」スネークアイは開口一番に言う。「メンバーは、アロンゾー王——つまり、クランパス——それからセバスチャン役のフィル・ザ・ピル、わたしの代役ながらわたしよりよく科白を覚えてくれたヴァムース。チームの面々はアントーニオという人物をつぶさに、一人の人間として知ることになった。だから、彼がほかの連中とともにナポリへ出航した後、どんな行動に出るか手にとるようにわかる。たまたま発表するのはわたしだが、このレポートはみんなで書いた。スペルチェックをしてくれたフィルに感謝する。もっとも、医者にありがちなクソ悪筆で、ほとんど読みとれなかったと言わねばならない」

緊張がほぐれ、クラスから笑い声があがる。

「では、発表する。チーム・邪悪な弟アントーニオのレポート。

第一に、アントーニオはこの劇きっての筋金入りの邪悪男だ。やつの行動で邪悪でなかったものは思いつけないぐらいに。いつでも、ずばり自分がナンバーワンになろうとする。アロンゾー王とゴンザーローを殺してセバスチャンを王位につける計画でさえ、セバスチャンのためにやるんじゃない。自分自身のためだ。なぜなら、その代わり、ミラノ、つまり彼アントーニオには、一切の貢ぎ物、すなわち税金を免除するという契約が交わされたからだ。言ってみれば、税金逃れみたいなものだ。ただし、そのために人殺しもやる。

しかしアントーニオの側からすれば、こうなったのも一部はプロスペローのせいだと言うことになる。彼が魔法にうつつを抜かして世事を放りだしていたせい。車をロックせずに放置するようなもんだ。プロスペロー自身がアントーニオの悪事に手を貸したことになる。あとはどうなる。ぼうっとしていたプロスペローは自業自得。まあ、アントーニオはもともと悪いやつだったんだろう。でなけりゃ、あんなふうに人の弱みにつけこめるはずがない。

とはいえ、悪事を重ねれば重ねるほど、やつはますます邪悪になっていった。マクベスにも似ている。去年やったみんなはわかると思うが。血溜まりのスピーチというのがあったろう？ 〝わたしはもはや血溜まりに深く踏みこみすぎて身動きがとれなくなっているのだ。行くもならず、退くもならず……〔『マクベス』第三幕第四場、マクベスの科白より〕〟ってやつだ。そう、肌身に染みて知っている者もいるだろう。人間というのはなにか始めたら、途中で引きさがるのはヘタレだ、とことんやらなきゃと思うものなんだ。なんであれ、最後までやり通せ、と」役者たちの少なくとも何人かは賢しげにうなずく。

「ともかく、アントーニオにとって、初期の悪事はノーリスクだった。なにしろプロスペローはダチョウかなにかみたいに、例のクソったれな——あ、汚い言葉を失礼、アン゠マリー——魔法の砂の中に頭をつっこんでいて、ちっとも現実に気をつかなかった——じゃなくて、気がつかなかったからだ。小鬼だかなんだかを仕切ったり、墓の中から死体を甦らせたり——なんでそんなことするんだ？——するのに忙しくて、自分の身にまでちゃんと気がまわらなかったんだ。彼もそれは最初に認めている。アントーニオみたいに立ち回ればよかったんだ。〝だれも、どこのどいつも信用するな〟をモットーに。

そう、アントーニオというのはそういう人間だ。好き嫌いは分かれるだろうが、大方には嫌われるんじゃないか。だが、みんなと同じく、やつにはやつの考え方がある。で、ナポリ行きの船に乗ったわけだ。そこでやつはなにをするか？

そんな彼をプロスペローはある意味、赦している。いいか、わたしたちは〝ある意味〟と書いた。なぜかというと、プロスペローは言ってるだろう。王殺害計画については、今回は口を閉ざすつもりだと。〝今回はどんな話もするつもりがない〟と言うからには、まず間違いなくあとでばらすんだろう。そうなれば、アントーニオはもはやこれまでだ。

アロンゾー王はプロスペローに〝すまない〟みたいなことを言ったが、アントーニオは謝っていない。すまないと思っていないんだ。おおかた気ちが――激怒しているんだろう。捕まったので本気でむかついている。大公でいられなくなったうえ、帰ったら牢屋にぶちこまれるか、首をはねられるか。やつみたいな裏切り者はそうするのが習わしだ。

というわけで、やつは船旅でやり返す機会をうかがうだろう。ナポリ到着が迫るころ、またセバスチャンと共謀して、アロンゾー王の船室に忍びこみ、窒息死させる。そののち、現場を目撃したファーディナンドと剣での決闘になるが、ふたりが勝ってファーディナンドを殺す。二対一だし、ふたりはズルをするからな。

つぎにふたりはプロスペローを刺し殺す。なにしろ、このぼんやりしたマヌケはすでにエアリエルを解放してしまったろう。なんてドジだ。だから、魔法が使えない。で、ふたりはつぎにゴンザーローを始末にいく。このジイさんは恐ろしさでもはや死んでいるようなもんだが、殺される前に脳卒中を起こしてバタンといく。でもって、ふたりはミランダをレイプし——すまない、アン＝マリー、だがこういう成り行きになるんだ——さらにキャリバンもそこに加えて罰を——化け物によるレイプを——追加し、というわけで、キャリバンはついに悲願達成する。

しかしふたりはミラノ大公の跡継ぎを亡きものにするため、ミランダを海に投げ捨てようとするが、キャリバンがこれに反対、ミランダをそばに置いて、もうちょっと慰みものにしたいと思って、ふたりを止める。止められたふたりはキャリバンも殺す。そうする間、ステファノーとトリンキュローは近寄らないようにしている。どっちも腰抜けだし、帰ったら宮廷だかなんだかのお務めは手放したくないからだ。責められないだろう。だれだって同じようにするはずだ。

以上、わたしたちのレポートだ。アントーニオはみんなの予想どおりのことをし、プロスペローはその気配をさっぱり察しない。いち早く察するってことがないやつなんだ。この劇中人物の大半にとっては、良くないエンディングだが、わたしたちはある種、リアルな形で真実を語りたいと思った。これはありそうなことだろう。現実はこうだ。アントーニオは邪悪なやつなんだから、当然じゃないか？　みんな、ありがとう」スネークアイはチーム・アントーニオの面々に言う。「砂糖をまぶさず、現実に即した展開をいっしょに考えてくれて」そう言うと、出てきたときと同じく、えらそうにふんぞり返って席にもどっていく。

「いや、すばらしい」フェリックスは言う。「よく考え抜かれていた。きみたちの考えた結末に反対するとは言えない。いくら不快な結末でも」謀反者アントーニオへの情状酌量というのはありそうだろうか？　フェリックスは考える。いや、どうもなさそうだ。シェイクスピアも恩情ははさんでいない。劇中でプロスペローに赦された後、アントーニオには一行の科白もあたえられていないのだ。

「きびしいね～」アン＝マリーが言う。

「ああ、人生とは過酷なものだ」スネークアイが言う。

「チーム・アントーニオにも満点を出したいと思うが」フェリックスはクラスに呼びかける。「どうかな？」

うなずく者、つぶやく者。それ以外の者たちはこの後日談は気に入らないのだろう。ハッピーエンドでもなく、あがないもない。とはいえ、いろいろ考えあわせると、同意せざるをえない。

「プロスペローとミランダ、それからキャリバンを救うものがあるとしたらなんだろう？」フェリックスは問いかける。

Pポッドが手を挙げ、「水夫たちかな」と言う。「たぶんね。それから水夫長。水夫長ならやるかも」

「そうだな」フェリックスは言う。「論外ではないだろう」

クラスの雰囲気が少しなごむ。希望への扉がひらいた。彼らは希望への扉が欲しいのだ。まあ、だれだってそうじゃないか？

43 ✦ チーム・ミランダ

フェリックスはチームリストを見て、「さて、つぎはチーム・ゴンザーローにお願いしようか」と言う。「ベント・ペンシル、用意は？」

ところが、ベント・ペンシルはまだレポートをまとめている最中なので、代わりにアン＝マリーがつかつかと前に出てくる。「かまわなければ、わたしもちょっと言いたいことがあるんだ。わたしは成績もつかないし、タバコやなにかももらえないけど、この舞台の一員だったわけだし、えっと、ところでみんなと芝居をやれたのは楽しかったんだけど、これだけは見すごせないって言っておきたいんだ。いいかな、フェリックス？　デューク先生？」

いちおう講師の承諾を仰いでいるが、形ばかりのものだろう。どのみち、なんらかの蟠《わだかま》りを吐きだすつもりでいるのは明らかだ。

「どしどしご意見を」フェリックスは寛大な笑顔で言う。

「みんなさ、ミランダのことボロ人形みたいに言うよね。まるで、茹でスパゲッティ〔性的にストレートだと言いつつ同性の誘いに反応するようすを表す隠語でもある〕みたいに、くたっと家具の上かなんかに寝そべって、股ひらいて、『レイプして』って看板でも掲げているみたいに。でも、ぜったいそんなんじゃないから。

第一にね、ミランダは強い娘なんだよ。御殿でコルセットを締められ、小さなガラスの靴なんかを履かされるような生活はしてない。もっとおてんばで、三歳のときから、島じゅうをあちこち這い登ったりしてたんだから。第二に、十二歳でキャリバンにレイプされかけて以来、プロスペローが護身術を仕込んできたはずだ。自分が目を離したすきに、また同じような暴行をうけるかもしれないからね。あのナポリ行きの船に乗りこむころには、敏捷な動きをしこたま身に着けている。あの思いあがった殿方たちはこの娘からそんな反撃を食らうとは思ってないだろうから、なおさら効果的だね。じつはけっこう筋肉もあるんだよ——ほら、ファーディナンドが運ばなくていいように、あの丸太を担ぎあげるシーンがあるよね。

でも、それだけじゃないんだ。プロスペローが劇中でも言ってるけど、ミランダには同じ年頃の女の子たちが学ぶ以上のことを教えたって。プロスペローは彼女に、チェスの指し方と、子宮がどういうものかは教えたよね。でも、それ以外になにを教えたのか、わたしたちには知らされない。わたしの想像だけど、魔法をちょこっと伝授したんじゃないかな。ミランダも精霊のことは間違いなく耳に入れていたようだし、見たこともあるのかも。だって、初対面のファーディナンドのこと、なにかの精だと思いこむでしょ。プロスペローが魔術を使ってどんなことができるか、ほかにもいろいろ知ってるし、ほら、キャリバンが暴れないようにする術とかね。プロスペローが午後のお昼寝をしている間、この娘がなにをしていたと思う？　猛勉強していたんだよ、プロスペローの本で！　この親にして、この娘あり——娘も才能があったんだね。魔術を着々と習得していた。

話はさらにある。じつはミランダはエアリエルと裏で通じているんだ。どうやったかというと、みんながバカにしてる例の歌があるよね？　〝ミツバチが蜜吸うところでわたしも蜜を吸う。キバナノクリンザクラの中に寝て……〟ってあれ。バカみたいに聞こえるけどさ、選べるものなら、ミツバチとキバナノクリンザクラ的な生活をしたいって、エアリエルは言ってるんだよ。ミランダはそれを聞きつけて、念のため、島じゅうのキバナノクリンザクラを一本残らず引っこ抜いて、自分の乗る船に積みこんだ。彼女の船室は花だらけ！　それから、エアリエルはミツバチに目がないから、ミランダは魔法にかかって自分の腕にとまっているミツバチを使い――」と、ここでアン＝マリーは袖をまくりあげ、ミツバチのタトゥーをみんなに見せる。「父親の本で覚えた魔法で、ミツバチの巣の幻覚を見せる。エアリエルにとっては呪《まじな》いをかけられたようなものだよね。中毒のブツというか、ヤクというか！　ミランダにくっついていって、手先になるしかない。こうして彼は大好物を手に入れる。キバナノクリンザクラとミツバチ」

奇抜なことを考えるやつだ。フェリックスは思う。大物になるな。とはいえ、どんな分野で？

「それは幻のミツバチにすぎないんだろう」フェリックスが言う。「ミツバチの幻覚というか」

「だからなに？　エアリエルは気にしないよ」アン＝マリーは言う。「彼にはどっちでも同じなんだ。幻でも本物でも」

「理解できたか、エアリエル？」フェリックスは８ハンズに尋ねる。「きみもこの、なんというか、加筆のアイデアを出したのかい？」

「いや、おれはそんなの、思いつかなかったけど、面白そうだね」８ハンズは言う。「いいんじゃないの？　キマッてるよ」

「でね、行動を起こしたアントーニオは、じつはこういう目に遭うんだ」アン＝マリーは言うと、Ｔシャツを脱ぎ、ブーツを蹴り脱ぎ、ジーンズも脱ぐ。ダンス用のぴったりしたトップスに、緑のサテンのショートパンツ。爪先立って体を上にストレッチしたかと思うと、屈みこんで両手を床につく。半身を起こして、片足で立ち、もう片方の足を後ろでつかみ、ヨガのアーチャーポーズ〔記述からすると〝ダンサーポーズ〟に近い〕のように、もう片方の手を前に伸ばす。部屋じゅうの男どもの視線を釘付けにする。

つぎには、また両足で床に立ち、身を前に乗りだし、耳に片手をあてて聞き耳を立てる。「ふたりの狂暴な悪党がアロンゾーの船室に忍び寄っていく。でも、エアリエルがそれを見ていて、ミランダに知らせにいくんだ。ミランダは自分が行くまで、アロンゾーの船室を稲妻でガードしろと命じる。さて、ミランダが現場に着いてみると、ファーディナンドがふたりを追い払おうと戦っているが、形勢がわるい。ミランダが分け入っていき、ハイキック一発でセバスチャンの手首をたたき折る」アン＝マリーは動作をつけて見せてから、ピルエットを三回、すばやくアラベスク、そして右足を踵から蹴りあげる。

クラスの面々から、抑えめの歓声があがる。みんな身を乗りだしている。無理もないな、とフェリックスは思う。おれも彼らぐらいの年だったら、乗りだしているよ。実際、いまも乗りだしているが。「セバスチャンは剣を落とすけど、もう片方の手に短剣を持っているんだ。それに、アントーニオも剣と短剣を両方かまえている。そこへ、いまにも襲いかかってきそうなキャリバン登場。三対二のうえ、ファーディナンドは血を流している。そこでミランダは重砲兵隊を召喚する。女神たちのパワーを！」

アン＝マリーはピルエットでまわりながら部屋の反対側へ行くと、あのタペストリーの大きなバッグをぱかっと開ける。出てきたのは、アイリス、シアリーズ、ジュノーだ。今日もウールのニットゥエアを着ているが、目玉はつやのない白に塗られていた。女神たちはハーネスを装着され、そこに細くて長い革ひもが何本か付いている。「一番手、アイリス！　突撃！」アン＝マリーはアイリスを頭上で大鉈のようにふりまわす。「バーン！　これでも食らえ、アントーニオ！　アイリスは飛んでいってやつの剣を吹っ飛ばす！　さあ、つぎは、シアリーズ！　そして、ジュノー！」アン＝マリーは女神たちを８の字にぶんぶんふりまわす。「やっちまえ、女神たち！　ふたりしてやっつけろ！　女神パワー、タマに直撃！　ヒューッ、ドカーン！　干しブドウみたいにしぼんじゃったか！　本日のしょぼいレイプ計画もおじゃんだな、おまえら！」

「トニーオ、弱《よわ》っ！」Ｐポッドが言うと、みんな囃《はや》したてる。

「でも、まだキャリバンが片づいてない。キャリバンはいやらしい目つきで、涎《よだれ》をたらしながら、突進してくる。化け物に気をつけろ！」アン＝マリーは女神たちを編み物バッグに投げこむと、フェリックスの机に跳びのり、端っこで構えのポーズをとる。膝を曲げ、両手を頭上にあげた姿勢から、バック宙一回ひねりで床に着地する。と思うと、あおむけになって、両脚でシザーズ〔はさみのように両脚を動かす動作〕、両脚をクロス、ごろりと転がって、上半身を起こす。一連の動きは溶けたカラメルのようになめらかに。〈キッド・ピボット〉ならではの振付けだ。

「キャリバンは鱗だらけの両腕を脱臼」アン＝マリーは聴衆に報告する。「おいたわしや」

　ぴょんと跳んで立つと、両のこぶしをふりあげ、掌をひらくと、きらきら輝く紙吹雪がこぼれだす。「マエストロに」と、フェリックスに呼びかけてから、聴衆におじぎをする。こんな少人数のグループにしては轟くような拍手が湧きおこる。

「チーム・ミランダと女神組から感謝を」アン＝マリーは言って、膝を折ったおじぎをする。はあはあと肩で息をしているが、ひたいは少し汗をかいているていどだ。自分の席にもどり、シャツを着はじめる。

「うん、じつに斬新な解釈だった」フェリックスは言う。「このへんでコーヒーブレイクを入れようか」

44 ✦ チーム・ゴンザーロー

みんな三々五々に、フェリックスのプレミアムコーヒーを入れてもらった紙コップを持ち、そこにアン＝マリーがチョコクッキーを配ってまわる。幸い、全員にいきわたるだけの数があった。

「これ、めんちょいうめぇな」レッグズが言う。

「クッキーを焼かせたら、てなし級」スネークアイが言う。

「ハッシッシ入りならよかったのに」8ハンズが言うと、忍び笑いが起きる。

「まさに名人芸だった」フェリックスはアン＝マリーに言う。「でも、あの女神たちは本当にあんなパワーを持っているかな？　エアリエルが見せているだけだろう。本物の女神じゃなくて」

「いまや、本物なんだよ」アン＝マリーが言う。

フェリックスは腕時計を見る。「さて、発表を進めよう。あと二チームある」紙コップが回収され、ごみ箱に捨てられる。クッキーは食べつくされていた。「つぎの発表者はベント・ペンシル」

「なんだか盛りさがりそうで、申し訳ない。なにしろ、あのアン＝マリーのあとだから」ダンスはあまり得意ではないし」否定する者はいない。笑う者もいない。ベント・ペンシルはぎごちない足取りで前に出ていく。

「こういう機会をあたえてくれたことに感謝する」ベント・ペンシルはそう切りだす。「ゴンザーローという重要でありながら感謝されない役どころ——重要な役というのは往々にしてそうだ——を演じたこと、また、デューク先生が今週、用意してくれて大成功をおさめた、えー、じつに革新的なインタラクティヴ演劇の一部に参加できて、たいへん勉強になった。ＶＩＰの方々は自分たちもいわゆる即興で劇に参加していると知り、瞠目したことであろう」と言って、思いだし笑いをしてしまう。

「死ぬほどな」と、レッグズが言う。「がっつり思い知らせてやったぜ！」

ベント・ペンシルはレッグズに、にたっと笑いかけてから、つづける。「このレポートはチーム・ゴンザーローによる共同制作である。だが、劇中のゴンザーローは連帯し共謀する仲間をもたない。例外は、あやうく殺されるのを防いでくれるエアリエルと、つねに舞台裏で動いているプロスペローだけだ。しかしながら、現実のわたしにはデス大佐、ティミＥｚ、ライスボールがついていて、このレポートをまとめるのにありがたくも力を貸してくれた」と言って、年下の三人にやさしい叔父さんのような笑みを送る。

「レポート――劇が幕を閉じた後のゴンザーローの人生。チーム・ゴンザーロー。

『テンペスト』の登場人物は楽観的キャラクターと悲観的キャラクターに分類できると、われわれは考えた。楽観的キャラクターは人間の性質のよりポジティヴな面に関わり、悲観的キャラクターはよりネガティヴな面に関わる。つまり、エアリエルとミランダとファーディナンドは楽観主義者だ。アロンゾー、アントーニオ、セバスチャンたちは悲観主義者。ステファノー、トリンキュロー、キャリバンは自分たちにとってより良い将来を願って尽力するかと思えば、暴力、死、および／または隷属といったものを他者に進んで押しつけもする。

ゴンザーローはこのスペクトラムでポジティヴの極にいるが、こんな性格で、よくアロンゾー王の宮廷で顧問官として生き残ってこられたものだと思う。王のまわりには、無私無欲など信じない冷笑家や、調子のいい便乗屋や、上に取り入って地位を得た連中がうじゃうじゃいる。そのなかでゴンザーローが生き残ってきたぐらいなら、アロンゾーの改悛は本物であるという命題は信憑性をもつのではないか。アロンゾーの言葉に嘘はなく、それゆえ、ファーディナンドとミランダは、アロンゾーの最善のサポートを得て、彼らの治世へと安全かつ幸せな代替わりが期待できよう。プロスペローへの酷薄な仕打ちに加担したアロンゾーではあるが、もとから善良さを備えていなければ、ゴンザーローを顧問官として雇うこともなかったろう。

しかし、ゴンザーローはじつに無力だ。プロスペローはべつとして、ミランダ、ファーディナンド、エアリエル、ゴンザーローらポジティヴ・キャラクターはだれひとり、権力をもっていないのである。プロスペローの力にしても、ふつうの類ではない。キャリバンが言うように、魔術書なしには彼はなにもできないのだから。

きわめて善きものはつねに弱いのか？　人は権力をもたない状態でのみ善良になれるのだろうか？　『テンペスト』はこのような問いをわれわれに呈する。もちろんべつの種類の強さもあるだろう。悪に抗する善の力、シェイクスピアの観客たちならよくわかっていたはずの力だ。しかしながら、そういった強さは『テンペスト』ではあまり強調されない。ゴンザーローはたんに誘惑を受けることがないのだ。彼は罪なほど甘いデザートを〝ノー〟と拒絶する必要はない。一度も勧められないのだから。

われわれチーム・ゴンザーローは以下のようなゴンザーローの未来図を提案する。

悲観主義のチーム・アントーニオの筋書が間違っているとしよう。アントーニオは勝利しない。プロスペローは船端から投げだされない。それどころか、劇の最後で予定されたようにすべては進んでいく。たったいま、ミランダと女神のご友人たちに関する楽しい夢想がアン＝マリーのパフォーマンスによって、じつに生き生きと表現されたが、これも度外視しよう。レポートのこの部分はわたしがいま独断で付記した。チーム・ゴンザーローはアン＝マリーの飛び入り参加を前もって知らなかったのだから」ベント・ペンシルは必ずしも温かいとはいえない笑みをアン＝マリーにむける。

「チームのレポートにもどる。『テンペスト』という劇はセカンド・チャンスを擁護するものだから、われわれもそれに倣いたい。

こうして船に乗った人びとは、プロスペローが指示を出すエアリエルのおかげで、さわやかな風を受けてナポリに帰りつき、ファーディナンドとミランダの結婚が祝われる。その後、プロスペローはふたりに別れを告げ、ミラノに帰還する。そこで、ふたたび大公の座につき、アントーニオのことは間違いなく幽閉するか、さもなくば抹消するだろう。そしてプロスペローは観客に語りかける。いま、頭の三分の一は弟の死のことで占められているが、あとの三分の二はミラノの治政のことを考えていると。こんどはうまくやってくれることを祈ろう。

一方、ナポリの宮廷では、セバスチャンが兄王に謀反心を起こしかけても、それをプロスペローに知られているため、思い留まっている。プロスペローは彼の謀りごとをすっかり書き留めて、ミランダに渡してあるのだ。必要に迫られたら使うようにと。ゴンザーローに関して言えば、ファーディナンドとミランダも、それどころかアロンゾー王も、これまでゴンザーローのしてきた善行にとても感謝しており、欲しいものはなんなりとつかわすと言う。

ここで、チーム・ゴンザーローはゴンザーローの善性を試すことにした。ゴンザーローは彼と同じほどに善良な人々の一団と島にもどることを選び、その島に、みずからが治める共和制王国を打ち立てる。そこは、身分格差も、重労働もなく、ふしだらな性行為も、戦争も、犯罪も、牢獄もない社会である。

以上でレポートを終わる。

署名、ベント・ペンシル、ライスボール、ティミEz、デス大佐」ベント・ペンシルはふたたび教室に笑顔をふりまく。

「ありがとう」フェリックスは言う。「その後はどうなるんだい?」

「どうなるってなにが?」ベント・ペンシルは無邪気に訊きかえす。

「ゴンザーローの理想の共和国だよ」

「チーム・ゴンザーローは、そこはみなさんのご想像にお任せする」ベント・ペンシルは言う。「ゴンザーローは魔術師ではない、とだけ言っておこう。ゴブリンたちに指令を出すこともできないし、死者を生き返らせることもできない。それに、軍隊ももっていない。他人の善なる心根に頼るしかないんだ。とはいえ、慶運または吉兆の星は彼に微笑むのではないか。〝幸運〟もまた、この劇で役割を演じている。プロスペローもそれ抜きには、チャンスを生かせなかっただろう。〝幸運〟も重要な役柄のひとつだ」

「まったくもって、そのとおり」フェリックスは言う。「チーム・ゴンザーローに満点を。うちの叔父さんがよく言っていたが、もつなら金より運のほうが良いって」

「わたしはどっちにも恵まれていないが」ベント・ペンシルがおだやかに言うと、笑い声があがり、彼はうれしそうな顔をする。

「いまのところ、ツキがないかもしれないが」フェリックスは言う。「でも、吉兆の星はだれに微笑むかわからないさ。さて、つぎ。最後の発表者は？　ああ、チーム・鬼婆っ子か」

45✦チーム・鬼婆っ子

レッグズが教室の前に進みでる。顔を紅潮させ、いつにも増してそばかすが目立つ。クラスを圧する構えでキメキメのポーズをとると、爪先を外側にひらいた形で片足を前に出し、もう片方の足は膝で溶接されたみたいにスウィングさせる。キャリバンばりのしかめ面で、一堂に会したキャストとスタッフをぐるりと見わたす。一拍おいて、両袖をゆっくりとまくりあげる。

なかなかの舞台効果じゃないか。フェリックスは思う。観客をじらしている。

「チーム・鬼婆っ子、ここに参上」と、フェリックスに言う。口ぶりは軍隊調だが、微かにからかいの気味が交じっている。

「まぎれもない明らかな事実がここにある」レッグズはそう語りだす。「鬼婆っ子、すなわちキャリバンには味方がだれもいないってことだ。友だちや仲間がいるとしても、あの飲んだくれのアホどもだろ。キャリバンに忠実でもねぇし、やつをコケにする、罵倒する、見世物にして金をせしめようとする。劇中、キャリバンはノーチームだ。やつのたった一人のチームメイトは死んじまってる。鬼婆と呼ばれたおふくろだ。けど、おふくろはやつを間違いなく愛してた。少なくとも、子猫みたいに溺れさせない程度にはな。かつかつの生活とはいえ、倅を生かしてやった。考えてみりゃ、これは褒めてやるべきだろ。あんな島で、たった独りでガキを産んだりしたんだから。ダメなとこはいろいろあるだろうが、倅のためにできることはしてやった。タフな婆だ」

聴衆たちはうなずく。みんな、あらも多いがタフな母ちゃんを思いだして。

「そのうち婆は死んで、キャリバンは独りで大きくなった。最初はプロスペローを歓迎していたが、いまじゃ、24／7〔トウェンティー・フォー・セブン、一日二十四時間、週に七日の意〕、見張られるし、エアリエルだって同じ奴隷っちゃ奴隷なのに、助けてくれようとしねぇしな。ふたりとも、へたすりゃ拷問されるって点でも同じ。

ひとつだけ違うのは、エアリエルはへこへこするが、キャリバンは媚びねえってことだ。だから、体じゅうつねられて、引き攣るのは、キャリバンだけなんだ。

でも、うれしいことに、おれにはこのレポートを手伝ってくれるチームがいる。鬼婆っ子のバックチームと衣裳デザイナーたちだ。Pポッド、ティミEz、ヴァムース、それからレッドコヨーテ。みんな最高だったぜ。おまえらがいなかったら、やっぱ違かったと思うし、このチームだからばっちり決められた。だから、これは、これからもおれの人生で最高の思い出になると思う」レッグズはそう言って口をつぐむ。計算された間なのか、それとも感極まってきたのか？　フェリックスは思う。おれでも区別がつかないんじゃ、演技指導がうますぎたかな？

「ってことで、おれらのレポートを発表する」レッグズはつづける。「チーム・鬼婆っ子によるレポート。『劇が終わったあと、キャリバンはどうなったか？』やつが宙ぶらりんのまま芝居が終わっちまうから、本当のことはわからない。プロスペローの善き下僕になるのか、それとも？

オーケイ、おれらはいくつか違かったパターンを考えた。一番、キャリバンだけ島に残されて、あとのみんなは船で帰っていく。で、キャリバンは島を手に入れて、前からなりたかった王さまになる。でも、ほかにはだれも残ってないんだ。ってことは？　自分ひとりじゃ、王さまになりようがないだろ？」

みんながうなずく。一心に聴いている。キャリバンの〝その後〟はいちばん気になるのだろう。

「オーケイ、じゃ、一番目の選択肢はなしな。つぎは、えーっと、二番だが、キャリバンもみんなといっしょにナポリ行きの船に乗る。そこでプロスペローは殺され、ミランダはレイプされる。チーム・アントーニオが言ったとおりだ。わるいな、アン＝マリー、けど、この世には女神なんていないから、こういう展開になるんだ。ただし、レイプするのはキャリバンじゃない。アントーニオだ。やつは自分でも言うとおり、邪悪だからな。彼女をレイプしたうえに殺しちまう。やつはまたミラノの大公になるつもりだし、そのためにはライバルがいちゃ困るから、殺すしかないんだ。わかるよな？　キャリバンはこれを知ってぶち切れるが、なにもできない。その前に、ステファノーとトリンキュローが船底にやつを鎖でつないじまったからだ。

ナポリに着くと、ふたりは金儲けのためにキャリバンを見世物にする。もくろみどおり。客には、ジャングルに棲む野蛮な半魚人で、人間も食らうとか言う。客たちは檻に入ったゴリラみたいにものを投げつけたり、ボロクソに罵倒したりする。プロスペローやミランダやステファノーやトリンキュローがやってたみたいにな。棒でつついて、唸らせたり悪態をつかせたり、笑いものにしたりする。食い物といえば、クソみたいなものばかりだ。しばらくこんな生活をしてるうちに、キャリバンはめちゃくちゃ病気をもらって——ワクチンなんか打ってねぇだろ？——ある日、発疹と熱が出ると、ひっくり返って死んじまう」

クラスは静まりかえっている。まったくありがちな話だ。

「でも、この筋書きは暗すぎだから、ナシ」レッグズが言う。「ほかのやつらがセカンド・チャンスをもらってるのに、キャリバンはなんでもらえないんだ？　やつはやつであるだけで、どうしてこんなに苦しまなきゃいけないんだよ？　キャリバンって、なんだか、マイノリティとかそういう感じだよな。最初っから負けてるっていうかさ。産んでくれって頼んだわけじゃねぇのに」

あちこちでうなずく顔。レッグズは聴衆をつかんでいる。みんなをどこに連れていくつもりだ？　フェリックスは思う。きっと未知の世界だろう。あいつの目を見ればわかる。いまに、仰天のストーリーが飛びだすぞ。「で、おれらはあのプロスペローの科白を考えてみた。〝闇から生まれた此奴はわたしのものだ、認めよう〟〔第五幕第一場〕ってやつだ。どういう意味だ、これ？　たんにキャリバンはプロスペローの使用人っていうか、奴隷って意味か？　いや、それ以上の意味だ」レッグズは身を乗りだして聴衆とアイコンタクトをする。念入りにもう一度する。「おれたちの意見を言うぜ。これが真相だ。いいか、プロスペローはキャリバンの父ちゃんなんだ」

　いっせいにつぶやきが漏れ、首を横に振る者もいる。納得できないのだ。「まあ、最後まで聴けよ」レッグズは言う。「いま話すから。キャリバンの母ちゃんは魔女だろ？　シコラクスっていう、よこしまなやつ。プロスペローも魔法使いだ。ふたりともやることがよく似てる。まじない、呪い、天気を変えたり、あと、エアリエルを好きなように使ったり。ただ、プロスペローのほうがうまくやってるから、こいつはオーケイだが、シコラクスは悪いやつだってことになる。このふたりがもっと前に、たとえば、魔法使い会議みてぇなとこで会ってたら、一発やってたね。ひと晩かぎりで。プロスペローはやるだけやってミラノにトンずら、孕《はら》んじまったシコラクスは捕まって、あの島に放りこまれるってわけだ。

　で、プロスペローがこの島に流れつく。そのころにはシコラクスは死んでるが、プロスペローはキャリバンをひと目見ただけで、だれの子だかぴんとくる。だから、キャリバンの死んだかあちゃんをボロクソ言うんだ。ま、当然だよな。ガキは認知しないが、なにかに利用してやろうと考える

――だって、半分は自分の子なんだから、筋はいいはずだろ。じつのところ、キャリバンは自活力があるし、島のことは知り尽くしてるし、ピグナットとか魚とか食い物はとってきてくれるし、進んで役に立とうとするんで、プロスペローも得意になってた。それで、このガキをおだてて、いろいろ教えてやったんだ。言葉とか、そういうことをな。

だが、ガキはミランダに手をつけようとした。褒められやしねぇが、当然っちゃ当然だろ。同意があったとかなかったとか知らねぇが、ぴちぴち跳びまわるミランダを丸見えにしといたのはだれなんだよって話だ。プロスペローもそこは気をつけるべきだった。そんなに大事なら、娘をどっかに閉じこめとけばよかったろ。あの件に関しては、プロスペローにも責任がある。

なのに、やつは責任とらない。それどころか大騒ぎして、罵倒しまくって、とりあえず拷問だろ。そうやってキャリバンの音楽の才能とか、良いところを見過ごしちまうんだ。でも、最後には、なにもかも人のせいじゃないってことに気づく。それに、キャリバンの悪いところと自分の悪いところは完全一致ってわかる。ふたりとも怒ってて、すぐに悪態をつくし、復讐心に燃えてるだろ。腰のとこでつながった双子みたいにな。キャリバンってのは、プロスペローの悪の面なんだよ。この父にしてこの子ありだ。だから、プロスペローはとうとう認知する。〝闇から生まれた此奴はわたしのものだ、認めよう〟って言うだろ、あれはそういう意味だ。

だから、劇のあと、プロスペローは酷い仕打ちの埋め合わせをしようとする。キャリバンを船に乗せて、シャワーを浴びさせ、魚臭さをこすり落とし、おしゃれな服なんかも新調してやって、小姓だかなんだかそういう役につけてやって、キャリバンはちゃんと皿からものを食うようになる。

プロスペローは、すまなかった、過去は水に流してやり直そうとか言う。美しい夢とかなんとか〈キャリバンは詩的な光景を夢に見て目覚めてはまた夢を見たいと泣くような心をもつ。第三幕第二場〉で、キャリバンのアーティスティックな面に訴えかける。で、キャリバンが体を洗って、上等な服を着て、マナーを身につけたとたん、もうだれもやつを醜いなんて思わなくなる。むしろ無骨でいい感じだと思う。

それで、プロスペローはミラノに帰ると、キャリバンをミュージシャンに仕立て上げる。いったんブレイクしたら、このガキはすごいことになる。なんつうか、人びとのなかに闇のエモーションみたいなのをかきたてるんだ。ただし、音楽の力で。ひとつ、酒は避けなくちゃならない。キャリバンにとっては毒で、飲むとおかしくなるからな。だから、やつは努力して禁酒を守る。

気がつけば、やつはスターだ。プロスペローはむちゃくちゃ鼻が高い。オール大公ライヴチャートでも番付け一位。ステージネームもあるし、バンドも持ってる。〈鬼婆っ子と闇の野郎ども〉。なんつうか、世界的スターだ。

おれらのレポートは以上だ。お気に召したかな」

今回はみんな納得する。口々に「イヤァ」とか「でかした」とか言って、拍手喝采。それはどんどん大きくなって、リズミカルな手拍子になり、そこに足踏みもくわわる。「鬼婆っ子！　鬼婆っ子！　We want 鬼婆っ子！」

フェリックスが立ちあがる。調子に乗って押さえがきかなくなるとまずい。

「すばらしいレポートだった、チーム・鬼婆っ子。きみたちも満点だ！　じつに独創的な解釈だった！　しかもこのコースの格式にもふさわしいエンディング。さて、キャストパーティに移ろう。

準備はいいか？」

46 ✦ われわれの余興

〔第四幕第一場、プロスペローの科白より〕

袋入りのポテトチップスと缶入りのジンジャーエールが配られる。しばしの歓談があり、ジンジャーエール缶をぶつけあって乾杯。静かながら祝宴の雰囲気だ。そのうち、ひとりずつフェリックスのそばに来て、照れ臭そうに謝辞のようなものをぽつぽつと述べる。毎年、このキャストパーティで見られる光景だ。その傍ら、チップスの袋を開け、タバコをそそくさとポケットにしまう光景も。

ひと袋に入っているタバコの本数は均等。当然じゃないか。みんなよくやってくれたのだから。フェリックスが席をはずすと、とたんに取引や交換が始まるのだろう。タバコは闇紙幣であり、ワイロにも格好だし、品物と引き換えたり、頼み事に使われたりする。

「好みの銘柄じゃないな」ベント・ペンシルが言うと、忍び笑いが起きる。彼が喫わないのは、みんな知っている。

「おれは片端に穴が開いてて、もう片っぽに火がついてれば、なんでも喫うね」レッドコヨーテが言う。

シヴが言う。「それ、うちのかみさんのことか」笑い声があがる。

「うん、でも、どっちの端がどっちなんだ?」さらに笑い声。「失礼、アン＝マリー」

「気をつけな」アン＝マリーが言う。「忘れるんじゃないよ。わたしには女神パワーがあるんだからね」

「ともかくすごいプレゼンだったよ、アン＝マリー」フェリックスが割って入る。「ああ来るとは思わなかった」

「魔術は人の予想を超えるべしって、先生、いつも言ってるよね」アン＝マリーが言う。「驚かせてやろうと思って」

「やられたよ」フェリックスは言う。

「わたしたち、先生にはほんと感謝してるんだ。わたしとフレディーは。だって――」

「感謝にはおよばない」フェリックスは言う。「力になれてなによりだ」

「おれらも先生にサプライズがあるんだ」なにげなく近寄ってきたレッグズが言う。

「ほう?　どんなサプライズだ?」フェリックスは訊く。

「エクストラ・ナンバーを書きおろした」レッグズが言う。「おれとチーム・鬼婆っ子で。みんなで協力して書いたんだ。なんつうか、ミュージカルっぽいやつ」

「えっ、ミュージカル?　キャリバンの?」アン＝マリーが驚く。

「ああ、劇の後日談ってやつだ。このレポートを書いて考えたんだよ、おれら。キャリバンに一人芝居をやらせたらどうかって」

「話してくれ」フェリックスがうながす。

「オーケイ、始まりは、ステファノーとトリンキュローがやつを檻に入れて、見世物にするところからだ。でも、このミュージカル版では、キャリバンは檻を破って逃げだす。そのシーンのナンバーだ。やつは脱走して、もう奴隷には甘んじねぇ、檻の生活はお終いだって言うんだ」
ドゥン、ドゥン、ドゥン、チーム・鬼婆っ子がビートを刻みだす。レッグズがチャントする。

自由だ、祝えよ！　祝えよ、自由！　自由
　祝えよ、自由
檻を蹴破れ　怒り狂え――
命令されても
魚の釣り堀　もう造らない
薪も二度と　拾ってこない
食い残しの始末　皿洗いも終わり
きさまの足をなめるのも
きさまの後ろを歩くのも
バスの後ろに座るのも
おれらの土地を返したらどうだ！
バン、バン、キャ、キャ、キャリバン

ご主人いらずだ　奴隷はごめん！
開けた穴ふさいで　盗んだもの返せ
いやいや　手遅れ　業腹《ゴーハラ》業腹《ゴーハラ》
暴れてやるぜ　これからこれから！
最低賃金　守れよ　オラオラ——
ボロ屋もノー　バケツに小便《ションベン》もノー
おいらを閉じこめ　ノーノーと暮らす！

ドタマを蹴とばし、雪にほっぽり
死んじまっても知らん顔
おいらはクズ以下
バン、バン、キャリバン
獣あつかい　ひどいじゃん！

あるときゃ　鬼っ子ブラック、鬼っ子ブラウン、
あるときゃ　鬼っ子レッドだ、てめえの好みは知らん
鬼っ子イエローに、鬼っ子トラッシュ・ホワイトに〔ホワイト・トラッシュは米国南部の最貧層白人への蔑称〕
通り名あれこれ　闇夜をさすらい

おまえにやられた恨み　コ・ツ・ズ・イ
鬼婆っ子！

バン、バン、キャリバン、
ご主人いらずだ　奴隷はごめん！
動かせ、放せ、流れにまかせろ――
いらねえ、いらねえ、なんにもいらねえ、ノーノーノー！

〔第二幕第一場より大胆にアレンジ〕

「圧倒されたよ、すごい迫力だ」とフェリックスは言う。

「迫力どころじゃないよ」アン＝マリーが言う。「なんていうか――まじで――ところでさ、キャリバンは檻から逃げてからどうなったの？」

「おれらが思うに、いじめてきたやつらを追跡したんじゃねぇかな」レッグズが言う。「一大復讐劇をくりひろげる。ランボーみたいな感じな。手始めにステファノーとトリンキュローをやっつけて、そのあと、ひとりずつ仕留めていく」

「プロスペローはどうなる？」フェリックスが尋ねる。

「あと、ミランダは？」アン＝マリーも質問する。

「そのふたりはミュージカル版には登場するかもだし」レッグズは答える。「しないかもな。キャリバンはふたりを赦すかもしれないし、赦さないかもしれない。ふたりのあとをつけて、跳びかかって、爪でずたずたにするかも。そこんところは、まだ考えてる最中だ」

フェリックスは興味をそそられる。キャリバンがあの劇から飛びだしたら。プロスペローのもとから逃げだしたら。影が人の体から離れて、ひとりで彷徨い歩くみたいに。やつを止められる者はいない。プロスペローはやられずに済むだろうか、それとも、ある月影のない夜に、報復が窓から忍びこんできて、喉もとを掻き切られるのか？　フェリックスはそんなことを思い、恐るおそる首筋を触る。

「演出つけてくれねぇかな、デューク先生？」レッグズが言う。「おれらがシャバに出たら？　先生が、たぶん、おれらの演出家の第一候補になるんで」レッグズは照れた顔でにやっとする。

「そうだな、わたしがまだ生きていれば」フェリックスは答える。妙なことにその依頼をうれしく思っている。もちろん、実現するはずがないのだが。いや、ひょっとすると。「できるかもしれんな。わからんぞ」

47 ✦ もうおしまい

〔第四幕第一場、プロスペローの科白より〕

フェリックスがジンジャーエールを飲み終わるころ、8ハンズとレッグズとスネークアイが寄ってくる。

「あと一つ、訊きたいことがあるんだが」と、スネークアイが言う。「コースの課題のことで」

「なんだい？」フェリックスは尋ねる。なにか漏れがあったろうか？

「九番目の牢獄のことだよ」8ハンズが言う。「八つしか挙がらなかったじゃん。憶えてる？」

「おれらだけで答えが出せなかったら教えるって言ったよな」レッグズが言う。

「ああ、そうだった」フェリックスは記憶をたぐりながら答える。「劇の結末は、プロスペローにとって良いことずくめではないだろう？　大公の座に返り咲くが、もはや彼はそのことには大して関心がない。つまり、彼は勝つと同時に敗けもした。いちばん大きいのは、彼が愛する者をふたり失ったことだ。まずは、ミランダ。彼女はファーディナンドと結ばれて、はるか遠いナポリに暮らすことになる。それから、エアリエル。彼はお役ご免となり、プロスペローのもとを未練の〝み〟の字もなく去っていく。プロスペローのほうは恋しがるだろうが、エアリエルにはそんな素振りはみじんもない。自由になれてせいせいしているんだ。唯一、プロスペローについていきそうなのは、あまりうれしくないお供のキャリバンだ。とはいえ、島を出ていくのに、なぜキャリバンが必要だろう？　ミラノに帰れば、ほかに召使たちがいるはずだ。プロスペローはある種の責任感から、〝闇から生まれた此奴〟をおそらく連れていくだろう。キャリバンはほかでもない、プロスペローの僕《しもべ》だからね。しかしこの瞬間、彼が罪の意識を感じているのは、べつのことなんだ」

「そんなこと、どこを読めばわかるんだ？」レッグズが訊く。「プロスペローが罪の意識を感じてるとか？」

「ここだ」フェリックスは台本をぱらぱらめくる。「こういう科白がある。〝あなたがたの魔力で、わたしをこの鄙《ひな》びた島から解き放ちたまえ〔第五幕エピローグ、プロスペローの科白より〕〟プロスペローはみずからかけた魔法を解き、魔術の道具を折って、書物も焼いてしまおうとする。もう二度と魔術が使えないように。これから魔力を行使するのは観客のあなたがたです、と彼は言う。みなさんが拍手喝采でこの芝居を成功に導いてくれなければ、自分はこの島という牢獄に監禁されたままなのだ、と。

そして、わたしのために祈ってください、とも観客に呼びかける。そう、ここの科白だ。〝……わたしにとって絶望的な結末となるでしょう。祈りによって禁を解かれなければ。祈りは空を射て神のお慈悲に訴え、すべての過ちを免罪する〟つまり、プロスペローは神の赦しを乞うている。劇の最後の科白はこうだ。〝あなたがたが罪を赦されるように、どうか寛大なお心でわたしを自由にしてください〟ここはダブルミーニングだったね」

「そうそう、注釈に書いてあった」ベント・ペンシルが言う。

「なんだっけな」スネークアイが言う。

「寛大なお心《インダルジエンス》というのは、免罪符も意味するんだ」フェリックスが言う。「むかしは教会から金で買えたんだよ」

「いまも買える」スネークアイが言う。「罰金という名の免罪符」

「保釈とも言う」レッグズが言う。「もちろん金はかかるが」

「早期仮釈放とも言う」8ハンズが言う。「金を払うわけじゃないけど、お務めをして得ることになってる」

「罪の意識の話はどうなった?」アン＝マリーが口をはさむ。「そんなにひどいなにをしたの、プロスペローは?」

「さて、なんだろうな?」フェリックスはあえて問いかける。ほかの役者たちも集まってきている。

「それについて、プロスペローは語らない。この芝居のもう一つの謎だ。とはいえ、『テンペスト』というのは、芝居をプロデュースする男の芝居だろう――彼の頭の中から、彼の夢想から出てきた芝居――ということは、プロスペローが赦しを乞う過ちとは、この劇そのものかもしれない」

「エレガントな御説」アン＝マリーが言う。

「それは解《げ》せないな」スネークアイが言う。「芝居は犯罪じゃない」

「だが、罪ではある」フェリックスは言う。「法的な過ちではない。倫理的なものだ」

「と言われても、わからん」

「だったら、劇中に出てくるあのすさまじい復讐心は? あの烈《はげ》しい怒りは?」フェリックスは言う。「他人を苦しめることは?」

「うーん、それもそうか」スネークアイは言う。

「そこはわかった。でも、九番目の牢獄はなんなのさ?」8ハンズが言う。

「エピローグにあったろう」フェリックスは言う。「プロスペローは事実上、こう言っているんだ。〝あなたがたが島から連れ去ってくれなければ、わたしはいつまでもここから出られない〟と。つまり、彼自身が呪術にかかったままなんだよ。いつかきっと復讐心を再燃させることになる。何度も、何度も。それは地獄の苦しみだろう」

「そういうホラー映画、見たことあるな」8ハンズが言う。「〈ロッテン・トマト〔映画の紹介サイト〕〉で」

「劇の最後の三語は、set me free〔わたしを自由にしてください〕だ。ふつう自由の身であれば、〝自由にしてください〟

とは言わない。プロスペローは自分で編みだした芝居の中に閉じこめられてしまったんだ。これでわかったろう。九番目の牢獄とは、この劇そのものだ」

「おっと、クールな御説」８ハンズが言う。「きまったね」

「うまいこと言った」アン＝マリーが言う。

「いまひとつ、納得できないが」と、ベント・ペンシル。

「来年はどんな劇をやるんだ？」シヴが訊く。「また来年も教えにくるだろう？　おれたち、このプログラムを救ったんだから」

「来年も劇はやるさ、約束する」フェリックスは言う。「みんな、そのためにがんばったんじゃないか」


「なんだか、泣いちゃいそう」ふたりで廊下を歩いていくうちに、アン＝マリーが漏らす。「だって、今日で終わりじゃん。もはや余興は終いだ、か。あー、クソおもしろい余興だった！」アン＝マリーはフェリックスの腕をとる。防犯ドアがふたりの背後で、鈍い音をたてて閉まる。

「余興は終いだ」フェリックスは言う。「だが、お終いになるのはここの余興だけだ。きみには、まだいくらでもお楽しみがある。フレディーとはうまくいってるか？」

「いまのところ、わるくないね」アン＝マリーの返答は例のごとく控えめだ。その横顔をとくと見ると、紛うことなきにやけ笑いが浮かんでいる。

ふたりはセキュリティチェックを受ける。フェリックスはディランとマディソンに別れの挨拶をする。「今年もすごかったなあ」ディランはフェリックスに言う。「クッキー、ばっちりでした」と、アン＝マリーにも。

「デューク先生、また来年」マディソンが言う。「また同じ時期っすよね？」

「メルド、三唱」ディランが言う。

「楽しみにしてるよ」と、フェリックス。

駐車場で、フェリックスはもう一度、アン＝マリーに礼を言うと、息の上がりそうな愛車に乗って外のゲートを抜け、坂をゆるゆるくだっていく。かき寄せられた雪の汚い小山が道ばたに並び、溶けだして水が滴り落ちている。いきなり春の訪れだ。フレッチャー矯正所にどれぐらい籠っていたんだろう？　何年にも思える。

ミランダもキャストパーティの場をあとにしたろうか。セキュリティゲートを通って、いまいっしょに車に乗っているだろうか？　もちろんんだ。後部座席の、隅っこに身を寄せている。影のなかの影。すばらしき新世界の中にいる驚くべき役者たちともう会えなくなるのを悲しんでいる。

「〝おまえには目新しいだろう〟」フェリックスはプロスペローの言葉を借りて話しかける。

エピローグ

わたしを自由にしてください

二〇一三年三月三一日（日）

フェリックスは小屋で荷造りをしている。荷造りというほどの荷があるわけではない。半端なものの寄せ集めだ。年寄り向けの服が何着か。きちんとたたんで、キャリア付きの黒いスーツケースに重ねて入れる。本格的に春が到来した。氷雪は溶けだし、もう鳥たちがさえずっている。ドアを開けておくと陽が射しこむので、ありがたい。なぜだか電気を切られてしまっていた。

どうしたのかと思い、どろどろした雪を踏みしめて大家のところへ訊きにいってみると、農家はもぬけの殻になっていた。モード一家は――おそらく――未払いの請求書を山のように残して夜逃げしたんだろう。跡形もなく消えていた。まるで、もともといなかったかのように。まるで、フェリックスの必要に応じて出現し、必要とする間だけ存在して、あとは霞と消え、野畑や植林地に融けこんでしまったかのように。〝丘陵の、小川の、静かな湖の、森の精たちよ〔第五幕第一場、プロスペローの科白より〕〟と、フェリックスはつぶやく。まあ、じつのところは、おおかたバートのトラックに乗って、もっとおこぼれに与かれそうな西を目指しているんだろう。

復讐はささやかながら成し遂げられた。敵たちは苦しみ、じつに愉快だった。その後、トニーの歯ぎしりを聞きながら、気前よくお赦しをふりまいてやったのは、さらに痛快だった。それに、例の場面の動画をクラウドに保管しているかぎり、トニーは当面、フェリックスに逆らえないだろう。あの悪だくみ野郎がいくら望んでも。どのみち、やつは大臣の座を辞任し、それによって信頼も失っている。いまのやつには影響力も、強固な地盤もない。もはや政界で幅をきかせることもない。トニーは消え、フェリックスが復活して、あるべき形におさまったのだ。

特筆すべきは、フェリックスがもとのポストに返り咲いたこと。マカシュウェグ演劇フェスティバルの芸術監督に復任。十二年の長きにわたりお蔵になっていた『テンペスト』も、その気になれば上演できる。

ところが、おかしなもので、その意欲は湧いてこない。自分にとっては、フレッチャー獄中シェイクスピア劇団の『テンペスト』が本物なのだ。あれよりうまくはできっこない。あれほど瞠目の成功作のあとで、それより落ちる試みをやってもしょうがない。

芸術監督のポストのオファーは受け入れたが、名義だけで現場には出ていない。黒幕になって、裏で働くつもりだ。魔術の道具を折り、魔術書は水に沈めよう。もう年下の世代に引き継ぐ頃合いだ。助監督として、フレディーを雇った。実践の場で学んでもらおう。しばらくは自分が手を貸すつもりだが、そうしながら主権は彼に譲るつもりで、その引継ぎ作業はすでに始めていた。この青年は呑みこみが早い。フレディーはフェリックスさんには感謝してもしきれないと言い、そう言ってもらえるのは気分がいいものだ。感謝されても、されても、まだ足りない。

アン＝マリーはフレディーがマカシュウェグ・フェスティバルのレパートリーに加えようとしているミュージカル作品の振付けの総責任者を任されている。第一弾は、『クレイジー・フォー・ユー』になる予定だ。アン＝マリーの才能を生かせるダンスナンバーがたっぷりあるタップダンス・コメディだ。彼女ならぞんぶんに力量を発揮し、劇場を熱狂の渦に巻きこめる。間違いなくやってのけるだろう。

あのふたりのチームワークはじつにみごとだ。アイスダンスのチャンピオンカップルのごとく、たがいのために生まれてきたかのような息の合い方だった。衣裳スケッチを熱心に見ながら、美学論議をたたかわせ、パソコン画面に映る大道具のデジタルデザインをめぐってああでもないこうでもないと話しあうふたりを見ていると、なんだか結婚式に立ちあっているようで、フェリックスは胸がつまる。過去への郷愁と、未来への歓び、他者を思っての歓びが相半ばするあの不思議な気持ち。いまの自分は人の幸せを願って、仮想のライスシャワーを投げる傍観者にすぎない。ふたりが歩む道は平坦ではないだろう。演劇とはそういうものだから。しかし、少なくともふたりをその道程へ送りだすことはできた。自分の人生にもこうして良い実りがひとつはあったわけだ。それがいかに儚い実りに終わるかもしれなくても。

とはいえ、この世はなにもかもが儚いじゃないか。フェリックスは自分に言う。豪奢な宮殿も、雲を頂くほど高くそびえる塔も。それを、このおれよりよく知るものはいないだろう?

サル・オナリーは息子フレディーのことで、ひとしきり抵抗するだろうと思っていた。なにしろ可愛い長男を鼻先でフェリックスにかっさらわれ、法曹と政治の世界に閉じこめておこうと思っていたのに、そこから連れ去られ、アン＝マリーのようなお転婆とくっつけられてしまったのだ。ところが、サルはどちらかというと、ほっとしているようだった。息子の未来がひとつの方向性をもち、本人は幸せそうだし、なにより死なずに生きている！　この子煩悩の父にとっては、御の字なのだろう。とはいえ、子煩悩の父親たちも早晩、子どもを手放すときがくる。これからは、フレディーも自分で自分の運命を切り拓いていくだろう。だれもがそうするように、力を尽くして。

フェリックスは荷造りの手を止め、改めて現状を確認する。考えてみると、こんなワードローブしかない自分は「みすぼらしい」どころじゃないな。散髪もすべきだし、いいかげんまともな歯も入れないと。近々、買い物にもいこう。新品の衣類が必要だ。クルーズ船に乗りこむのだから。

この件はすべてエステルが仕切ってくれた。彼女の幅広い人脈のなかには、クルーズ船会社の経営者もいたのだ。チャンスを逃さないで！　エステルは言った。幸運の女神の前髪をつかむのよ。これまでさんざん奮闘したんだから、ひと休みしてリラックスするのも良いじゃない？　日射しのふりそそぐデッキチェアに寝そべって。潮風でリフレッシュして。

費用はかからないという。船旅の間に、フレッチャー矯正所でおこなったすばらしい演劇の試みについて二回ばかりレクチャーをしてくれればいい、と。適当と思われれば、劇のビデオを上映してもかまわない。船客たちも夢中になるはずよ、すごく斬新な取り組みだもの！　出演者たちのプライバシー問題がもちあがって上映できない場合でも、少なくともこのプログラムのメソッドはレクチャーできるでしょう。それに、この時季のカリブ海クルーズはすてきよ。エステルはそう言った。わたしが行きたいぐらいよ。みんなでダンスを踊ったりして、楽しいのよ！

フェリックスは初めのうち気乗りがしなかった。クルーズ船なんて、年寄り（自分よりさらに）ばかりで、デッキチェアでいびきをかいたり、フォークダンスなんかやったりしている――というイメージがあり、それは地獄とは言わないまでも、煉獄と言うべきではあった。要は、あの世への道のりのどこかで宙ぶらりんになった状態だ。しかし考えなおした。いまさら、なにか失うものがあるか？　死への道というのは、どのみち自分が歩んでいる道であり、だったら、船旅でたらふく食べてくつろげばいいじゃないか？

そんなわけで、行くことにしたが、一つ条件を出した。８ハンズには早期仮釈放がすでに認められているが、あの若者を放りだしていくのは、どうも気がとがめる。フェリックスはエステルにそう語った。聞くところによれば、刑務所から外に出た直後のほうが、牢にぶちこまれた直後より、危険だというではないか。８ハンズもクルーズに同行させること。わたしのプレゼンの途中でエアリエルの科白を披露させよう。船客たち、度肝を抜かれるぞ。あいつは天性の役者だから。それに、そういうクルーズ船では、あの子と有力な事業家との出会いなんかもあるかもしれない――デジタル業界のね――し、その人物が８ハンズの広範な才能を見いだして、彼が必要としているクリエイティヴな視野をあたえてくれるかもしれない。あの子は休息をあたえられて然るべきだよ。わたしのためにあんなに大変な仕事をしてくれたんだから。

エステルが腕をぎゅっと握ってくると、いくつもつけた彼女のバングルが音をたてる。ふたりはいまや、腕をぎゅっとやりあう仲に間違いなくなっていた。まったく問題ないわよ。エステルは満面の笑みで言ってくれた。その筋の人に頼んでおくから。その８ハンズって若者は運に恵まれるべき人材みたいだし、彼も潮風にあたれば開放的な気分になるでしょう。

　フェリックスは動物のぬいぐるみのついたマントをたたむ。持っていくか、それとも捨ててしまおうか？　気まぐれに、スーツケースに詰める。クルーズ船に持っていけば、プレゼンの彩りになるし、本格的な感じがするだろう。かつてこのマントが醸しだしてくれたオーラは、昼間見るクリスマスのイルミネーションみたいなもので、薄れはじめている。じきにただの〝思い出の品〟になってしまうだろう。キツネの頭のついた杖もある。もはや魔法の杖ではなく、たんなる木製のステッキだ。折られてしまった杖だ。地中深く埋めてしまうべきか？　いかにも芝居がかってるな。どのみち、観客もおるまい。

「さらばだ」フェリックスは杖に言う。「わが万能の魔法よ〔第五幕第一場、プロスペローの科白より〕」

ある考えが波のように打ち寄せてくる。おれは『テンペスト』について思い違いをしていたんだ。十二年間も。自分の執念の終局はミランダを生き返らせることではなかった。もっとべつなものだった。

　フェリックスは、銀の額縁に囲まれ、楽しそうにブランコにのって笑うミランダの写真を手にとる。そう、このミランダは三歳、過去に亡くした存在だ。いや、そうではない。彼女もここにいて、自分も閉じこめられていた粗末きわまる独房を父が出ていく準備をしているのをじっと見守っている。もはや姿は薄れて、実体を失いつつあり、ほとんど気配を感じられない。なにか尋ねている。

〝この先の旅にも無理やりわたしを同行させるつもり？〟

まったく、おれはなにを考えていたんだ？　四六時中、この子を自分につなぎ留め、自分の意向に従わせようなんて。なんて身勝手だったんだろう！　もちろん、娘のことは愛しい。大切な娘、たったひとりのわが子だ。けれど、この子が本当に望むこと、この子にどんな恩返しをすべきかはわかっている。

「さあ、大気のなかへ自由に飛んでゆけ」フェリックスは娘に言う。

するとミランダはようやく解き放たれる。

『テンペスト』オリジナル・ストーリー

　嵐の海で一隻の船が波にもまれている。ナポリ国王アロンゾーと、弟のセバスチャン、顧問官のゴンザーロー、息子のファーディナンドらが乗船している。ほかには、ミラノの大公アントーニオ、執事のステファノー、道化師のトリンキュロー。稲妻が走り、船は水夫長や船員たちの懸命の努力にもかかわらず沈みはじめ、人々はあわや海のもくずと……。この場には通常、大気の精エアリエルもマストのあたりに姿を見せ、芝居にくわわる。

　場面は変わって、近くの島の岸辺。十五歳のミランダが溺れゆく人々を可哀想に思っているが、父の魔術師プロスペローは、ひとり残らず無事だと言う。なにもかも娘の幸せを思ってやったことだと。そして、父がなぜ嵐を巻き起こしたのか説明する。ミラノの正統な大公はアントーニオではなく、このプロスペローである。自分は魔術の研究に没頭するあまり、大公の政務の執行は弟に任せきりで、アントーニオはそれを良いことに、兄の政敵アロンゾーと結託した。アロンゾーはミラノに攻め入ってきて、プロスペローと三歳のミランダは、衣類とプロスペローの魔術書のみを旅の荷として、おんぼろ舟に乗せられた。これらの品は善良な顧問官ゴンザーローが渡してくれたものだ。舟は海の孤島へと漂着し、ふたりは島の洞穴のような〝監房〟で十二年も暮らしてきたのだった。

そこへ、吉兆の星と幸運の女神がほほえみ、プロスペローの敵たちが自分の勢力範囲に飛びこんできた。プロスペローは幻の嵐を巻き起こし、彼らを島に流れ着かせる。彼のもくろみは二つあった。復讐、そしてミランダの運命を好転させること。

プロスペローはミランダを寝かせると、魔術着をまとい、召使の頭であるエアリエルを呼びだす。エアリエルが彼に仕えているのは、鬼婆シコラクスによってマツの木の裂け目に挟まれ、閉じこめられていたのを助けだしてくれたことへの恩返しである。なぜそんな目にあったかといえば、エアリエルがシコラクスの卑しい命令をまっとうしなかったためだ。こうしてプロスペローに仕えてきたが、もうそろそろ自由になりたい。そう言うと、プロスペローは恩知らずだとなじるが、敵を陥れるために進めている計画がエアリエルの手伝いでうまくいったら、自由にしてやると約束する。

すると、エアリエルはプロスペローが巻き起こした〝騒動《テンペスト》〟の状況を説明する。船の人々は三つのグループに分かれて、島の別々の場所に上陸しているという。ファーディナンドは単独。ステファノーとトリンキュローの二人組がばらばらに到着。あとの王侯貴族たちはひと所にいる。

エアリエルへのつぎの命令は、海の精に姿を変え、プロスペローにしか見えない存在となって、ファーディナンドを探しだすこと。彼は父親のアロンゾーは溺れ死んだと思っている。エアリエルは楽の音でファーディナンドをおびき寄せ、ミランダと引きあわせる場所へと誘導する。

プロスペローはミランダを起こし、これまた彼が無理やり召使扱いしているキャリバンを探しにいく。キャリバンはシコラクスの倅の醜怪な暴れ者である。キャリバンとプロスペロー、そしてミランダまでもが、口汚く罵りあう。キャリバンはプロスペローに自分の島を取られたと言い、プロスペローはキャリバンがミランダを強姦しようとしたと言い立てる。キャリバンは、実際にそうして、島じゅうキャリバンっ子だらけになればよかった、などと言う。すると、プロスペローの召使の精たちにつねられ、仕方なく薪をひろいにいく。

エアリエルに導かれてきたファーディナンドはミランダと出会い、おたがいに畏敬の念にうたれる。そう易々とことが運んではありがたみがないので、プロスペローは試練を課す。ファーディナンドがかまえた剣を魔術でたたき落とし、王位を詐称する逆賊の罪を着せて、牢に閉じこめてやると言う。ファーディナンドは日に一度、ミランダの姿を瞥見《べっけん》できれば、それも耐えられると豪語する。

エアリエルは王侯貴族の一団の見張りをするよう送りだされる。アロンゾー、セバスチャン、ゴンザーロー、アントーニオ、その他の貴族たち。アロンゾーは息子が溺れ死んだと思いこんで、悲嘆にくれている。ゴンザーローは島の美点を並べたてて、国王を元気づけ、王さまがここを支配下におけば、このようなユートピア社会を築くことができますと説く。アントーニオとセバスチャンはゴンザーローを鼻で笑っている。そこへエアリエルがあらわれ、アロンゾーとゴンザーローを眠らせると、その場で、アントーニオがセバスチャンに、ふたりの殺害をもちかける。そうすれば、セバスチャンがナポリ国王の座につける。しかしながら、あわやというところでエアリエルがふたりを目覚めさせ、エアリエルは事の次第を報告しに、プロスペローのもとへすっ飛んでいく。

一方そのころ、薪をひろっていたキャリバンは、何者かが近づいてくるのに目を留める。道化師のトリンキュローだ。キャリバンはまたプロスペローの精がいたぶりにきたのかと思い、マントをかぶって隠れる。嵐が近づき、トリンキュローも、魚臭い化け物が隠れているマントの下に隠れる。執事のステファノーが酔っ払って千鳥足でやってくる。ステファノーの酒で酔わされたキャリバンは彼を神のごとく崇め、プロスペローよりステファノーを主人として、仕えていくことにする。そうした趣旨の歌をうたう。

一方、ファーディナンドは薪運びの苦役につかされている。ミランダが出てきて、自分が仕事を代わるから、ひと休みするように説得する。ふたりは愛を誓いあい、結婚の約束をする。姿を消して聞いているプロスペローはこれを寿《ことほ》ぐ。

キャリバン、ステファノー、トリンキュローはますます酔っ払い、姿を消したエアリエルが仕掛けた喧嘩の末、キャリバンがふたりに提案する。プロスペローを殺して、ステファノーをこの島の王にし、ミランダを王妃にしよう。ここでエアリエルがまた音楽で惑わすと、キャリバンは怖がらなくていい、この島はすてきな音にあふれているんだからと言う。

アロンゾー、ゴンザーロー、セバスチャン、アントーニオが、ファーディナンド捜索の足を止めて休んでいると、奇妙な姿の精たちが出てきて宴の支度をし、彼らを招待する。姿の見えないプロスペローが見ていると、彼らはごちそうを食べようと近づいてくる。ところが、美食の数々はかき消え、エアリエルが女面鳥身のハルピュイアの姿で現れ、プロスペローを不当に追放したとして、アロンゾー、アントーニオ、セバスチャンの罪を咎め、ファーディナンドの死はアロンゾーへの罰だと告げる。三人の罪びとは半狂乱に陥り、アロンゾーは自分も海に身を投げて自殺すると言いだす。

プロスペローはつぎにファーディナンドのもとを訪れ、緊縛を解いてやると、未来の義息子として歓迎の辞を述べるが、結婚前のふしだらな行為を戒める。それからエアリエルに命じて、ふたたび幻の世界を出現させる——アイリス、シアリーズ、ジュノーの三女神による仮面劇である。女神たちは若いカップルに祝福の言葉を雨あられとかける。

三女神のほかに妖精たちも登場するが、プロスペローが自分を殺害せんとするキャリバンの企てを思いだすと、仮面劇はいきなり中断する。彼はファーディナンドに、いま目にした役者たちはみな精であり、地上の森羅万象がいつかは消えるように、消えていったのだ、すべては本質において同様、実体のない夢のように儚いものだと説く。

エアリエルはキャリバンと二人の共謀者を惑わして、近くまで連れてきた経緯をプロスペローに説明する。エアリエルとプロスペローはこれ見よがしにきらびやかな衣装を木にかけ、キャリバンたちをさらに罠にはめて、足を止めさせる。ステファノーとトリンキュローは衣装をくすねようとするが、キャリバンは殺害が先だと急かす。そこへ、プロスペローとエアリエルが嗾《けしか》けた猟犬の群れが飛びこんできて、盗みは中断。犬たちは三人を追いまわす。

プロスペローの命で、エアリエルは王とその一行を連れてくることになる。彼らが乱心し苦しんでいるようすをエアリエルがつぶさに話し、憐れに思うと言うと、プロスペローは精にすぎないおまえが憐れを催すのかと感銘を受け、エアリエルの顰《ひそみ》に倣うことにする。エアリエルに、一同を狂気から解き放ってやれと命ずる。そののち、もう今日かぎり〝荒ぶる魔術〟は捨て、魔法の杖を折り、魔術書を海深くに沈める時が来たと言う。

王の一行がエアリエルに連れられてくる。プロスペローは、自分を陥れたアントーニオ、アロンゾー、そして彼らと結託していたセバスチャンらと対峙するが、彼らを赦すと言う。アントーニオとセバスチャンには傍白で、自分はナポリ王アロンゾーの暗殺計画を知っているが、ここでは黙っておいてやると耳打ちする。

それでもアロンゾーはファーディナンドの死を嘆いている。プロスペローは自分もわが子——娘——を亡くしたと話すが、そこからアロンゾーを彼の〝岩牢〟にいざない、帳《とばり》をひらくと、チェスに興じているファーディナンドとミランダが姿をあらわす。アロンゾーは驚愕、欣喜してファーディナンドとミランダの結婚を祝福する。ミランダはミランダで、こんなにえらい方々が勢ぞろいする「新しい世界」が急に目の前にひらけ、目を瞠っている。プロスペローは娘に言う。「おまえには目新しいだろう」と（彼自身は一同の正体はよくわかっている）。

エアリエルに連れられ、水夫長がやってきて、彼と水夫たちが目覚めてみると、船が無傷で岸辺に停泊していることがわかったと話す。キャリバン、ステファノー、トリンキュローも、びしょ濡れのうえ傷だらけのありさまで連れてこられる。この三人も相応の罰を受け、改心したのである。この場面で、プロスペローは、〝闇から生まれた此奴〟ことキャリバンはある意味、自分のものだと認める。

イタリアへの帰還と、帰国後すぐの結婚式が計画される。プロスペローはミラノ大公の座に復帰することになる。ミランダとファーディナンドはゆくゆくナポリの国王と王妃となる。エアリエルの力で、イタリアまでは穏やかな航路となるだろう。

　プロスペローのエピローグで劇はしめくくられる。自分はもう魔力を捨てたのだから、この島に閉じこめられたわたしを解放するには、ひとえに観客のみなさんがわたしを赦し、この芝居に拍手喝采を送るという魔法を使って自由にしてくれるしかないのです、と観客に呼びかけて終わる。

謝辞

この作品に取り組めたのはたいへんな喜びでした。一つにはシェイクスピアと『テンペスト』について、もう一つには刑務所内における文学と演劇の効用について、多くの文献を読む機会を与えられたことです。

以下に挙げる書物と映画はとくに参考になりました。

ジュリー・テイモア監督の映画『テンペスト』。ヘレン・ミレンがプロスペローの女版プロスペラ役を務めています。

〝グローブ・オン・スクリーン〟〔グローブ座のスクリーン版〕『テンペスト』。プロスペロー役はロジャー・アラム。

そして、本作のモデルとなったストラトフォード・フェスティバル版の『テンペスト』（生の舞台を観劇しました）。プロスペロー役はクリストファー・プラマー。

〈シェイクスピア罵倒語造成機（*Shakespeare Insult Generator*）〉にもお世話になりました。

デイヴィッド・トムスンの示唆に充ちた著書「演じることが重要なわけ（*Why Acting matters*）」。

『ノースロップ・フライのシェイクスピア談義（*On Shakespeare*）』に収録された『テンペスト』

論。

オックスフォード・ワールド・クラシックス・シリーズの、きわめて有用で秀逸な「テンペスト」。

イサク・ディーネセンの『運命綺譚』中の短編「あらし」（カーレン・ブリクセン名義。原題はTempestsと複数形）。

アンドリュー・ディクスンの「どこかべつの世界で（*Worlds Elsewhere*）」。世界中の各時代の種々さまざまなシェイクスピア演劇を紹介。

牢獄文学には、じつに長い伝統があります。この分野に関しては、先行作『またの名をグレイス』、本作『獄中シェイクスピア劇団』を執筆しながら、わたしもかなり読みこんできました。女子刑務所を舞台にした近年の超人気作『オレンジ・イズ・ニュー・ブラック』はもちろんのこと、今回はとくに、刑務所内で文学や演劇を教えたり、経験したりする本に関心を寄せました。獄中作家であるスティーヴン・リードのエッセイ集「仏教徒の庭のバール（*A Crowbar in the Buddhist Garden*）」はあまねく示唆に富み、レネ・デンフェルドの驚くべき小説「魔法にかかった者（*The Enchanted*）」も同様です。刑務所図書館に司書として勤めた経験を綴ったアヴィ・スタインバーグの『刑務所図書館の人びと――ハーバードを出て司書になった男の日記（*Running the Books*）』も役に立ちましたし、アンドレアス・シュローダーの「シェイキング・イット・ラフ（*Shaking It Rough*）」にも助けられました。さらに、ローラ・ベイツの回想録「シェイクスピアに命を救われた（*Shakespeare Saved My Life*）」にはとくに励まされました。また、バード・カレッジが運営する刑務所内カレッジプログラムについて知れたのは大きな収穫でした。

この知識を通じてさらに多くのプログラムのことを知りました。

刑務所といえば、〈フレッチャー矯正所〉はもちろん、架空の施設であると明記せねばなりません。こことまったく同じ刑務所があるとは思いませんが、共通点をもつ施設は多くあるでしょう。

フェリックス・フィリップスの苗字は、カナダ、オンタリオ州のストラトフォード・フェスティバルで長年、舞台監督を務め、二〇一五年に他界したロビン・フィリップス氏からお借りしました。氏が魔法をかける現場を見るには、卓抜なドキュメンタリー「ロビンとマークとリチャード三世（*Robin & Mark & Richard III*）」をごらんください。およそ役とはかけ離れた役者を邪悪なリチャードに変容させるのを目の当たりにするでしょう。

アン＝マリー・グリーンランドがミランダ役を演じられたのは、虐待犠牲者ケア医療基金によるオークションのおかげです〔命名権を競り落とす読者向けオークションが開かれた〕。

また、亡くなった愛する人と対話するなどの不思議な体験については、ジョン・ガイガーによる著書『サードマン　奇跡の生還へ導く人（*The Third Man Factor*）』〔外傷的体験を受ける際に、霊のような目に見えない存在が安心や支えをもたらす現象〕で多くを知ることができました。

辛抱強く支えてくれた担当編集者のみなさんにも感謝を捧げます。ホガースのベッキー・ハーディー、クノプフ・カナダのルイーズ・デニーズは、もっともっと語るようせっついてくれました。それから、原稿整理をしてくれたコピーエディター、ストロングフィニッシュのヘザー・サングスター。二十六年余の長きにわたりマクレランド&スチュワートでわたしを担当してきた編集者エレン・セリグマン。この本を読んでもらえないまま、彼女は二〇一六年三月にこの世を去りました。

最初の読者になってくれたみなさんにもお礼を申し上げます。ジェス・アトウッド・ギブスン、エリナー・クック、ザンドラ・ビングリー、わたしのイギリスのエージェントであるカーチス・ブラウンのヴィヴィアン・シュスター、カロリーナ・サットン、北米での長年のエージェントであるフィービ・ラーモア、そして、ルース・アトウッドとラルフ・サイファードに。

そして、ペンギン・ランダム・ハウスのルイーズ・コート、アシュリ・ダン、レイチェル・ロキッキに。出版期限に向けてわたしを追い立ててくれました。

また、刑務所の一次調査に手を貸してくれたデイヴォン・ジャクスンにも感謝を。それから、わたしのアシスタントであるスザンナ・ポーターに。ペニー・カヴァノーに。わたしのウェブサイトmargaretatwood.caのデザインを担当しているV・J・バウアーに。また、つねにサポートしてくれるシェルダン・ショイブとマイク・ストヤンに。それから、マイケル・ブラッドリー、セアラ・クーパー、ジム・ウッダーに。コリーン・クィンとシャオラン・チャオに。イヴリン・ヘスキンに。いつも光を灯しつづけてくれるテリー・カーマンとショック・ドクターズに。そして最後に、特別な感謝を夫のグレアム・ギブスンに捧げます。老練な魔術師ですが、幸いなことに本書の主人公とは違います。

訳者あとがき

本書は、マーガレット・アトウッドによる *Hag-Seed*（二〇一六年）の全訳である。

ホガースプレスから刊行されている Hogarth Shakespeare Series の日本語版第一弾としてお届けする。同シリーズはシェイクスピアの「語りなおし」をコンセプトとし、英語圏の作家たちがそれぞれ選んだ作品を自在に再解釈し、翻案している。このシリーズには、本作の他、アン・タイラーによる「じゃじゃ馬ならし」、エドワード・セント・オービンによる「リア王」、ギリアン・フリンによる「ハムレット」（予定）などがある。

さて、本作はシェイクスピアの単著としては遺作とも言われる「テンペスト」の語りなおしである。舞台を現代のカナダに移して、アトウッドがぞんぶんに料理の腕をふるう。彼女の代表作というと、世界的ベストセラーになったディストピア文学『侍女の物語』や、終末世界を描いた『オリクスとクレイク』、『洪水の年』、「マッドアダム」（未訳）の三部作、あるいは戦争を背景にし、一度目のブッカー賞を受けた大河小説『昏き目の暗殺者』などが挙がるだろう。そうした読者にとって、喜劇に属する本作は新鮮に映るかもしれない。〝コミカル・アトウッド〟の真骨頂といえるだろう。ユーモアとアイロニーが本質の作家である。

アトウッドは数あるシェイクスピア作品のなかから、なぜ「テンペスト」を「語りなおし」に選んだのだろうか？　まず、これが「老人の劇」、キャリアの最晩年に差しかかった人の物語であることから選んだとのこと。近年、老いや高齢化社会への洞察を深めているアトウッドらしい。さらに、シェイクスピア自身のキャリアに最も肉薄した内容である点からも関心をもったという。「テンペスト」の主役プロスペローは、ある種、芝居のプロデューサーであり、ディレクターであり、脚本家であり、役者の立場にあると、アトウッドは捉えているのだ。これはシェイクスピアそのものではないか？

刑務所内の更生プログラムである劇団活動を描く本作は、じつに楽しく、ときに切なく、たいへんリーダブルに書かれているが、その一方で、入り組んだ入れ子状の語りのフレームと、重層的な批評の構造をもつ。その点について、簡単に整理しておく。

一つ目に、本歌となる戯曲「テンペスト」と、『獄中シェイクスピア劇団』という小説は、ストーリーが見事に精緻なパラレル関係を呈している。ミラノの大公でありながら公務をさぼって趣味の魔術に熱中していたため、位を簒奪され、島に流されたプロスペローは、本作では、劇場の芸術監督でありながら面倒な実務は部下にまかせ、好き勝手な演出をしていたため、監督の立場を逐《お》われ、田舎の掘立小屋に流れつくフェリックスとなる（住んでいる小屋も「テンペスト」の岩屋にそっくり）。腹黒い弟のアントーニオは、フェリックスの右腕のトニー・プライス、強大なナポリの国王アロンゾーは、法務大臣のサル・オナリー、その弟で王座を狙う裏切り者セバスチャンは、復員軍人大臣のセバート・スタンリーという対応となる。

序盤でプロスペロー役のフェリックスが合わない入れ歯でふがふが言いながら、「歯畏友たちは、みな精霊」とつぶやく場面から、ミランダ役とファーディナンド役が恋に落ちたり、トニーとセバートが謀殺を目論んだり、最後に彼の娘のミランダが大気に融けていく場面まで、心憎いばかりに本歌を巧みに（ひねりながら）なぞっている。重要なセリフや場面には短く割注を入れた。

二つ目に、本作は劇中劇の形をとっており、作中に「テンペスト」の獄中版を内包している。とはいえ、原作は役者たちの言葉にリライトされ、ラップとミュージカルのスタイルで、大胆にリミックスされている。つまり、作品内でも再度「語りなおし」が行われているのだ。「極悪ブラザー　アントーニオ」や「バン、バン、キャ、キャリバン」など、数々の名ナンバーが挿入されるが、基本的にはおばかなノリでありながら、そこはアトウッド、シェイクスピア風の韻律やライミングを絶妙に模倣していると思う。とても正確には日本語に移せないので、その笑いと切なさが交錯する、ぎりぎり「ばかかっこいい」または「ださかっこいい」線を目指して訳した。歌と踊りが満載の「テンペスト」はシェイクスピアのなかで最も現代のミュージカルに近い作品だと、アトウッドは語っている。しかもその歌と踊りがプロットの一環となっている。

諷刺《ふうし》性も高い。第三十八章でキャリバンと鬼婆っ子ダンサーズが繰り広げるナンバーなど、「ホワイトカラーの如何様師」を糾弾し、「粉飾決算　血税ポッケへ　こっちはぜんぶお見通し」と歌い、マイノリティへの迫害を告発する。現代に古典を語りなおすとは、こういうことだろう。

本作で作者はとくに、キャリバン、エアリエルに、虐《しいた》げられてきた人種・民族を投影し、この問題にさりげなく言及している。フェリックスの序盤の科白に、黒人と先住民を揶揄《やゆ》するかのような文言があるが、それは傲慢な演出家だったころの彼の浅慮をあえて浮き彫りにするためである。その後、彼は失墜する。

三つ目に、本作は刑務所内のフェリックス一座による「テンペスト」公演の「メイキングもの」にもなっている。どのようにこの劇が作られていくかが細かく語られ、限られたリソースで芝居作りをする奮闘記でもある。フェリックスがプロップスの材料などを求めて、トロントの街を彷徨う場面など、じつにリアルだ。

四つ目に、ここが本作のとてもユニークな点だと思うが、本作は「テンペスト」を読み解き、分析する解説書でもある。劇の上映会の後、それぞれの役者が自分の考える「テンペスト　その後」のレポートを発表する。このプレゼンはかなりしっかり描かれるが、アトウッドが「古典の語りなおし」として、本作中、最も重要視したパートである。彼女は言う。『獄中シェイクスピア劇団』は「テンペスト」に対する一種の審問だと思っている、と。そして、このプレゼンのパートは、受刑者たちの精神的な成長を感じさせ、胸アツになるくだりでもある。

こうして語りの諸相がたがいに批評しあい、その批評的声が反射する空間に読者は置かれる。また、そもそも「テンペスト」自体が風刺劇であり、さらに作中に自らのパロディを内包していることも忘れてはいけないだろう。たとえば、キャリバンは独裁者プロスペローの、執事のステファノーと道化もののトリンキュローというペアは、王位簒奪を狙うセバスチャンとアントーニオという二人組の、コミックバージョンなのだ。本書の最後に、アトウッドによる簡潔にしてポイントを網羅したあらすじが載っているのもありがたい。もしあなたがまだ本文を読んでいないのなら、このあらすじから先に読んでもいいと思う。

語りが谺《こだま》しあう世界を抜けて、本書を読み終わるころには、読者は『獄中シェイクスピア劇団』だけでなく、「テンペスト」についても深く知ることになるだろう。まさに一冊で何重にもおいしい造りになっている。

アトウッドは『侍女の物語』や続編の「ザ・テスタメンツ」、あるいは『キャッツ・アイ』、『寝盗る女』など、女性ばかりの環境や、女性同士の関係、シスターフッドなどをよく描いてきた。『獄中シェイクスピア劇団』は男性ばかりの場を舞台にした初めての長編かもしれない。なぜ刑務所を選んだかといえば、そもそも「テンペスト」という戯曲は、「牢獄」をめぐる物語だとアトウッドは考えているからだ。この翻案にとりかかる前に、彼女は「テンペスト」を徹底的に読みこみ、映画化されたものはすべて観たという。それで気づいたのが、この劇のなかではだれもが、さまざまな形で「牢」に閉じこめられることだった。だれもが多義的な意味で「投獄」されるし、あの島自体が牢獄でもある。

フェリックスが演劇プログラムの初めに、「テンペスト」のなかに幾つの「牢」が出てくるか数える課題を出す。「正解」は九つ。ぜひ確かめていただきたい。

各人物はその「牢」から解放されることができるのだろうか？「テンペスト」のラストの科白は〝set me free〟（わたしを自由にしてください）の三語で終わっている。

本作は、拘束と解放だけでなく、いろいろな対抗概念をめぐる物語でもある。裏切りと忠誠、復讐と悔悟、糾弾と赦し、支配と服従……。どのキャラクターも一面だけを有するわけではない。フェリックスは初めに復讐を誓うが、エアリエル役の8ハンズの促しにより、赦しへと向かう。また、娘のミランダを自分の夢想に縛りつけていたことを改悛する。しかしアントーニオは兄から赦しを得たあと、なにも言わない。彼の科白がないからだ。アトウッドは似たような瞬間が「オセロ」にもあったという。イアーゴーは人々に「なぜこんなことをしたのだ？」と問われても、結局なにも答えない。シェイクスピア劇は人間の二面性や精神の闇の不可知性を描きだす。

「テンペスト」に答えの出ていない問いが多くあるように、『獄中シェイクスピア劇団』の面々のその後もわからない。アン＝マリーは女優としてブレイクできるだろうか？　彼女がミランダ役に抜擢されたことで、ミランダ像も刷新されたのではないか。島じゅうを軽やかに駆け、楽々と薪を持ち運ぶほど強靭なミランダの役に、元体操選手で精力的なダンサー／女優のアン・マリーがキャストされたのは、なるほど、と思う。ちなみに、彼女が参加していた〈キッド・ピボット〉というバンクーバーを拠点とする前衛ダンスグループは実在のものだ。このグループのような激しく身体的なダンスは、ずば抜けた運動神経と体幹の強さがなければ踊れない。

あるいは、8ハンズはクルーズ船でビジネスの強力なコネをつかめるだろうか？　Pポッドやワンダーボーイには女性が待っているだろうか？　レッグズは外の世界でフェリックスと再会し、また演劇の舞台を踏むだろうか？　訳し終わってしまったのが寂しいぐらい、愉快なカンパニーだった。わたしにとって、アトウッド作品の翻訳のなかでも、いちばん楽しい体験だった。

シェイクスピア劇は「美しく」はないと、アトウッドは言う。シェイクスピアはスタイルの豊かな混交であり、それぞれのキャラクターは多元的で、人間の本質に対する無数の解釈と理解がある。だから、彼の芝居はいまでも人々を魅了するのだと。

なお、二七九ページの「テンペスト」からの引用箇所は、小田島雄志訳（『テンペスト』白水Uブックス）を参照させていただきました。最後に、本書の翻訳を持ちかけてくれた集英社クリエイティブの編集部の方々と、担当の村岡郁子さんに篤くお礼申し上げます。ありがとうございました。

鴻巣友季子

二〇二〇年七月

マーガレット・アトウッド　Margaret Atwood

カナダを代表する作家・詩人。その著作は小説、詩集、評論、児童書、ノンフィクションなど多岐にわたって60点以上にのぼり、世界35か国以上で翻訳されている。1939年カナダのオタワ生まれ。トロント大学、ハーバード大学大学院で英文学を学んだ後、カナダ各地の大学で教鞭を執る。1966年に詩集「The Circle Game」でデビューし、カナダ総督文学賞を受賞。1985年に発表した『侍女の物語』は世界的ベストセラーとなり、アーサー・C・クラーク賞と二度目のカナダ総督文学賞を受賞。1996年に『またの名をグレイス』でギラー賞、2000年には『昏き目の暗殺者』でブッカー賞、ハメット賞を受賞。2016年に詩人としてストルガ詩の夕べ金冠賞を受賞。そして2019年、「The Testaments」で2度目のブッカー賞を受賞した。トロント在住。

鴻巣友季子（こうのす・ゆきこ）

翻訳家・文芸評論家。1963年東京生まれ。訳書『恥辱』『イエスの幼子時代』『イエスの学校時代』J・M・クッツェー、『昏き目の暗殺者』M・アトウッド（すべて早川書房）、『ペネロピアド』M・アトウッド（角川書店）、『嵐が丘』E・ブロンテ、『風と共に去りぬ』M・ミッチェル（ともに新潮文庫）、「灯台へ」V・ウルフ（河出書房新社　世界文学全集2－1収録）など多数。編書に『E・A・ポー　ポケットマスターピース』（共編、集英社文庫ヘリテージシリーズ）など。『全身翻訳家』（ちくま文庫）、『翻訳ってなんだろう？』（ちくまプリマー新書）、『謎とき「風と共に去りぬ」』（新潮選書）ほか、翻訳に関する著作も多数。

語《かた》りなおしシェイクスピア1　テンペスト
獄中《ごくちゅう》シェイクスピア劇団《げきだん》

2020年9月10日　第一刷発行

著者　マーガレット・アトウッド
訳者　鴻巣《こうのす》友季子《ゆきこ》
編集　株式会社　集英社クリエイティブ
〒一〇一-〇〇五一
東京都千代田区神田神保町二の二三の一
〇三-三二二三九-三八一一
発行者　徳永　真
発行所　株式会社　集英社
〒一〇一-八〇五〇
東京都千代田区一ッ橋二の五の一〇
電話　〇三-三二三〇-六一〇〇（編集部）
〇三-三二三〇-六〇八〇（読者係）
〇三-三二三〇-六三九三（販売部）書店専用
印刷所　大日本印刷株式会社
製本所　加藤製本株式会社

ISBN978-4-08-773507-9　C0097